FEDERHERZ
VERLAG

SOPHIE MOORE

LONDON DEVIL

VERBOTENE SEHNSUCHT

London Devil
Verbotene Sehnsucht

Band 1 von 3 einer Reihe

Bildmaterial: Shutterstock, Rawpixel
Korrektorat: Elja Janus

Bestellung und Vertrieb: Nova MD GmbH, Vachendorf

ISBN: 978-3-96966-526-8

WIRmachenDRUCK GmbH
Mühlbachstr. 7
71522 Backnang
Deutschland

Federherz Verlag
Süntelstraße 70
31848 Bad Münder
www.federherzverlag.de
Instagram: @federherz.verlag

Für das Feuer in dir.
Halte es niemals klein!

PLAYLIST

Love and War – Fleurie
Paradise Circus – Massive Attack
Trouble – Welshly Arms
Suspirium – Thom Yorke
The Truth – Handsome Boy Modeling School
Womb – Cherry Glazerr
Don't you know – Jaymes Young
Hit me with your Best Shot – ADONA
Someone else – Bishop Briggs
Brassday:
Psychoflute – Mardi Gras.BB
Ritual – Hot Potato Band

EINS

Ein Aphrodisiakum ... So hatte der Kellner es beim Servieren genannt und mir vielsagend zugezwinkert.

Was zum Geier sollte das eigentlich bedeuten?

Dass man nach seinem Genuss in einen unausweichlichen Sturm aus Lust geriet, sich sofort alles nehmen musste, das nicht bei drei auf dem Baum war, wie eine läufige Hündin?

Konnte dieses unförmige, graue Ding auf meinem Teller einen wirklich derart fremdsteuern?

Seufzend schob ich es mit dem Messer ein Stück auf die Seite. Bei mir hatte es jedenfalls noch nie seinen sexuellen Zauber versprüht und für heute sah ich ganz besonders schwarz.

»Möchtest du deine Auster nicht?« Marc beobachtete mich. Schon den ganzen Abend. Er räusperte sich leise und betupfte die Lippen mit seiner bestickten Serviette. *Patron NY.* Der Name dieses übertrieben teuren Etablissements wiederholte sich auf nahezu allen Einrichtungsgegenständen, die uns umgaben, damit wir auch ja an keinem Punkt des Abends vergaßen, wo wir uns befanden.

Die Frau am Nachbartisch hüstelte pikiert und ich drehte den Kopf, um ihren tadelnden Blick zu erwidern. *Was?!*, hätte ich am liebsten gefragt, aber ich wollte meinen Freund nicht in Verlegenheit bringen. Das *Patron* war sein Lieblingsrestaurant. Stilvoll bis unters Dach, inszeniert bis zum letzten Teelöffel.

Die auftoupierte Lolita glotzte mich an, als wäre es ein Verbrechen, diese blöde Auster nicht sofort hinunterzuschlingen. Ihre Lippen sahen aus wie Schlauchboote, ihr Gesicht war so schlimm operiert, dass es sie fast außerirdisch wirken ließ.

»Schatz«, entriss Marc mich unserem Wettstarren. »Ist alles in Ordnung? Du bist den ganzen Abend schon so still.« Sein Blick sprang zwischen dem Teller und meinem Gesicht hin und her. »Du hättest mir sagen können, wenn du vielleicht lieber woanders …« Er betastete sein perfekt gescheiteltes blondes Haar.

Wie nervös er war … *Geschieht ihm recht!*

»Woanders was?« Ich griff nach der Auster, schlürfte, schluckte und unterdrückte ein Glucksen. Wie oft hatte ich diese Dinger inzwischen schon verspeist und es war immer wieder, als würde man die Nase hochziehen. Salzig, klumpig und schleimig. Popel der Begierde.

Und meine Lenden blieben kalt wie Eis. So eine Überraschung. Ein gequältes Lächeln brachte ich gerade noch zustande, während ich etwas zu lieblos nach seinen warmen Händen griff und sie tätschelte. Seine

Haut fühlte sich weich an. Er benutzte eine sehr gute Creme.

»Entspann dich! Ist doch nett hier.« Ein letztes festes Schlucken hinderte die Auster in mir, wieder zurück ans Tageslicht zu kriechen.

Er presste ein Lachen durch die Zähne. »Du wirst wohl nie eine Austern-Frau, was?«

»Keine Austern-Frau«, bestätigte ich. »Das sollte es dir ja eigentlich leichter machen.«

»Leichter machen?« Er zog die Brauen nach oben. »Was genau soll mir das leichter machen?«

»Komm schon.« Ich nestelte an den Ärmeln meiner weißen Bluse. »Wir sind im anonymsten Lokal der Stadt. Essen Austern und werden dabei von Aliens beobachtet. Ich meine ... was mag allein diese Kerze hier gekostet haben?« Ein mit Blattgold verziertes Exemplar brannte zwischen unseren Tellern seinem kostspieligen Ende entgegen. »Als wir das letzte Mal hier waren, haben deine Eltern ihre Scheidung bekannt gegeben. Oh, und das andere Mal war es deine Beförderung zum Kanzleichef. Sonst sind solche Essen nur dir und deinen Kollegen vorbehalten, rein geschäftlich. Mit mir bist du nur im *Patron*, wenn eine große Veränderung ins Haus steht. Ich weiß nicht mal, wofür das hier gut ist. Was soll das sein? Was macht man damit?« Ich griff in eine der Besteckreihen neben meinem Teller und hielt ein gezacktes Messer hoch, an dem Hannibal Lecter seine helle Freude gehabt hätte.

Die entstellte Lady am Nachbartisch schnaubte abfällig und ich nahm dankbar wahr, wie der Kellner sich uns mit einer Flasche näherte. »Champagner für die Lady?« Er präsentierte mir das Etikett.

Welch Ironie. Natürlich würde ich teuren Champagner trinken, während mein Freund sich von mir trennte. Wenn man schon in einen Abgrund sprang, dann wenigstens im Valentino-Kleid und auf High Heels.

Der Ober war dürr und angezogen wie ein Pinguin, dem seine Haut zu groß geworden war. Eine Hand behielt er auf dem Rücken, während er auf dem Beistelltisch unsere Gläser vorbereitete.

Marc blickte mich ausdruckslos an. Er war so hübsch. Die stahlblauen Augen, das kantige Gesicht wie in Stein gemeißelt. Ein zauberhafter Prinz wie aus *Cinderella*. Vier Jahre lang hatte sein Glasschuh mir gepasst und er würde mir furchtbar fehlen. Es war nie schön, verlassen zu werden, aber es traf mich nicht unvorbereitet. Schon seit Tagen hatte er mich kaum mehr wahrgenommen. War länger bei der Arbeit geblieben und spät nach Hause gekommen.

Wahrscheinlich bumste er bereits eine andere. Wundern würde es mich nicht. Sicher auch so eine operierte Hexe wie die, deren Blick ich schon wieder im Augenwinkel wahrnahm. Und auf jeden Fall mochte sie Austern. Ja, sicher war sie ganz vernarrt in diese widerlichen Dinger.

Das mit der Wohnung hatte ich bereits durchdacht.

Meine beste Freundin Lilith nahm mich mit Kusshand für ein paar Tage bei sich auf.

»Die Dame ...« Endlich landete der Champagner

vor meiner Nase und der Kellner zog sich diskret zurück.

»Wir sind wirklich ziemlich verschieden, nicht wahr?« Marc presste die Lippen zusammen und schwenkte verlegen sein Glas. Er war noch schöner als sonst, wenn Kerzenlicht seine Konturen betonte. »Erinnerst du dich daran, wie du damals einfach in mich hineingerauscht bist?«

Natürlich erinnerte ich mich. Ich in verbeulten, alten Joggingklamotten, völlig verschwitzt, eine unrentable Theaterrolle vor mich hin brabbelnd und er im Anzug.

Sein kompletter neuer Fall hatte sich in alle Winde verstreut und wir waren gemeinsam einem Hund nachgelaufen, der eines der Blätter mit seinem Kauspielzeug verwechselt hatte.

Ich hatte mich nicht sofort verliebt, aber zwei Wochen später war es dann doch passiert. Bei einem Besuch der Oper hatte er mich in der Pause auf der Terrasse gefragt, ob er mich küssen dürfe.

»Weißt du, was ich damals dachte?« Er zog eine Braue nach oben. »Ich dachte: Was für eine rücksichtslose Idiotin. Aber als du den Kopf gehoben und mich angesehen hast ... Da war es sofort um mich geschehen. Es war etwas in deinen Augen. Etwas, das in diesem Moment alles für mich verändert hat. Das waren die schönsten Augen, die mich je angesehen haben.«

Unfassbar! Du Sadist! Sag es doch endlich!

Meine Finger waren kalt, als ich nach dem Sektglas griff und einen tiefen Schluck nahm. Der Champagner prickelte auf meiner Zunge, in meinen Wangen und meinen Hals hinunter.

»Und das größte Glück ...« Marc beugte sich ein Stück über den Tisch in meine Richtung und senkte die Lider. »Das größte Glück ist, dass diese Augen mich noch immer ansehen. Jeden Morgen und jeden Abend. Wenn ich nach Hause komme, wenn ich aufwache, wenn ich aus der Dusche komme, von meiner Arbeit aufblicke ... Und ich glaube nicht, dass mich je wieder die Augen einer anderen so ansehen sollten.« Langsam richtete er sich auf und kam um den Tisch herum.

»Was ... was wird das?« Mein Herz hämmerte im Brustkorb wie ein Presslufthammer. Schnell noch einen Schluck.

Plötzlich stand er neben mir, neigte den Kopf und lächelte jungenhaft. »Abigail Summers ...« Bedächtig ging er in die Knie, griff nach meiner Hand. Ich saß da wie angewurzelt, war nicht imstande, mich zu rühren.

»Was tust du Verrückter da? Steh auf!«

»Wir sind vielleicht verschieden. Aber gerade das macht es doch aus. Ein Plus- und ein Minuspol. Wir haben uns verbunden, als du vor vier Jahren in mein Leben gerauscht bist, und ich täte alles dafür, immer wieder zu dir nach Hause kommen zu dürfen. Bis ans Ende meines Lebens. Also ja ... du hast recht. Ich komme hierher, wenn die Dinge sich verändern.« Er zog eine kleine schwarze Schachtel aus der Brusttasche seines Anzuges, öffnete sie und hielt mir einen schmalen goldenen Ring unter die Nase. »Und heute hoffe ich, sie verändern sich für immer. Willst du meine Frau werden?«

»Ich ... Also ich ...« Mit großen Augen starrte ich auf den Ring. Was glitzerte da? War das ein Diamant?

Mein Hals fühlte sich furchtbar trocken an, der Puls kochte mir durch die Adern.

Was passierte hier gerade? Er musste sich irren. Das war doch nicht, was er hatte sagen wollen ...

Ein Geiger stand plötzlich neben uns und spielte eine Melodie, die ich irgendwoher kannte, aber die Gedanken in meinem Kopf überschlugen sich. Ich wusste nicht mehr, woher.

»Das ... Nein«, stammelte ich.

»Nein?« Marcs Augen wurden groß.

»Nein ... Ich meine ja. Ja. Natürlich will ich. Ja!«

Auf wackeligen Knien sank ich nach vorn und sein Arm fing mich auf. Seine Lippen auf meinen, die Musik in meinen Ohren, der Ring an meinem Finger, sein Gesicht nahe bei meinem, voller Freude. Passierte das gerade tatsächlich? War diese überkitschige Szene aus einem Disney-Märchen wirklich echt?

Das herablassende Schnauben der Frau am Nachbartisch nahm ich kaum wahr.

»Das wird er bereuen.«

Hatte sie das tatsächlich gesagt?

ZWEI

»Ich dachte, du würdest dich von mir trennen.«

Arm in Arm gingen wir nach Hause, wie wir es immer taten, aber diesmal war es anders.

Ab heute würde einfach alles anders werden.

Die Straßen der Upper East Side waren so einsam, wie sie es in einer Stadt wie New York eben sein konnten, und die Nacht verteilte ihren kühlen, nebligen Atem über dem grauen Bordstein. Es war spät geworden. Irgendwo im Park bellte ein Hund.

»Wie bitte?« Er lachte leise und drückte mich ein wenig fester an seinen schlanken Körper. Er trug den *Hugo Boss*-Duft, den ich so an ihm liebte.

»Da wäre ich aber ein ganz schöner Idiot.«

»Ja, das war auch so ziemlich genau meine Einschätzung von dir. Das und noch ein paar üble Dinge mehr, für die meine Mutter mir den Mund mit Seife ausgespült hätte.« Ich betrachtete den glänzenden Ring an meinem Finger.

Neu und unwirklich. »Du warst nie da und ständig

mit den Gedanken woanders. Ich dachte wirklich, du ...«

»*Natürlich* war ich nie da. Das alles musste doch geplant werden. Was, wenn du Nein gesagt hättest? Ich war unglaublich nervös, Abbie. Oh und apropos geplant ... Morgen sind wir zum Hummer-Essen bei meinem Vater eingeladen. Eine so wundervolle Nachricht muss gebührend verkündet werden.«

»Natürlich muss sie das.«

Meine hohen Pfennigabsätze machten sich nicht besonders gut zwischen den groben Steinen des Pflasters und ich war froh, dass Marc mich hielt.

»Und wenn du endlich meine Frau bist, *offiziell* meine ich, wird es ein Leichtes, ihn zu überzeugen, dich unbefristet als meine Sekretärin in der Kanzlei zu übernehmen.« Er drückte mir einen Kuss auf die Stirn.

»Wird es das?« Monatelang hatte ich in der Firma der Familie auf Probe gearbeitet und mich gewaltig ins Zeug gelegt. Die Entscheidung, ob sie mich fest übernehmen würden, stand jedoch bis heute aus. Natürlich lag so etwas nicht nur in der Macht eines Einzelnen.

»Oh ja. Kannst du das hören? Da ruft etwas ... Ich glaube, es ist unsere gemeinsame Zukunft.« Marc drückte mir einen Kuss auf die Stirn.

Ja, auch ich konnte sie hören. Finanziell komplett abgesichert in der Firma meines Mannes ... Meines *Ehemannes*. Heute schienen sich alle Wünsche auf einmal zu erfüllen, die ein Mensch haben konnte.

»Hey, Schnösel«, raunte eine heisere Stimme hinter uns plötzlich und wir blieben auf der Stelle stehen.

»Schnösel, ich rede mit dir«, wiederholte sie mit

Nachdruck direkt in unserem Rücken und brachte das hochgekochte Blut in meinen Venen zum Gefrieren.

»Geh einfach weiter«, zischte Marc mir angespannt zu und beschleunigte seine Schritte.

»Hey!« Etwas packte meinen Arm und riss mich grob herum. Das Nächste, was ich sah, war der Lauf einer Waffe. Direkt auf mich gerichtet. Ich wusste nicht, zu wem sie gehörte, starrte einfach nur wie gebannt auf diese Mündung. Der Schreck schnürte mir die Kehle zu. Im Augenwinkel sah ich, wie Marc ein paar Schritte von uns weg machte und die Hände hob.

»Jetzt hol deine dicke Geldbörse raus, sonst könnt ihr euren Kitsch direkt abhaken.« Verschwommene Gesichtszüge. Grob und breit. Pockennarbig und verbraucht.

»Hören Sie, ich bin Anwalt. Ich kann Ihnen …« Marcs Stimme zitterte.

»*Anwalt*«, stieß mein Gegenüber angeekelt hervor und spuckte geräuschvoll aus. Seine Hand hielt noch immer meinen Arm umklammert. »Ich weiß, wer du bist, Prince Charming.« Sein Griff wurde so fest, dass ich ächzte.

»Marc, gib ihm das Geld!« Der Puls vibrierte fest in meinen Schläfen.

»Das Täubchen hat recht, *Marc*«, äffte der Mann mich nach, »sei froh, dass ich diesmal nur dein Geld will.«

Ich wagte es nicht, meinen Arm zu befreien, war wie gelähmt. Und dann endlich wechselte besagtes Geld den Besitzer. Gierige, vernarbte Hände zählten die Scheine, rissen mir die Perlen vom Hals, und im nächsten Moment war er auch schon wieder in der Dunkelheit verschwunden.

Ein bebender Atemzug verließ meinen Körper.

Was zum Henker ...

Gerade wollte ich auf meinen Verlobten zustolpern, da hatte er schon das Telefon am Ohr und hielt mich ungehalten auf Abstand.

»Ja, Polizei, ich möchte einen Überfall melden ... Genau, Ecke Siebzehnte, rund zweihundert Meter vom *Patron NY* entfernt. Nein, wir sind unverletzt, aber der Täter war bewaffnet ... Was weiß ich, ich habe keine Ahnung von Waffen, mein Gott ... Zeugen? Es ist mitten in der Nacht, falls Ihnen das entgangen ist ... Ja, das ist ein NEIN!, Mann, wissen Sie eigentlich, wer ich bin? Ja, ich bitte darum. Marc Oliver Minor. Ja, das ist ein Doppelname, Sie sollten ihn kennen und falls nicht: Googeln Sie ihn gefälligst!« Wütend legte er auf und starrte mich an.

»Marc, beruhige dich, das ist doch nur Geld«, machte ich einen Beschwichtigungsversuch. Er sollte lieber froh sein, dass nichts Schlimmeres passiert war.

»Nur Geld?« Unwirsch griff er sich ins Haar. »*Nur Geld?* Wir leben von diesem Geld, Abigail. Hast du überhaupt irgendeine Ahnung, wie viel *nur Geld* sich in dieser Brieftasche befunden hat? Nein? Nein! Natürlich nicht.«

»Marc ...«

»*Marc, Marc.* Was dachtest du dir eigentlich dabei, meinen Namen vor diesem Individuum auszusprechen? Weißt du, was das auslösen könnte?«

»Das ist doch nur ein Vorname. Wie viele verfluchte

Marcs wird es wohl geben in dieser gottverdammten Stadt? Außerdem kannte dieses *Individuum* dich ja ganz offensichtlich bereits, und falls nicht, kann es dich immer noch *googeln*.« Meine kalten Finger betasteten meinen Hals, von dem vor ein paar Minuten die Kette meiner Mutter gerissen worden war. Noch etwas anderes wallte in mir auf und mischte sich bitter unter den Schock.

Was dachte er sich, so mit mir zu reden?

»Dein unflätiger Straßenjargon bringt uns jetzt auch nicht weiter. Manchmal bist du wirklich so …« Marc beendete seinen Satz nicht, blitzte mich an wie ein dämliches Mädchen. Ich würgte einen vernichtenden Kommentar herunter, sah am Ende der Straße bereits blaues Licht in der Dunkelheit.

»Da kommen sie, um dir dein Geld wiederzubeschaffen.« Meine Stimme klang kalt.

Zwei weitere Stunden waren vergangen, in denen wir unsere Aussagen gemacht hatten, schweigend in einem Taxi nach Hause gefahren waren und nun in seinem ausladenden Loft am offenen Kamin saßen, um uns noch ein Glas Wein zur Beruhigung der Gemüter zu genehmigen. Bei Tageslicht hatte man von hier oben einen wundervollen Ausblick über den Central Park.

»Das ist der Tag unserer Verlobung. Wollen wir unseren Kindern später wirklich erzählen, dass wir in dieser Nacht Rücken an Rücken eingeschlafen sind?«

Seine hellen Augen spähten versöhnlich über den Rand des Weinglases in meine Richtung.

Ich presste die Lippen zusammen und blickte über das beleuchtete Panorama der Stadt unter uns. Er hatte ihn Schnösel genannt. *Schnösel.*

»Komm schon, mein Schmetterling.« Mit einem dumpfen *Klonk* stellte Marc sein Getränk auf den Couchtisch, stand auf und kam langsam zu mir herüber. »Ich wollte nicht so mit dir reden. Ich war aufgebracht. Es tut mir leid.«

Trotzig drehte ich den Oberkörper von ihm weg.

»Unsere Kinder werden schon von allein merken, dass ihr Vater ein überheblicher Snob ist. Immerhin sind es auch meine.«

»Solch schmutzige Worte aus einem so schönen Mund.« Er stellte sich so nahe hinter mich, dass ich die Wärme spüren konnte, die von seinem Körper ausging. Seine Hände griffen in meine Schultern und lockerten in gleichmäßigen Bewegungen die angespannten Muskeln.

»Sorry. Muss wohl mein *Straßenjargon* sein.« Ich entglitt ihm gereizt. »Woher kannte dieser Mann dich?«

Er ließ sich nicht beirren, strich mit den Händen an meinen Oberarmen hinunter.

»Marc!«, zischte ich warnend und fuhr nach oben, um seine Berührung zu unterbrechen. »Woher kannte er dich?«

»Schatz.« Er drückte mich zurück in den Ledersessel, hockte sich vor mich und musterte mich mit seinen blauen Augen, fast schon erheitert. »Ich bin Scheidungsanwalt. Ich begegne täglich Leuten wie ihm, okay? Am Ende bin nicht ich es, der sie bis aufs Hemd auszieht und in die Gosse wirft. Es sind ihre Ex-Frauen.«

»Du kanntest ihn also nicht?« Ich ließ es zu, dass er seine Arme links und rechts von mir auf die Lehnen legte und mir näher kam. *In die Gosse wirft* ... Er wusste, dass ich es nicht mochte, wenn er so überheblich über das Thema sprach.

»Doch, mit Sicherheit. Aber ich erinnere mich nicht an ihn. Ein weiterer armer Tropf in den Scherben seiner Ehe. Er ist nur einer von vielen.«

Einer von vielen. *Und doch derjenige, der mich mit einer Waffe bedroht hat.*

Als mein Blick auf seinen traf, legte er den Kopf schief.

»Und trotzdem, trotz allem, was ich täglich zu sehen und hören bekomme, bin ich bereit, dieses riskante Abenteuer mit dir zu wagen. Wir werden heiraten, mein Schmetterling.«

»Und eines Tages wirst du vielleicht derjenige in der Gosse sein, wenn du weiter so mit mir umgehst, Marc Oliver Minor.« Es machte mich wütend, wie er es immer wieder schaffte, dass ich ihm verzieh.

»Nur wenn du versprichst, mich vorher ebenfalls bis aufs Hemd auszuziehen.« Sein Gesicht näherte sich meinem. Ein verschmitzter Zug hob seine Mundwinkel. »Darf ich dich küssen, meine Zukünftige? Immerhin wären wir beinahe Opfer eines Überfalls geworden und da ist viel Adrenalin in mir, das ein Ventil braucht. Du willst doch nicht, dass ich ...«

Bevor er weitersprechen konnte, bedeckte ich seine

warmen, schmalen Lippen mit meinen und meine Zunge fand zögerlich seine. Er schmeckte nach Geborgenheit und Heimat. Ich liebte ihn wohl tatsächlich, diesen schnöseligen Dummkopf.

Auf diese Geste hatte er nur gewartet. Seine Hand glitt hinunter zu meinem Hintern und zog ihn in seine Richtung. In einer Bewegung nahm er mir das Glas ab, stellte es hinter sich auf den Tisch und beugte sich mit seinem großen Körper über mich. Während seine Zungenspitze über meinen Hals tanzte, löste er eilig seine Krawatte. Sein Mund war rot verschmiert von meinem Lippenstift, seine Augen glommen vor Lust. »Los, ins Bett, Abigail Minor!«

»Noch bin ich eine Summers«, raunte ich, während er mir das enge Kleid vom Körper streifte und mich in meiner teuren schwarzen Spitzenunterwäsche ins Schlafzimmer trug. Dort angekommen dimmte er das Licht, wie er es immer tat, per Fernbedienung und warf sie hinter sich auf den Teppich.

»Das hättest du wohl gern.« Er öffnete geschickt meinen BH und griff nach meinen nackten Brüsten. »Du gehörst mir mit Haut und Haar.« Seine Finger zupften an meinem Slip, glitten über meinen Hintern, zogen meinen Schritt fest gegen seine harte Erektion. Er seufzte, drängte mich weiter nach hinten aufs Bett und war im nächsten Moment über mir.

»Liebst du mich, Abigail Summers?« Sein warmer Atem prallte gegen meine harten Brustwarzen.

»Ich fürchte, schon«, hauchte ich.

»Du fürchtest?« Seine Zunge glitt über meine Nippel. Bevor ich antworten konnte, drang er fordernd in mich ein und ich stöhnte auf. Ein Feuer loderte in meinen Lenden auf.

»Liebst du mich?« Er war tief in mir, hielt ganz still und sein Blick suchte nach meinem.

»Ja, ich liebe dich«, flüsterte ich und küsste ihn, während er langsam begann, sich zu bewegen. Ganz behutsam glitt er aus mir und schob sich seufzend erneut in mich.

»Das wird nicht lange dauern«, stieß er hinter zusammengepressten Zähnen hervor, versuchte, sich zu beherrschen.

Ich griff keuchend nach seinen festen Pobacken und hielt ihn in mir, während er sich heftig atmend in kurzen Bewegungen zum Höhepunkt stieß. Dann sank er bebend auf mir zusammen. Sein feuchtes Haar klebte an meiner Wange, sein Atem traf auf meinen Hals. Ich roch sein süßes Haargel.

»Mein Schmetterling.« Warme Fingerspitzen berührten meine Lippen, glitten über meine Wange, an meinem Schlüsselbein hinunter über meinen verschwitzten nackten Oberkörper bis zu den Brüsten. Dort hielten sie inne. »Wir sind richtig füreinander, Abbie. Du bist mein und ich bin dein.«

Wir würden heiraten. Ich konnte dankbar sein, dass ich jemanden wie ihn hatte. Immerhin hatte er mich aus schweren Zeiten geholt. *Auf den rechten Weg zurückgeführt*, wie er so gern sagte.

Was war es also, das da plötzlich in mir rumorte? War ich einfach noch zu wütend auf ihn? Oder meldete sich dieses dumpfe Gefühl von noch tiefer unten?

DREI

»Ihr wurdet überfallen? Süße, was? Das ist ja grauenhaft! Bist du ohnmächtig geworden?« Lilith starrte mich mit ihren dunklen Kajal-Augen an, während sie unsere Martinis auf den Tisch stellte. Sie strich ihr Kleid glatt und legte die Finger mit den rot lackierten Nägeln auf meinen Arm.

»Das muss alles furchtbar für dich gewesen sein.«

»War weniger schlimm, als es klingt«, murmelte ich und nahm einen Schluck. Sauer.

Mir fiel der halb gepackte Koffer auf der grauen Kommode neben der Tür auf. »Verreist du?«

»Oh.« Lilith winkte seufzend ab. »Du weißt doch. Viel beschäftigt. Etwas *zu* viel, wenn du mich fragst. Eine Cocktail-Party in London in zwei Tagen. Ich soll für meinen *entzückenden* Boss dorthin. Leider nicht wegen der Cocktails, sondern wegen des Kerls, der die Show schmeißt. Er will ihn für seine *legendären* VIP-Partys zum Cannes-Filmfestival abgreifen und muss vorher natürlich genau prüfen, wie gut er ist. Hat mir eine ganze Liste mit Ansprüchen erstellt. Wie eine lächerliche Hoteltesterin soll ich mich hinsetzen, den armen Tropf bespannen und fleißig alle Kästchen abhaken.«

»Wow.« Mitleidig verzog ich das Gesicht.

»Das kannst du laut sagen. Ich habe überhaupt keine Zeit für seine Spielchen. Der Flug nach London lässt ein Meeting platzen, das essenziell für meinen nächsten Job in Hollywood ist. Bin ich jetzt seine Sekretärin? Was denkt er sich denn?«

»Dass er dein Boss ist, nehme ich an.« Ich zwinkerte ihr aufmunternd zu, aber sie stöhnte nur entnervt.

»Mann, hätte ich nur jemanden in petto, dem ich so sehr traue, dass ich ihn für mich dorthin schicken könnte, aber unser Team besteht aktuell fast ausschließlich aus Yuppies und Möchtegern-Dandys. Wenn du die nach Talent fragst, zeigen sie dir ihr eigenes Spiegelbild. Wie ich mir die Zeiten zurücksehne, als ich noch eine selbstständige Visagistin auf ihrem Weg nach oben war. Ohne alberne Allüren von größenwahnsinnigen Affen, die …«

»Du liebst deinen Job«, nahm ich ihr den bitteren Wind aus den Segeln.

»Ja«, platzte sie als Erwiderung hervor, beinahe schmollend, »und wir sind auch überhaupt nicht hier, um über mich zu reden. Also, sag schon, hat Marc dich nach eurer grässlichen Begegnung in den Arm genommen und glatt vergessen, dass er dich eigentlich vor die Tür setzen wollte?«

»Ziemlich nahe dran.« Ich blickte hinüber zu ihrem großen Flachbildfernseher, auf dem in einem düsteren

Film gerade ein finsterer Mann einem anderen die Kehle durchschnitt. »Wirklich nahe …«

»Oh Gott, entschuldige! Soll ich das ausschalten? Du armes Ding musst ja völlig traumatisiert sein. Hätte ich das gewusst … Ein kleiner Wodka gegen die Bilder?«

»Nein, schon gut. Kein Trauma. Und auch kein Wodka. Was ist das?« Der Film war komplett in Schwarz-Weiß, nur das Blut, das aus der Kehle sickerte, war satt rot, die Endgültigkeit in den Augen des Mannes unheimlich intensiv.

Ob dieser Kerl mich tatsächlich erschossen hätte? Ich wollte gar nicht weiter darüber nachdenken.

»Ist das wirklich okay für dich? Ich meine, wir können auch …« Lilith griff nach der schmalen Fernbedienung. Alles in ihrer Wohnung sah aus wie gerade der neuesten *Star Trek*-Staffel entsprungen. Sie liebte ungewöhnlichen Kram und futuristische Technik.

»Hör jetzt auf, es geht mir gut«, schimpfte ich und packte ihren Arm. »Was ist das für ein Film?«

Für ein paar Augenblicke musterte sie mich nur besorgt, dann zuckte sie die Achseln, senkte die Fernbedienung wieder und ein Leuchten huschte über ihr Gesicht.

»Das, meine liebe Abbie, ist meine neueste Inspirationsquelle. Sieh dir nur diese Kostüme an. Und sie kommen fast ohne Make-up aus. Wie machen die das bloß?«

Eine füllige Frau in einem ausladenden Kleid kam ins Bild. Während sie tanzte, fesselte sie meinen Blick, direkt durch den Fernseher hindurch. Trotz dessen, dass sie sich jenseits jedes albernen Schönheitswahnes befand, waren ihre Bewegungen ästhetischer als die jeder Darstellerin, die ich bisher in Filmen gesehen hatte. Sie war unglaublich schön. Auf eine ungeschliffene, ehrliche Art.

Marc ging nicht gern ins Kino, deshalb war ich absolut ahnungslos, was gerade lief oder vor Jahren gelaufen war.

Und das, obwohl Filme mein Leben gewesen waren, bevor wir zusammengekommen waren. Filme und das Schauspiel.

Aber all das gehörte zu meinem alten Ich. Dem dunklen Kapitel, das einen tiefen Riss in mir hinterlassen hatte. Manchmal war dieser Riss hungrig und erinnerte mich daran, dass er noch existierte, aber dann siegte meist schnell die Vernunft und die Erinnerung an alles, was gewesen war, brachte ihn zum Schweigen. Ich war eine neue Abbie. Und die neue Abbie war keine Frau mehr für waghalsige Abenteuer. Sie war jetzt erwachsen. Trotz alldem kitzelte die Szene an der alten Leidenschaft in mir.

»Das ist wirklich ziemlich gut.« Ich nahm noch einen Schluck, während das Gesicht der Frau in eine Nahaufnahme geholt wurde und nur so verging vor Schmerz. Ich konnte es in jeder Zelle fühlen, obwohl ich diesen Film nicht einmal kannte. Eine einzelne Träne verirrte sich auf ihre Wange, rann über ihren Hals, hinterließ einen Schimmer von Farbe in all dem Grau und dann sackte sie zusammen, als befände sich plötzlich kein Körper mehr in ihrem Kleid. »Außergewöhnliche Kamera. Viel Emotion.«

»Maßlose Untertreibungen! Das ist der neueste Bolden.« Lilith drückte nun doch auf die Fernbedienung und die traurige Frau wurde von stiller Schwärze verschluckt.

»Der neueste *was*?« Ich nippte erneut an meinem Glas und versteckte die Hand mit dem Ring dabei bedachtsam in meinem Schoß. Diese Nachricht würde warten müssen, bis ihre Zeit gekommen war und ich mich dafür entschied, sie ans Tageslicht zu holen.

»Gott, er ist so ein Genie.« Liliths Armreife klimperten unter einer ausladenden Geste. »Er spielt mit den Gefühlen der Zuschauer, reißt ihnen die Seele durch die Brust hindurch aus dem Körper und badet in ihrem Elend. Und er ist unsichtbar. Normalerweise aalen Regisseure sich im Rampenlicht, dieser Kerl nicht. Keiner weiß, wie er aussieht, außer jenen, die wirklich eng mit ihm arbeiten. Auf Bildern bekommt man ihn immer nur verdeckt zu sehen. Einige Leute sagen, er wäre ein Vampir. Du weißt schon, die Kerle, deren Fratzen man auf Fotos nicht sieht.«

»Genau genommen sieht man Vampire gar nicht auf Fotos. Dracula wird er also höchstwahrscheinlich nicht sein«, klugscheißerte ich und hob grinsend mein Glas.

»Vielleicht nicht, aber wahrscheinlich mindestens extrem unansehnlich. Übersät von Narben, von Geburt an entstellt vielleicht. Ein paar meiner Kollegen meinen sogar, er wäre ein Kannibale. Ein Dämon, der einsam im Wald haust.«

»Aber ein Dämon mit Talent«, gab ich zu bedenken.

»Du hast ja keine Vorstellung. Ich habe alle seine

Filme gesehen. Sie machen dich abhängig wie gutes Koks.«

Lilith machte ein vielsagendes Gesicht unter ihrem großzügigen Make-up. Sie war Visagistin und probierte neue Kreationen gern an sich selbst aus, was ihr unter diesem Panzer eine ziemlich schlechte Haut beschert hatte.

»Leute!« Ich lachte laut. »Menschenfresser, Phantome, Publicity-Rätsel. Ich habe eindeutig den falschen Job. Bei mir klopfen immer nur aufgebrezelte Walküren an, die mit meinem Mann über die größtmöglichen Summen verhandeln wollen, die sie noch aus den Seelen ihrer armseligen Ex-Männer quetschen ...«

»Warte ... Hast du gerade *meinem Mann* gesagt?« Lilith zog ihre tätowierten Brauen bis hinauf an den Haaransatz.

Ups!

»Na, Mann im Sinne von ...«

»Im Sinne von du trägst einen verdammten Ring an deinem Finger?! Jesus, Maria und Josef.« Sie hätte fast den Martini über ihr weißes Kleid verteilt, während ihre Augen meinen Ring anstarrten wie ein überirdisches Wesen. »Was geht hier vor?«

Ich nahm einen tiefen Atemzug. »Jaaaa, wir sind verlobt. Er hat mir einen Antrag gemacht.« Eigentlich hatte ich es ihr feierlicher mitteilen wollen, aber nun schrie sie bereits wie eine Feuersirene und warf mir überschwänglich ihre Arme um den Hals. Mein Glas wurde bei der Aktion beinahe auf ihre Designercouch geschleudert.

»Menschen heiraten nun mal und gründen Familien, Lilith. Das ist der Lauf der Dinge«, erstickte ich ihren Urschrei.

»*Menschen heiraten nun mal?* Willst du mich veräppeln?«

Sie drückte mir einen dicken Lippenstiftkuss auf die Stirn. »Vorgestern um die Zeit habe ich in L.A. noch Natalie Portman gestylt und ihr eröffnet, dass ich Urlaub nehmen muss, um meine liebeskranke Freundin zu umsorgen, und du kommst hierher, trinkst in aller Seelenruhe meinen Martini und plauderst mit mir über öde Jobs, als wäre rein gar nichts passiert? Wie kannst du es wagen, Fräulein?«

»Natalie Portman? Hübsche Frau. Wie ist sie so?«, fragte ich unschuldig.

»Du hämisches Biest!« Sie fluchte nur, wenn sie wirklich aufgebracht war. Im Normalfall markierte sie lieber die stilvolle Femme Fatale. »*Magic Marc* hat dir einen Antrag gemacht und du lässt rein gar nichts durchblicken? Ich fasse es nicht!«

»Ich hätte es dir schon noch gesagt.«

»Freust du dich denn gar nicht?«

»Sehe ich aus, als würde ich mich nicht freuen?«

»Ja, verdammt, das tust du. Na warte!« Sie sprang auf und war ein paar Sekunden später mit einer Flasche Champagner zurück. »Jetzt kipp den Fusel hinunter, es gibt etwas zu feiern.«

Eilig trank ich den Martini aus, bevor diese Verrückte mich noch meuchelte, und schon sprudelte das nächste Getränk in meinen Cocktailspitz. Vor lauter Aufregung goss sie viel zu viel hinein und besudelte ihr goldenes Sofakissen mit dem teuren Gebräu. Die allseits gefürchteten Alkohol-Eskapaden bei Lilith würden mich eines Tages noch umbringen.

»Oh Mist, mein Stephen Spielberg.« Hektisch klopfte sie auf dem Kissen herum. Sie sammelte Autogramme von allen inspirierenden Menschen, die ihr im Leben begegneten.

Allerdings nicht wie normale Leute auf Zetteln, sondern auf alltäglichen oder auch weniger alltäglichen Objekten. Marilyn Manson hatte sich auf einer hohen Vase verewigt, in die sie stets schwarze Rosen stellte, und Tarantino auf einem ihrer Lippenstifte im Farbton *Coagulated Blood*.

»Nichts passiert.« Erleichtert ließ sie die schmalen Schultern sinken. Sie liebte diese Gegenstände wie Kinder. Lilith und normal ... Nein, ganz und gar nicht.

»Da macht dieser Kerl dir einfach so einen Antrag, ohne mich einzuweihen.«

»Ja, unerhört, oder?« Ich stieß mein Glas gegen ihres. Mir war schon länger klar, dass Marc mir an besagtem ersten Tag nicht ganz so zufällig über den Weg gelaufen sein konnte, wie es vielleicht den Anschein gemacht hatte. Lilith leugnete ihre Verkupplungsaktion vehement, aber ich kannte sie zu gut. Sie war immer der Ansicht gewesen, ich könnte einen gut aufgestellten Mann in meinem Leben brauchen. Damals meinte sie, ich sei besessen von meiner Kunst und hätte mich darin verrannt. Marc und sie kannten sich seit der Schulzeit. Und den Rest der Geschichte konnte nicht nur Graf Zahl aus der Sesamstraße eindeutig kombinieren.

»Wann ist es denn so weit? Wir müssen deinen

Junggesellinnenabschied planen. Ich muss die Mädels anrufen, am besten jetzt gleich. Was hältst du von Vegas mit Strippern und total abgefahrenen Foto-Sessions wie in *Hangover*? Du bekommst den Tiger und ich Mike Tyson.« Sie sprudelte wilder als der Champagner in unseren Gläsern.

»Lilith«, unterbrach ich sie und sie verstummte erschrocken.

»Lilith, ich kann mir all das doch überhaupt nicht leisten. Ich bin Praktikantin in der Firma von Marcs Vater.«

»Oh wow …« Sie fuhr sich durch ihr geglättetes Haar und ließ sich stöhnend im Sessel zurücksinken. »Dieser Hornochse hat dich also immer noch nicht fest angestellt?«

»Nein.« Ich seufzte. »Ich hab mir immer gewünscht, eines Tages meinen Teil zu unserer Hochzeit beitragen zu können, wenn es mal so weit ist, aber jetzt … Er wird alles zahlen und genau nach seinen Vorstellungen aufziehen. Ich weiß nicht, ob …«

»Kein Problem. Ich zahle die Fahrt nach Vegas«, unterbrach sie mich, »das ist ohnehin Sache der Freundinnen.«

»Lilith«, unterbrach ich sie wieder, diesmal mit mehr Nachdruck. Alles in meinem Leben war bisher so geplant worden, wie andere es sich vorgestellt hatten.

»Ich will das allein machen, okay?«

»Was? Die Hochzeit? Eine Hochzeit ist ziemlich übel allein. Schon klar, oder?«

»Nein! Mann, jetzt lass mich doch mal ausreden!« Ich erschrak selbst über den harschen Ton in meiner

Stimme, aber auf einmal kochte etwas tief in mir hoch, das ich sonst nie zuließ. »Alles in meinem Leben ist von ihm. Mein Job, die Wohnung, die Wellen in meiner Frisur hat er sich gewünscht, sogar der verdammte Slip, den ich drunter trage, ist von ihm, Lilith.« Mein Verlobter plante die Hochzeit, meine Freunde die Zeit davor, danach ein Job in der Kanzlei, die Mutter von Marcs Kindern. Wo blieb ich in all dem? »Und warum vögelt er mich immer nur in diesem Bett?«

»Wie bitte?«

»Immer nur dieses Bett. Immer die gleiche Stellung, immer das gleiche gedimmte Licht.«

»Schatz!« Sie sprang auf und griff beschwichtigend nach meiner Hand.

»Aber es ist ...«

»Schatz! Deine schlüpfrigen Worte machen mir Angst. Ich bin ein braves Mädchen.«

Von wegen ...

Eine Weile erwiderte ich ihren besorgten Blick und kühlte dabei merklich ab. »Der Überfall gestern.« Ich drehte an meinem Glas und kaute auf der Unterlippe. »Dieser Kerl nannte Marc einen Schnösel. Bin ich jemand, der einen Schnösel heiratet, Lilith?«

»Oh heilige Mutter Gottes! Ich hole den Wodka.« Sie wollte sich hochdrücken, aber ich hielt sie am Arm zurück und sah ihr fest in die Augen. Sie starrte nur reglos zurück. Wissend. Mitleidig. Dann sagte sie mit gedämpfter Stimme: »Es ist dein Riss, hab ich recht?«

Ich nahm einen tiefen Atemzug, wischte mir übers Gesicht und ließ mich in die weichen Wildlederpolster sinken. »Marc sagte wieder dieses Wort ... *Gosse* ... Er weiß doch inzwischen, wie sehr ich das hasse. Ahnst du, was das mit mir macht, wenn er so redet, Lilith? Da kommt mir die Galle hoch.«

»Ich weiß, Liebes. Ich weiß doch. Das war dumm von ihm.«

»Was ist nur aus uns geworden? Früher an der Filmschule hatten wir noch Träume. Wir waren voller Energie, voller Feuer. Ich hätte meine Seele für das Schauspiel gegeben.«

»Das *hast* du, etwas anderes kannst du dir nicht vorwerfen. Du bist in ein tiefes Loch gestürzt und dann kam Marc und holte dich da wieder raus. *Er* ist ganz offensichtlich dein richtiger Weg, Schatz.«

»Meinst du?« Gedankenverloren folgte ich mit dem Blick den Schnörkeln von Steven Spielbergs Unterschrift.

»Meine ich. Der Teufel hatte seine Chance, aber du bist ihm entwischt, okay?« Lilith zwinkerte liebevoll.

»Und Marc ist der Engel in der Geschichte, oder wie?« Der Champagner sprudelte weich und vollmundig an meinem Gaumen. Genau wie im *Patron* gestern.

Gestern ... Der Tag, an dem Marc Minor mein Leben komplett über den Haufen warf.

»Genau. Dein Licht dimmender, Unterwäsche kaufender, Missionarsstellung liebender – Gott, ich will all diese Dinge eigentlich gar nicht wissen – Engel.«

Ich beobachtete nachdenklich die winzigen Bläschen, die in meinem Glas umherhuschten.

»Liebst du ihn?«, fragte Lilith unvermittelt und fixierte mich, als könnte sie allein mit ihrem Blick eine ehrliche Antwort aus mir hervorpuhlen.

Es kam, ohne dass ich nachdenken musste: »Ja!« Und das war es, was mein Herz sagte. Ich liebte ihn! Ja, das tat ich, verdammt. »Und wie!«

»Tja, Püppchen.« Sie hob ihr Glas und zog eine Braue nach oben. »Dann spachtle gefälligst diesen Riss in dir zu und liebe den Mann! Mit allem, was dir heilig ist! Jetzt ist nicht die Zeit für kalte Füße. Der Mann, den du liebst, fragt dich, ob du ihn heiraten willst, also heirate ihn!«

Ich lächelte müde. Wie immer fand dieses verrückte Luder passende Worte.

In diesem Punkt unterschieden wir uns. Lilith war das Mädchen für das Spontane, ich diejenige mit der Entscheidungsfreude einer Schnecke in sengender Sommerhitze.

»Tja, was soll ich dazu noch sagen?«

»Vielleicht so was wie *Du hast recht, beste Freundin Lilith. Ich werde mir in Zukunft viel eher deine kompetente Meinung anhören und nur dich jemals mehr lieben als meinen bezaubernden Ehemann in spe, den ich dir gern auch mal leihweise überlasse, wenn mir seine Zärtlichkeiten über den Kopf wa-*«

BUMM! Das Spielberg-Kissen flog ihr um die Ohren.

In diesem Moment schepperte mein Smartphone in der Tasche los. *Funky Cold Medina* von Tone Loc.

»Ist er das?«, fragte Lilith und drapierte ihr liebstes Kissen voller Sorgfalt zurück an seinem angestammten Platz.

Verfluchter Mist! Entsetzt traf mein Blick auf die Uhr an ihrer Wand. *Das Essen mit seinem Vater.* Ich war jetzt schon zu spät. Hektisch drückte ich den Anruf stumm.

»Ich muss los. Mann, wo hab ich nur immer meine Gedanken?«

»Na, bei mir, wo sie hingehören.«

»Willst *du* mich nicht vielleicht lieber heiraten?« Eilig packte ich mein Handy in die Handtasche und erwischte beim Hochdrücken mit der Handkante die Fernbedienung.

»Da würdest du dich mit Sicherheit nicht so zieren, du ...« Lilith verstummte und starrte auf den großen Fernsehbildschirm.

Das farblose Kleid nahm wieder Form an. Die Frau erhob sich wie ein Vogelschwarm aus dem tristen Grau der Nacht. Sie reckte die Arme, atmete tief, drehte sich. Schneller und schneller. Immer schneller. Ein Wirbel aus Farben legte sich um ihre weiblichen Kurven und aus all dem entstand nach und nach das Panorama einer Stadt. Wie sie lächelte. Ein Hauch von Wahnsinn klebte in ihren tränenverklärten Zügen. Die Stadt wurde deutlicher erkennbar. Und die Lady hörte nicht auf, sich zu drehen, wurde eins mit den allseits bekannten Gebäuden. Ein spitzer Uhrenturm formte sich aus dem Durcheinander und verschwand wieder. Eine Brücke, ein Fluss. Sie riss den Mund auf, lachte, während sie weinte. Mir wurde ganz schwindelig. Und während die Kamera über die Stadt raste, drückte Lilith den Knopf, offenbar ebenso erschrocken wie ich über diesen merkwürdigen Zufall.

Ruhe. Keiner von uns sagte etwas. Alles schien kurz

still zu stehen. Ich konnte die Augen nicht von der Schwärze des Bildschirms lösen. Plötzlich sah ich den Ausweg aus meinem Dilemma ganz deutlich vor mir. Ein Kurztrip.

»Lilith«, hauchte ich atemlos. Ich war vielleicht nicht spontan, aber Dinge geschahen ganz eindeutig, weil sie geschehen mussten. Das war unser Credo.

»Ja?«, fragte sie ebenso gebannt. Sie wusste, was ich sagen wollte. Es war vielleicht verrückt. Aber manchmal musste man verrückt sein. Besonders, wenn die Zukunft ganz andere Pläne für einen vorgesehen hatte, als verrückt zu sein.

»Du suchst doch jemanden für London, richtig? *Ich* kann das tun.«

»Aber ...« Ihr Blick traf meinen. Vollkommen baff. »Wir waren uns doch gerade einig, dass ... Ich meine, geht das denn? Hast du nicht in der Kanzlei zu tun? Mein Flug geht schon morgen früh. Ich wollte auf Firmenkosten noch etwas geliebten Londoner Mief atmen, wenn ich schon dazu genötigt werde, den globalen Laufburschen zu spielen.«

»Nein, ich habe frei. Ich sollte es tun.«

»Abbie, ich kann dir das nicht auflasten. Es ist ein Job für meinen Boss. Er ist eine geldgierige Kröte, schon vergessen? Du wirst dich prostituieren müssen.«

»Auf einer Cocktailparty in London einen Barkeeper stalken, dir etwas abnehmen, für das du sowieso keine Zeit hast, an meinem freien Wochenende? Sex on the Beach schlürfen in einer Stadt, die ich schon immer mal sehen wollte, weil sie dich großgemacht hat? Prostitution stelle ich mir schmutziger vor.«

»Oh, glaub mir, London *ist* schmutzig. Aber du würdest wenig davon mitbekommen. Die Party findet ganz glamourös auf einer Hotel-Dachterrasse statt. Und die Tickets könnte ich auf dich umschreiben lassen. Erste Klasse.« Sie tippte sich gegen ihre glänzenden, vollen Lippen und spähte nachdenklich zu ihren Koffern hinüber. »Du könntest die Abwechslung gut brauchen, oder? Das würde dir vielleicht helfen.«

»Absolut. Und es wäre ja nur für ein Wochenende. Marc ist darüber bestimmt nicht böse. Er muss ohnehin geschäftlich weg.«

»Das passt alles zu perfekt, Lady. Wo ist der Haken?« Lilith musterte mich aus schmalen Augen.

»Kein Haken. Du kannst zu deinem Treffen und ich gehe in deinem luxuriösen Hotelbett mal kurz in mich und werde in ein paar Monaten Marc Minors glückliche Braut.«

»Und ich werfe Blumen?« Lilith hob ihren langen, roten Fingernagel vor meiner Nase.

»Wenn du meinst, das ist ein angemessener Job für eine Trauzeugin ...«

»Oh Baby!« Sie strahlte und packte mich wie eine Affenmutter, um mich ausweglos an sich zu pressen. »Ich wollte schon immer eine Trauzeugin sein.«

Als sie mich losließ, drückte sie noch einmal fest meine Hände und wischte sich eine kleine Träne aus dem Augenwinkel. »Du wirst sehen: Es ist richtig. *Er* ist richtig! Vielleicht pustet dir London ja den Kopf ein bisschen frei für ihn.«

»Ich weiß, dass er richtig ist.«

VIER

Marcs Vater war ein erhabener Mann. Hochgewachsen, weißhaarig und mit einer Stimme, die Berge hätte zum Einstürzen bringen können. Als ich an dem perfekt dekorierten Tisch in seiner bis ins letzte Detail durchgestylten Wohnung saß, diverse Alkoholika von Lilith im Blut und den Ruf der Freiheit in den Venen, fragte ich mich, wann ich diesen respekteinflößenden Körper je in lockererer Kleidung gesehen hatte als in einem Maßanzug mit Nadelstreifen. Ich konnte mich nicht erinnern.

Die Verkündung unserer Verlobung hatte er mit stolzer Anerkennung honoriert und den besten Likör aus der Vitrine geholt. Seine Angestellten servierten ihn uns zum Hummer. Meine ungeschulte Zunge schmeckte Birne, aber ich schluckte diese Vermutung eilig mit dem Gebräu hinunter, als die beiden Männer einander anlächelten und wie aus einem Mund „Quitte“ hervorbrachten.

Marc hatte viel von seinem alten Herrn. Die perfekten Gesichtszüge, die stahlblauen Augen, die unwiderstehliche Ausstrahlung. Aber auch ab und an dieses Kühle, Beherrschte, das alle Anwesenden von Grund auf zu verurteilen schien. Und natürlich auch den Job. Nur spezialisierte sich der eine auf Scheidungen und der andere war ein international gefeierter Staatsanwalt rund um medienwirksame Drogenkartell-Fälle gewesen. Er hatte schon so manchen unknackbaren Drogenboss hinter schwedische Gardinen prozessiert. Und das mithilfe eines unnachgiebigen Starrsinns und eines mächtigen Bekanntenkreises, bestehend aus bunt gemischten Jungs bei Polizei, FBI, CIA und diversen Untergrundeinheiten, von deren Manövern normale Menschen nicht einmal düster zu träumen wagten. In der Gegenwart von Marc Senior kam ich mir immer vor wie ein kleines naives Mädchen, das keine Ahnung vom Leben hatte.

»Also, Miss Minor in spe ... Ich dachte an eine kleine, aber feine Festivität in meinem Landhaus. Ich werde Geiger und Champagner organisieren. Auch Kanapees und Butler werden selbstverständlich mit von der Partie sein. Mein Sohn heiratet, da scheue ich keine Kosten. Dreihundert Lilien sollen die Örtlichkeit schmücken, die Blume der Liebe und Fruchtbarkeit. Marc sagte, das sei deine Lieblingsblume. Ist doch richtig, oder?« Sein vorfreudiger Blick fand meinen, während ich unbeholfen in meinem Hummer stocherte.

»Ja, das klingt ganz wunderbar.« Meine Zunge war schwer und ich spürte Marcs Blick auf mir. Das Anwesen seines Vaters war die perfekte Location. In dem riesigen Garten hätte die ganze US Army Platz gefunden.

Aber das war doch *unsere* Hochzeit. *Unsere.* Ich wollte nicht nur danebenstehen und zusehen, wie die beiden Minors alles planten, alles zahlten und mich am Ende nur noch vor den Altar stellten wie eine leblose Puppe. Ich liebte Lilien, das stimmte. Allerdings eher für die Schattenseiten ihrer Bedeutung. Für das Morbide, das Zerbrechliche, die Vergänglichkeit. Doch das konnte ich ihm jetzt ja schlecht auf die Nase binden. Gott, ging das schon wieder los? Ich musste dringend entspannter werden. Dieses furchtbare Gedankenkarussell! Hatte ich vielleicht am Ende doch Torschlusspanik?

»Der ungehobelte Kerl, der euch dort draußen überfallen hat«, Marcs Vater schob mit einer fließenden Bewegung eine Stoffserviette in den Kragen seines Hemdes und strich sie bedächtig glatt, »hat sich mit den Falschen angelegt, Sohn.«

»Na, das will ich meinen.« Marcs Augen blitzten und er tätschelte mir den Arm, als müsste er mich beruhigen.

»Nach seinem Prozess wird der arme Tropf nicht mehr geradeaus gehen können. Wir wissen bereits alles über ihn. Beschaffungskriminell. Haust in einem Lager aus Spritzen und seinen eigenen Exkrementen. Und …« Er zog einen Mundwinkel nach oben und bedachte Marc mit einem amüsierten Blick. »Ihr beide hattet tatsächlich bereits das Vergnügen. Milo Benson. Du hast vor neun Jahren seine Frau vertreten und ihr wurde das gesamte Vermögen zugesprochen.«

Marc zuckte die Achseln. »Schon möglich. Du wirst es mir nachsehen, wenn ich mich nicht an jede gescheiterte Existenz meines Arbeitsalltags erinnere.«

»Tja, das Leid eines Scheidungsanwaltes.« Minor Senior brach seinen Hummerkörper mit einem Krachen in der Mitte durch. »Abigail, ist es nicht spannend, mit einem so mächtigen Mann liiert zu sein?«

»Wenn nicht jede Woche jemand auf die Idee kommt, über mich Rache an ihm üben zu wollen, ist es schon ganz in Ordnung.« Ich stocherte in meinen gedünsteten Kartoffeln, die mit meinem Schwips zahlreicher aussahen, als sie eigentlich waren.

»Ganz in Ordnung, hm?« Marc drückte mir einen derben Kuss auf die Wange.

»Jedenfalls«, fuhr sein Vater fort, »hat der Mann hohe Schulden bei Leuten, die nicht zimperlich mit ihm umgegangen wären. Ein Strang, den ich vor Jahren einmal ausgehoben habe. Der Rest der Bastarde ist untergetaucht.« Er knurrte ungehalten. Dieser alte Prozess wurmte ihn noch immer, denn er hatte ihn nie komplett abschließen können. Einer der Bosse war ihm entkommen, Marc hatte mir einmal davon erzählt. Auch wenn sein Vater längst in Rente sein sollte, übernahm er doch immer noch inoffiziell den ein oder anderen Härtefall. »Das Gefängnis ist der bessere Ort für ihn. Auf der Straße hatte er ohnehin niemanden. Wäre bloß hingesiecht in seinem Morast.«

»Also erneut eine gute Tat.« Marc hob sein Glas und stieß mit seinem Vater an.

»Na ja, nicht wirklich«, murmelte ich und ließ meinen Likör stehen, wo er war, »wenn ihn der kalte

Entzug nicht erledigt, tut es wahrscheinlich irgendein Kerl im Knast, der einen Kerl kennt, dem er draußen Geld schuldet.«

»Wie bitte, Kind?« Marcs Vater sah mich verdutzt an.

»Ich ... muss mich kurz frisch machen.« Als ich mich aufrichtete, riss ich beinahe die Wasserkaraffe um. Die beiden Männer starrten mich an und ich räusperte mich.

»Tschuldigung.«

Kurz vor der Toilette tauchte Marc hinter mir auf wie ein Schatten und ich erschrak fürchterlich.

»Was ist mit dir los?« Seine Hände griffen sacht nach meinen Armen. Ich konnte sein Parfüm riechen. Vertraut und attraktiv.

»Was soll denn sein?« Angestrengt versuchte ich, meinen Schwips zu überspielen.

»Dieser Kommentar da gerade. Deine Fahrigkeit. Das kleine Biest hat dich schon wieder abgefüllt.« Er legte schelmisch den Kopf schief.

»Nein, gar nicht! Es ist nur dein Vater. Er macht mich schon wieder nervös.« Und das stimmte. Ich hatte mir seinen Respekt hart erarbeiten müssen. Eine Frau mit meiner Vergangenheit war eindeutig nicht die erste Wahl für einen gut situierten Mann wie seinen Sohn.

Ich wich Marcs Blick aus, aber er ließ nicht locker.

»Okaaaay. Vielleicht ein bisschen. Wir haben über den Jungesellin'n ...« Das Wort bereitete mir ernste Schwierigkeiten. »Den Abschied gesprochen, du weißt schon.«

»Ich verstehe.« Er lachte. Ich liebte es, wenn er lachte.

»Und was werdet ihr anstellen? Kalifornien? Schaumpartys? Stripper? Bei Gott, wenn dich einer von denen anpackt, werde ich …«

»Erst mal fliege ich nach London. Vielleicht ist das dann einfach auch gleich mein Jung … Jung … Der Abschied eben.« Es rutschte mir schneller heraus, als ich darüber nachdenken konnte.

Sein Blick wurde irritiert. »London? Lilith und du? Warum? Warte … *Ich* sagst du, weil …«

»Weil ich allein fliege. Ich übernehme dort einen Job für Lilith, den sie nicht machen kann. Sei froh. Dann werden es zumindest keine Stripper, sondern nur ein Cocktail-Künstler.«

»Allein?« Seine Hände glitten von meinen Armen und er schürzte die Lippen. »Abbie … Einen Junggesellinnenabschied feiert man nicht allein. Jeder Mensch auf dieser Welt möchte diese Nacht mit den besten Freunden verbringen.«

»Und bin ich jeder Mensch auf dieser Welt?« Ich strauchelte und stützte mich an der nächstbesten Wand ab. In meiner Illusion wirkte ich furchtbar souverän. Sein verstörtes Grinsen zeigte, dass das wohl nicht ganz der Wahrheit entsprach.

»Nein, du bist mein verrückter Schmetterling.«

»Ich muss jetzt pinkeln«, murmelte ich und verschränkte die Arme vor der Brust. »Und morgen fährst du mich zum Flughafen.« Bemüht zielstrebig wollte ich meinen Weg fortsetzen, aber Marc hielt mich an der Schulter zurück.

»Warte mal! Du meinst das doch nicht wirklich ernst, oder?«

Ich drehte mich um und sah ihn fest an.

»Du bist betrunken.« Plötzlich fand er diese Tatsache nicht mehr so amüsant.

»Morgen werde ich nach London fliegen«, sagte ich voll nüchterner Überzeugung. Es verstörte ihn. Ich war noch nie ohne ihn weit weg gewesen, seit wir zusammen waren. Überhaupt noch nie vorher, wenn ich so darüber nachdachte.

»Abbie ...« Er wirkte erschrocken. »Habe ich dich überrumpelt? Das wollte ich nicht. Ich ... Ich meine, wir müssen nicht ...« Sein Mund stand offen wie der eines erstickendes Fisches.

»Marc.« Ich nahm sein Gesicht in meine Hände. Er war schön. Ich liebte ihn. »Mach dir keine Gedanken! Ich will keine Stripper oder eine Schaumparty. Und es ist nur ein Job. Du verlässt ständig die Stadt für Jobs, schon vergessen?«

»Das ...« Schmale Falten legten sich auf seine Stirn.

»Das will ich nicht. Ich will nicht, dass du allein irgendwohin fährst.«

Ein kleines Lächeln stahl sich in meine Züge. »Ist okay. Ich frage dich nicht um Erlaubnis. Ich sage dir lediglich, dass ich es tun werde.« Verdammt, war das Liliths Champagner, der mich so beharrlich machte?

Unter normalen Umständen hätte ich ihr schon zu Beginn der Diskussion geschrieben, dass ich die Tickets nicht übernehmen konnte, weil mein Zukünftiger es nicht wollte. Warum sollte ich mich auf einen Streit einlassen, wenn ich ihn schon im Keim ersticken konnte, indem ich einfach blieb?

Marc schluckte schwer und machte einen Schritt zurück, um sich aus meinem Griff zu lösen.

»Wow ...« Er wischte sich übers Gesicht. »Dort im Restaurant ... Du warst der Ansicht, ich würde mich von dir trennen. Hast du das nur gedacht oder hast du es gehofft?« Seine Worte schlugen dort ein, wo es wehtat.

Ich presste ein kleines, freudloses Lachen durch die Zähne. »Du Idiot ... Ich muss jetzt wirklich mal.« Wieder drehte ich mich um und wieder hielt er mich zurück.

»Liebst du mich, Abigail Summers, oder tust du es nicht?«

»Natürlich, verdammt«, zischte ich, mein Gesicht ganz nahe bei seinem. »Ja, ich liebe dich.« Meine Worte ließen sich warm auf seinen Lippen nieder. »Aber lass mich noch einmal kurz ich sein, bevor ich ganz dir gehöre!«

FÜNF

Der Mittag in New York war trotz des nahenden Sommers grau wie ein alter Film. Jedes Vorurteil über England hätte sich schon jetzt und hier durchweg bestätigt gefühlt. Der rubinrote Jaguar von Marcs Vater heulte unter uns auf. Marc hatte bereits zu horrend früher Uhrzeit einen wichtigen Termin gehabt, dessen Rattenschwanz ihn für die nächsten Tage ohnehin so sehr vereinnahmen würde, dass wir kaum Zeit füreinander gefunden hätten. Und da saß ich nun in diesem Geschoss, klammerte mich an meine eilig gepackten Habseligkeiten, die fragwürdige Check-Liste von Liliths Boss und das vorträgliche Hochzeitsgeschenk von Marc, das ich erst öffnen sollte, wenn ich im Hotel angekommen wäre – irgendein schicker Laden mit Blick auf den Big Ben, der ja eigentlich gar nicht der Big Ben war. Die Glocke im Inneren des Elisabeth Tower würde ich wohl kaum zu Gesicht bekommen, es sei denn, ich heuerte noch schnell als britischer Quasi Modo an. Ja, ich hatte mich informiert …

»Das Wetter möchte dich wohl schon mal auf diese Stadt vorbereiten«, sagte Marcs Vater, ohne den Widerwillen in seiner Stimme zu verbergen.

Natürlich hieß auch er diese Aktion nicht gut. Dachte wahrscheinlich genau wie Marc, ich würde plötzlich an meinem Eheversprechen zweifeln. Oder warum sonst fiel mir gerade jetzt, einen Tag nach dem Antrag ein, dass ich dringend für einen Job meiner Freundin ans andere Ende der Welt reisen musste? Allein. Wo ich fliegen hasste wie die Pest.

»Es soll sonnig werden«, erwiderte ich knapp.

Als der Jaguar in die Flughafeneinfahrt einbog und Marcs Vater meine Tasche zum Check-in trug, sagte ich: »Du fragst dich, warum ich das so spontan tue, richtig?«

Er neigte den Kopf und verpasste mir den gleichen verschmitzten Seitenblick, den ich von seinem Sohn kannte. »Du bist eine erwachsene Frau, Abigail. Lass dir eines sagen von einem alten Silberrücken wie mir: Die kleinen Schubse, die das Leben uns ab und zu verpasst, sind genau, was unser Dasein ausmacht.«

Verblüfft starrte ich ihn an. »Ich habe also deinen Segen? Du zweifelst nicht an meiner Liebe zu Marc?«

Sein Zuspruch rührte mich. Ich wusste, er hatte seine rar gesäten guten Momente, eine heimliche sanfte Seite, die er nur herausließ, wenn Marc nicht in der Nähe war – oder irgendein anderes männliches Wesen, vor dem er sich auf die Brust trommeln musste wie King Kong. Seit Marcs Mutter gegangen war, musste Marc Senior ständig und überall aller Welt beweisen, dass er auch als verlassener Mann immer noch ein ganzer Kerl war. Allen voran seinem Sohn, den er mit harter Hand erzogen hatte. Es gehörte nicht zu seinen Prinzipien, seinem Sohn Schwäche zu vermitteln. Er wollte ein starkes und erfolgreiches Kind in diese Welt entlassen. Es stimmte mich fast traurig, dass er nur so selten ein klein wenig lockerlassen konnte. Mir musste er nichts beweisen. Ich war weder einer seiner missgünstigen Ex-Kollegen noch sein Rivale.

»Du brauchst meinen Segen nicht.« Er schob zwinkernd meine Tasche zu mir herüber. »Alles, was du wissen musst, ist, dass ich mich sehr glücklich schätze, dich bald meine Schwiegertochter nennen zu dürfen, auch wenn unser Start vielleicht etwas holprig war. Marc liebt dich und das nicht ohne Grund. Du bist eine bemerkenswerte junge Frau, die für ihre Freundin einsteht, und jetzt genieß deinen Schubs, bevor ich dir noch einen verpasse.«

Zögernd griff ich nach meiner Tasche und er berührte in einer beinahe liebevollen Geste meinen Arm. »Tu nichts, was ich nicht auch tun würde. Und vergiss mir meinen Sohn dabei nicht!«

Ich schätzte es zwar, wenn er seinen Stacheldraht der Welt öffnete, aber so innig hatte er noch nie zuvor mit mir gesprochen. Ich fand es fast ein bisschen unheimlich und gleichzeitig bestätigte es mich in einfach allem.

»Was? *Der Pate* hat dich fast umarmt?« Im Hintergrund klackten Liliths High Heels und ich hörte ihren kleinen Rollkoffer über Asphalt rumpeln. Sicher war sie bereits auf dem Weg zu ihrem Termin. »Und du bist auch wirklich ganz sicher?« Sie nannte Marcs Vater immer *Pate*, weil er sie mit seiner beherrschten Ausstrahlung an Marlon Brando im gleichnamigen Film-Klassiker erinnerte. Überhaupt hatte sie für fast jeden Menschen, der ihren Weg kreuzte, eine vergleichbare Filmfigur parat.

»Ja, bin ich, er war wirklich drauf und dran. Und es war extrem skurril, aber auch fast ein bisschen schön.« Noch immer verstört nippte ich an meinem Kaffee vom Bäcker-Stand.

»Manche Momente sollte man in Gläser sperren«, sagte sie. »Und wenn er mal wieder zu unterkühlt ist, packst du einfach seine Fast-Umarmung aus und rufst: *Ha! Ich habe den Beweis. Du hast ein Herz, Pate!*«

»Ja, genau. Du, ich bin schon auf dem Weg zum Gate.« Mein Blick scannte die Zahlen der Wartebereiche, als ich meinen Koffer daran vorbeizerrte. »Wie hieß gleich noch mal dieser Club in London, von dem du damals so begeistert warst?«

Ruhe am anderen Ende. Sie war stehengeblieben. »Wie kommst du denn jetzt darauf?«

»Hallo? Die Stadt hat dich verändert, dir die Augen geöffnet. Und wenn ich schon mal dort bin, kann ich doch wohl mal einen Blick auf den Ort werfen, der meine beste Freundin damals zu der Frau gemacht hat, die sie jetzt ist?«

»Du bist ja süß.« Sie klang ehrlich gerührt. »Aber

das ist viele, viele Jahre her. Der Club, das *Don't you dare*, ist jetzt nur noch Mitgliedern und geladenen Gästen vorbehalten.

Bei einer dieser grandiosen Vorführungen wurde mir damals klar, dass ich Visagistin werden muss. Es war wie eine Offenbarung. Ich hab dir ja davon erzählt.«

Oh ja, das hatte sie. Sie war vollkommen aufgelöst gewesen, als sie damals von der Reise zurückgekehrt war. Diese Stadt hatte sie offenbar gepackt, geschüttelt und ihr ihre Bestimmung gezeigt, ihr Innerstes erschüttert.

»Aber schon damals war dieser Ort skurril, verstörend, irgendwie bunt und trotzdem schwarz«, fuhr sie fort. »Das *Don't you dare* ist nichts für dich. Du bist ein braves Mädchen.«

»Was soll das denn bitte heißen?«, empörte ich mich. Hatte sie mich etwa gerade prüde genannt? Ich wusste, dass Lilith eine verruchte Vergangenheit besaß, von der sie heute nicht gern sprach. Sex mit Fremden, um beruflich aufzusteigen, Designer-Drogen und Alkoholexzesse.

»Ist das ein Sadomaso-Schuppen oder was?«, schimpfte ich so laut, dass sich ein Mann zu mir umdrehte, der auf dem Gang eine Garten-Zeitschrift las.

»Das nicht«, erwiderte Lilith. »Aber er dringt mindestens genauso tief in dich ein. Wie die Filme seines Besitzers eben. Und du hast ein reines Herz. Nicht einmal ich war seit damals je wieder dort, okay?«

»Warte ... Filme? Gehört der Club diesem ...«

»Bolden, genau. Vielleicht mag ich seine Filme deshalb so sehr. Gott, ich darf sie ja eigentlich gar nicht mögen und natürlich sind sie bei Weitem nicht so professionell wie unsere Hollywood-Produktionen. Oh Mann, du darfst nie jemandem verraten, dass ich mir so etwas zu Gemüte führe. Aber es inspiriert mich auf eine ... grobe Art. Mein Boss würde mich sofort auf die Straße setzen, wenn er wüsste, dass ich mir den neuesten Bolden ansehe, unseren Diamanten mit Tom Cruise aber noch nicht einmal angerührt habe. Oh Gott!«

»Und du warst nie wieder dort, obwohl der Club deinem Idol, dem berühmtesten Phantom der Filmbranche gehört?« Ich hatte mein Gate gefunden und reihte mich in die Schlange ein.

»Nein! Nie mehr. Man sagt sich, dort gingen nur noch Prostituierte und Freaks ein und aus. Und ich bin, soweit ich mich erinnere, keines von beidem. Genauso wenig wie du.«

»Hmmm.« Gedankenverloren nahm ich den letzten Schluck meines Kaffees. Dieses ganze Gerede machte den Club interessanter als mir lieb war. »Wo ist er?«

»Schätzchen, nein! Einfach nein!« Das Klacken am anderen Ende setzte wieder ein. »Geh auf die Cocktailparty, amüsier dich, sieh dir den Tower an, mach von mir aus eine Rundfahrt auf der Themse und sei eine gute zukünftige Mrs. Minor!«

Eine Spazierfahrt auf der Themse, hm. Ich warf meinen leeren Becher in einen Papierkorb, an dem sich unsere Schlange vorbeibewegte.

Vielleicht hatte ich aber viel mehr Lust auf eine Phantom-Jagd? Und vielleicht war ich in Liliths Augen ja nicht mehr das brave, kleine Schätzchen, wenn ich die Erste in ihrem Umfeld war, die ihr Idol vor die Linse bekam?

Als ich mein Smartphone auf Flugmodus stellen wollte, hatte ich eine Nachricht von Lilith auf dem Display: *Bleib sauber und: Enjoy the rain! Melde dich, Verrückte!*

Darunter prangte das GIF eines Mannes, der im Regen tanzt.

»Jaja, du mich auch.« Grinsend steckte ich das Handy ein und machte mich bereit für den Start.

Das Flugzeug holperte und wankte und ich kniff die Augen so fest zusammen, dass es brannte. Fliegen war nicht meins und würde es nie werden. Die Vorstellung, den sicheren Boden zu verlassen und in einer dünnen Blechhülse in unmenschliche Höhen aufzusteigen, bereitete mir Magenkrämpfe. Wie alles andere auch, das mit Kontrollverlust einherging. Ab und zu ein bisschen Alkohol war das höchste der Gefühle, aber danach hörte es auch schon auf.

Schwitzend und zitternd wartete ich auf das Ende dieses Elends. Sieben verdammte Stunden musste ich mich hier einsperren lassen. Sieben Stunden! Ich hasste Lilith. Ich verfluchte sie, schimpfte deftig. Jede noch so kleine Turbulenz fühlte sich an wie das Ende der Welt.

Der Kerl neben mir warf mir hin und wieder einen mitfühlenden Blick zu. Er war etwa in meinem Alter, bis zum Kinn mit bunten Blumenranken zutätowiert, als wollte er selbst zu einem Rosenstrauch werden. Wäre mir im Moment auf jeden Fall auch lieber.

»Halb so schlimm.« Ein weiteres Mal drehte er das fein geschnittene Gesicht in meine Richtung und zwinkerte mir zu. Seine linke Braue war voller Piercings. Was für ein saublöder Kommentar. Noch saublöder als sein beißend süßes Parfum oder seine Illusion, ein lebendes Gesamtkunstwerk zu sein.

»Lust auf ne kleine Auszeit?« Sein schwarz lackierter Fingernagel tippte an eine Tablettendose auf seinem Klapptisch.

»Nein, danke.« Ich wendete mich ab.

Marc hielt tätowierte Typen allesamt für Taugenichtse und Kriminelle. Niedere Körperkunst für den Mittelstand. In seinem Dunstkreis trug man reine, jungfräuliche Blässe zur Schau. Unschuldig wie das weiße Hochzeitskleid, das ich bald am Leib tragen würde.

Ich zog zwei Reisetabletten aus dem Handgepäck und spülte sie mit reichlich Soda hinunter, dann kramte ich die Liste von Liliths Boss heraus, um mich abzulenken. Wirklich ungeheuerlich, was dieser Kerl sich herausnahm. *Ausstrahlung, Hautfarbe, Outfit: angemessen? Augen: Farbe? Wach? Sympathisch? Extravaganz von 1 bis 10, Foto* ... Ach, ein Bild verlangte er auch noch? Ich würde den Kerl stalken müssen wie ein gruseliger Freak.

»Wow!« Erst durch seinen Ausruf, merkte ich, dass mein Nachbar ebenfalls auf die Liste spähte. »Bist du

Privatdetektivin oder so was? Was soll denn bitte *intakt* bedeuten?«

»Hey!« Ich schob das Klemmbrett schnell zurück in die Tiefen der Tasche. »Macht Ihnen das Spaß, sich in fremde Angelegenheiten einzumischen? Unhöflich, okay?«

Der Blumenmann lehnte sich schmatzend im Sitz zurück und schloss die Augen. Schimpfend und schnaubend wendete ich mich ab. Am liebsten würde ich ihn fragen, ob *er* vielleicht das Stalking für mich übernehmen wollte. Schien ja bereits ein Faible für so etwas zu haben. *Intakt* … Ich kam ebenfalls nicht umhin, mich zu fragen, was das heißen sollte. Musste ich prüfen, ob der Kerl noch alle Finger und Zehen besaß? Oh Mann, worauf hatte ich mich hier nur eingelassen?

Als ich wieder aufwachte, befanden wir uns bereits im Sinkflug.

»Hier, nimm das«, raunte mein Nachbar und schob mir einen kleinen Ball in die Hand, bevor ich etwas erwidern konnte. »Fest zudrücken! Hilft gegen unerwünschte Gäste im Kopf.«

Ich bedankte mich nicht. Meine Mundhöhle fühlte sich an wie die Sahara. *Unerwünschte Gäste im Kopf* … Wir flogen eine Schleife, die mir meinen Mageninhalt wie in einem Fahrstuhl auf direktem Weg unter die Schädeldecke rasen ließ. Doch aus dieser Position reichte ein kurzer Blick hinunter und die Übelkeit wurde zu einer unbedeutenden Nebensache. Wie eine dunkle Schlange wand sich die Themse durch ein beinahe surreales Stadtbild. Ich erkannte Westminster Abbey, die allseits beliebte phallusartige Gherkin und

The Shard, wie er sich zu uns hinauf in den grauen Himmel bohrte.

Mein Sitznachbar rückte zur Seite, um mir einen noch besseren Blick zu ermöglichen. Die nächste Kurve entriss ihn mir wieder und schleuderte uns zurück ins grimmige Nichts. Was sollte das werden? Machte der Pilot gerade einen Looping? Meine Finger quetschten den Ball so energisch, dass ich dachte, er würde jeden Moment platzen.

»Nur eine Warteschleife. Wir sind gleich unten«, bewertete mein Leidensgenosse das Geschehen. Nachdem meine Innereien noch ein paar Mal in ihre Einzelteile zerfallen waren und wir endlich rumpelnd auf der Landebahn aufgesetzt hatten, stand der Vogel schließlich fest und sicher auf dem Boden vor der Halle von London Central.

Das ganze Vorhaben kam mir plötzlich albern vor. Was wollte ich denn überhaupt hier, allein? In einer Stadt, in der ich noch nie zuvor war? Um einen Job zu machen, den ich mit ziemlicher Sicherheit verbocken würde? Wahrscheinlich würde ich am Ende einfach nur begreifen, wie blöd ein Mensch sein konnte. Und wie es sich anfühlte, einsam zu sein. Das wäre wohl noch die beste Erkenntnis.

Mein Nachbar wollte seinen Ball nicht zurück.

»Behalt ihn, bis dein Kopf ruhig ist«, sagte er nur und machte sich mit seiner Reisetasche voller bunter Flicken von dannen.

Komischer Kauz!

Die Taxifahrt bestand nur aus Drängeln und Warten.

Vom Wagen aus wirkte London wie eine verruchte Fremde, der man besser nicht zu nahe kam. Die Gebäude waren klein und schmal wie Spielzeuge. Zwei schicke dunkelhäutige Frauen schoben einander lachend über die Straße zwischen den Autos hindurch. Neben uns heulte eine wendige Rennmaschine auf und ich zuckte zusammen.

»Das erste Mal in London?«

Der Akzent des Taxifahrers gefiel mir. Nicht so verwaschen wie amerikanisches Englisch, eher akkurat und bedacht. Jede Erwiderung wäre überflüssig gewesen, mein kindlicher Blick hatte mich bereits entlarvt.

Er lachte brummend. »Diese Stadt hat für jeden etwas übrig, keine Angst!«

»Dann ist ja gut.« Mein Blick heftete sich wieder an das Geschehen auf der anderen Seite der Scheibe. Vor einem Pub, der nur aus Blumen zu bestehen schien, drängten sich lachende Menschen. Ein paar Männer saßen auf dem Bordstein.

Die Fahrt dauerte viel länger, als sie von London Central aus hätte dauern sollen. So etwas wie Vorfahrtsregeln schien es hier nicht zu geben. Die Leute winkten einander einfach in die Autoknäuele hinein und dann ließ man sich schieben. Marc hätte es gehasst.

Mein Hotel war noch edler, als ich befürchtet hatte. Der Eingangsbereich glich einem Schloss und mein Gepäck wurde in eine Suite getragen, von deren Balkon aus ich Westminster Abbey in vollem Glanze sah.

»Wenn Sie etwas brauchen, rufen Sie einfach an.«

Der Page lächelte höflich, und als die Tür hinter ihm ins Schloss gefallen war, starrte ich das helle Holz noch geschlagene fünf Minuten an. Mein Blick tastete sich vorsichtig zu dem riesigen, auf einem Sockel thronenden Himmelbett mit Aussicht auf den Elizabeth Tower.

»Oh Mann …« Ich ließ die Schultern fallen.

Das Klingeln meines Smartphones riss mich aus meinen Gedanken.

»Heeey. Ich will nur wissen, ob du … Oh Gott, wie siehst du denn aus, Schätzchen?« Lilith beugte sich näher an den Bildschirm, als könnte sie mich so besser inspizieren.

»Ach, der Flug war etwas rabiat. Nichts weiter.« Ich winkte ab, auch wenn sie es nicht sehen konnte.

»Miss Minor?« Sie zog eine Braue hoch und schürzte die roten Lippen. Ihrer Aufmachung nach zu urteilen steckte sie gerade mitten in ihrem Job. »Vermisst du Marc etwa schon? Wow, das ging schnell, du kleiner verliebter Kolibri.«

»Kolibri?« Ich kniff die Augen zusammen.

»Oh ja, sorry. Ist der Codename von Jennifer Aniston in unserem neuen Film. Wir haben eine Art Running Gag daraus gemacht. Du weißt schon: Wer bringt uns denn nun das Wasser? Der Kolibri. Wer ist denn seit Stunden auf der Toilette? Der …«

»… Kolibri?«, beendete ich ihren Satz, wenig begeistert.

»Ähm …« Sie verzog das Gesicht. »Sorry. Situationskomik ist nur halb so witzig, wenn man nicht dabei ist.«

»Ach, ich hätte das einfach mal mit dir oder Marc

machen sollen. Neue Städte lernt man nicht allein kennen. Und ich hab mir vorhin deine Liste angesehen. Was zum Geier stimmt nicht mit dem Typen? Ich weiß nicht, ob ich das kann, Lilith. Um alle Punkte abzuarbeiten, muss ich den Cocktail-Kerl wirklich heftig bespannen. Mir ist es ja schon unangenehm, mit einem Fremden Blickkontakt zu halten. Wie soll ich dann bitte herausfinden, ob er künstliche Gliedmaßen besitzt. Das alles hier war eine echt dämliche Idee«, platzte es aus mir heraus, während ich mich auf das Bett fallen ließ. Es war weich wie ein Berg aus Schaumstoff. Ein *einsamer* Berg aus Schaumstoff. Viel zu hoch für einen allein.

»Oh Baby, ich wäre auch viel lieber mit dir gemeinsam da drüben, aber vergiss nicht, dass dir meine ewige Dankbarkeit gewiss sein wird. Und du kannst das, glaub mir! Schmeiß dich beherzt in eine Hecke und beobachte ihn einfach ein bisschen. Und wenn er fragt, was du da treibst, sagst du, du bist von der Blumenfirma und dieser Buxbaum erschien dir durstig.« Lilith bleckte die Zähne. »Warte mal ... Ist das ein Bett oder dein ganzes Zimmer?«

»Ein Bett«, sagte ich freudlos.

»Da leck mich doch einer ...« Lilith zog den Kopf ein und blickte sich demütig um. Keine Flüche am Arbeitsplatz! »Und was ist das da? Ist das etwa Big Ben? Okay, vergiss die Dankbarkeit! Ich hasse dich!« Ihr Finger zeigte an mir vorbei zu den hohen Fenstern.

»Der *Elizabeth Tower*, ja.« Ich hatte sie durchschaut. Sie wollte mich aufmuntern.

»Abigail Summers! Du elende Klugscheißerin wirst

jetzt Folgendes tun ...« Es wurde schattiger um sie herum. Floh sie gerade in die Besenkammer, um mit mir zu reden? »Du wirst diesen verschissenen Champagner nehmen, ihn köpfen, deinen kleinen, süßen Hintern auf deinen Balkon schwingen und dich treiben lassen. Hast du mich verstanden? Und du wirst mich nicht anrufen, außer ein fieser Perverser ist dir auf den Fersen oder so. Raus aus der Komfortzone, Fräulein!«

Suchend blickte ich mich um. Der Champagner neben dem Bett war mir noch gar nicht aufgefallen. Das Zeug mauserte sich langsam zu einem Grundnahrungsmittel.

»Ich habe Marc ebenfalls verboten, dich anzurufen. Mach sein Geschenk trotzdem auf, ich habe es mit ihm ausgesucht, auch wenn ich keinen Schimmer hatte, dass es ein Verlobungsgeschenk sein sollte, dieser kleine ... Na, jedenfalls ist es rattenscharf.« Sie pfiff durch die Zähne und starrte mich augenbrauenzuckend aus dem Halbdunkel heraus an. »Bei dir ist es ... achtzehn Uhr und du bist jetzt ich, okay? Also genieß, verdammt noch mal, den Abend, denn das hätte ich auch getan! *Seize the day!* Es wäre nur nett, wenn du nicht zur Alkoholleiche würdest, der Termin morgen könnte mich sonst den Kopf kosten, okay?«

Matt kaute ich auf meiner Unterlippe. »Okay ... Danke! Sag dem Kolibri liebe Grüße ... und Jennifer Aniston!«

»Oh ja, sie ist toll. Aber nicht so toll wie du. Ich hab dich lieb.« Sie strahlte.

»Ich dich auch.« Ein letztes Winken in die Handykamera, dann war die Verbindung unterbrochen.

Ein tiefer Atemzug weitete meine Lunge und ich rappelte mich auf, um vorsichtig das seidene Papier von Marcs Geschenk zu ziehen. Es war weich und die Verpackung fragil wie ein Versprechen. Sie löste sich fast von allein.

Noch vor dem Inhalt fiel eine Karte heraus und landete direkt auf meinen Füßen.

Seidig wie die Lippen meines Schmetterlings.

Genieß das Vermissen! In tiefer Liebe, dein Marc

»Ich liebe dich auch«, flüsterte ich und breitete mein Verlobungsgeschenk sacht auf dem Bett aus.

Ein Kleid, schön wie der tiefe Abendschimmer. In Königsblau und ganz aus Seide. Hochgeschlossen, aber kurz und es floss nahezu durch meine Hände.

»Wow.« Ich fühlte das Brennen von aufsteigenden Tränen in meinen Augen. Ich war nicht wie Lilith und mochte meine Komfortzone eigentlich ganz gern. Was für ein verweichlichtes Ding ich doch war. Aber es war mir egal. Ich musste dieses Kleid tragen, sofort! Das wäre bestimmt ein wenig, als wäre Marc bei mir.

Die Seide lag wie eine zweite Haut an meinem nackten Körper an und ließ meine hellen Augen wirken, als würden sie leuchten. Eine wirklich, wirklich gute Wahl.

Ich wollte nach den Gläsern für den Champagner greifen und stellte fest, dass es keine gab.

»Mist!« Mein Blick glitt hinüber zum Telefon. Sicher würde man mir sofort ein Glas bringen. Aber wie würde das denn wirken? *Ein Glas* ... Ich hätte gern *ein Glas*. Puh ... Hinter dem Bett entdeckte ich eine Reihe von Musik-Boxen. Eine Anlage. Was würde ich tun, wenn ich Lilith wäre?

Oder noch besser: Was würde mein altes Ich tun? Das unbedarfte Ich, das Ich, das ein Herz voller Träume besessen hatte? Ganz egal, ob sie sich als Fehler herausstellten oder nicht.

Das Ich, das einfach loslief. Ohne Termine oder Verpflichtungen. Kannte ich dieses Ich überhaupt noch? Oder hatte ich einfach inzwischen gelernt, dass so etwas wie Träume oder Freiheit gar nicht existierte?

»Okay, stopp!«, sagte ich laut zu mir selbst. Das hier war keine philosophische Abhandlung über mein Elend, sondern *mein* Abend in einer Stadt, die mich kennenlernen wollte. Während ich auf der Innenseite meiner Wange kaute, fanden meine Finger wie von selbst wieder das Smartphone. Ich verband es mit der Anlage, deren stylische Boxen sich durch die ganze Suite verteilten. Shuffle. George Ezra.

Shotgun brachte Leben in die einsame Suite und ich wippte verhalten zur Melodie. Das Kleid fühlte sich kühl auf meiner Haut an. Draußen glitzerte die Themse in der Abendsonne und sah gar nicht so schmutzig aus, wie alle immer sagten.

Die Champagnerflasche ploppte beim Öffnen und ich setzte den schmalen Hals an die Lippen. Wow! Zu was so ein Mund voller Schaum imstande war. Nach ein paar Schlucken wurden meine Bewegungen ausladender und ich tanzte hinaus auf den Balkon. Das Grau war verdrängt, die Wolken rissen auf und nach einer halben Flasche erstrahlte die Stadt unter mir in einer einzigen Explosion aus Farben. Das Eye drehte in hell leuchtendem Violett seine Runden, die Brücken schimmerten in Grün und Türkis und der Elizabeth Tower oder von mir aus auch Big Ben winkte in einem verführerischen Goldgelb zu mir hinauf.

Ich beschloss, verdammt noch mal, das zu tun, weshalb ich hier war. Ich weinerliches, verwirrtes Ding würde meinen Abend genießen und mich dort unter die Spaziergänger an der Themse mischen.

»Nehmt euch in Acht, ihr fremden Bastarde! Ich komme.«

SECHS

Das Wasser des Flusses glänzte in tausend Farben. Verliebte Paare wechselten sich mit Gruppen lachender Menschen ab. Ein alter Mann malte die beleuchtete Millennium Bridge. Mitten auf dem Spazierweg rollten drei gummiartige Kugeln an mir vorbei mit jauchzenden Teenies darin und vor dem Globe-Theatre machte ein bunt angezogener Mann schimmernde Seifenblasen, die von Kindern gejagt wurden.

Die ganze Stadt war wach. Wacher als alles, was ich bisher erlebt hatte. Auch in New York hetzten nachts die Menschen von A nach B, aber das hier war anders. Auf eine schwer zu beschreibende Weise anders.

Nachdem ich einmal von Westminster Abbey bis hinunter zur Tower Bridge spaziert war, brauchte ich eine Pause von all den verrückten Ständen, Foodtrucks und Menschen und setzte mich auf eine Bank, um zum Tower hinüberzublicken. Eine beeindruckende alte

Festung, die ihre Geschichten vor sich hertrug wie in einem Bauchladen.

Ich hatte mir all das so anders vorgestellt. Viel düsterer, unwirtlicher. Viel ablehnender. Vielleicht lag es an den Resten des Champagners in meiner Blutbahn, aber im Moment kam mir dieser Ort wie ein Sog vor, der einen in sich zog, nicht wie ein Sturm, der einen davon fegte.

Eigentlich war ich kein Fan von Europa, aber das hier hatte mich ausgesucht. Und trotzdem ... Hätte ich nicht einfach mal mit Marc gemeinsam ein Sightseeing in London machen sollen? Wir hätten uns unter all die verliebten Paare mischen können. Wie verdammt romantisch wäre das bitte gewesen? Lilith war es vielleicht gewohnt, allein durch die Welt zu jetten. Sie war Single aus Leidenschaft, aber ich nicht. Ich brauchte meinen Marc.

Seufzend stützte ich das Kinn auf die Hände. Was tat man nicht alles, um seiner besten Freundin zu helfen ...

»Hi.« Der Fremde setzte sich einfach neben mich, als wären wir verabredet gewesen. Er war kaum älter als achtzehn und reckte grüßend sein Bier in meine Richtung.

»Ist Alkohol hier draußen nicht verboten?« Mein Blick huschte zu einem der Schilder am Rand des Themse-Spazierweges.

»Ähm, ja. Deshalb sind wir auch sozusagen auf der

Flucht, aber du sahst so traurig aus, da wollte ich kurz haltmachen.«

Er grinste verschmitzt und kratzte sich unter seiner Stoffmütze. Sein Gesicht war voller Sommersprossen, das erkannte ich trotz der spärlichen Straßenbeleuchtung und der matten Lichterketten in den Bäumen.

»Sozusagen auf der Flucht?« Ich zog die Brauen nach oben.

»Na ja, mehr oder weniger. Was machst du hier so allein?«

»Baggerst du mich an?«

»Würdest du das gut finden?«

»Dein Ernst?«

»Oh Mann, du bist nicht von hier, oder? In dieser Stadt fragen Menschen andere Menschen einfach, wie es ihnen geht, ohne sie damit gleich anzubaggern.«

»Okay. Okay. Du hast recht.« Er hatte mich zum Lachen gebracht. »Ich bin nicht von hier.«

»Hey, Tony, wir müssen weiter«, rief ein Mädchen mit Skateboard aus einer Gruppe heraus zu uns herüber.

»Eine Sekunde.« Tony wandte sich wieder mir zu.

»Also ... Fangen wir noch mal von vorne an: Was machst du hier so allein? Warst du auf einer Gala?« Er musterte mein edles Kleid.

»Nein.« Amüsiert senkte ich den Blick auf den Stoff. »Eigentlich komme ich aus New York. Wir wollten meinen Junggesellinnenabschied planen und dann irgendwie landete ich plötzlich in einem Job für meine beste Freundin und da sitze ich, das war's. Ende.«

»Leute, kommt mal rüber!« Er winkte seine Gruppe

heran. Allesamt in seinem Alter. Drei Jungs und das ungeduldige Mädchen von vorhin. Der Kleidung nach zu urteilen wäre auch sie lieber ein Junge.

»Das ist ...« Er sah mich erwartungsvoll an.

»Abbie«, erwiderte ich.

»Abbie aus New York. Sie feiert gerade ihren Junggesellinnenabschied. Ist das nicht abgefahren?«

Die Truppe johlte. Einer der Jungs hielt mir seine selbstgedrehte Zigarette hin. Ich lehnte ab.

»Wo sind denn die Stripper und der ganze Kram? Ayaz hier macht das nebenbei. Er könnte für dich blankziehen.« Einer der Jungs zeigte auf den, der mir die Zigarette angeboten hatte. Er war schlank, aber durchtrainiert und nickte allessagend. Das Mädchen verdrehte die Augen.

»Leute, ich weiß das zu schätzen, aber eigentlich will ich einfach meine Ruhe haben.« War das höflich genug? Die Engländer waren immer höflich, hatte ich gehört.

»Nichts da! Es ist dein Junggesellinnenabschied und wir nehmen dich jetzt ein Stück mit. Sind auf dem Weg nach Soho, da ist abends echt was los. Nicht wie hier.« Tony zog den Reißverschluss seiner Sweatjacke höher und richtete sich auf. »Komm schon, keine Widerrede!«

»Sie möchte ihre Ruhe, ihr Idioten«, motzte das Mädchen und musterte mich skeptisch. Ich war in meinem piekfeinen Kleidchen das genaue Gegenteil von ihr.

»Na los, Abbie aus New York! Hoch mit deinem

royalen Hintern!« Tony zog an mir und ich wehrte ihn ab.

»Ohne Spaß, ich möchte einfach nur hier sitzen, okay?«

»Ja, ohne Spaß trifft es wohl ganz gut«, grunzte Möchtegern-Channing Tatum Ayaz. »Was ist mit ihr? Hat die Schiss? Sehen wir aus wie Psychos oder was?«

»Na, du auf jeden, du Opfer.« Das Mädchen spuckte einen Kaugummi über die Mauer in die Themse.

»Nur ein Stück, Abbie. Wir machen gleich eine kleine Stadtführung draus. Du bist doch nicht von hier und ich könnte dir unterwegs ein paar Dinge zeigen. Kann gerade ein bisschen Abwechslung zu den Chaoten hier gebrauchen. Letztes Angebot.« Tony streckte mir die Hand entgegen und ich presste die Lippen aufeinander und starrte sie eine gute Minute lang nur nachdenklich an. Dann zuckte ich die Achseln und richtete mich auf. »Ach, was soll's? Gehen wir!«

Ob ich ihnen sagen sollte, dass das hier gar kein Junggesellinnenabschied war? Dass ich überhaupt nicht vorhatte, einen zu feiern? Aus irgendeinem Grund hatte ich nicht den Eindruck, sie würden das gelten lassen.

Eigentlich hatte ich gedacht, *Ein Stück mitnehmen* würde ein Auto oder Taxi beinhalten, aber offensichtlich hatte die Gruppe vor, nach Soho zu wandern.

Die Stadt schwelte wie ein Feuerwerkskörper kurz vorm Abschuss. Dann stand da plötzlich ein großes, altes Schiff mitten in London und schmiegte sich in die futuristisch beleuchtete Kulisse von Downtown am anderen Ufer. Ich war fasziniert bis ins Mark und fühlte mich sofort wie eine alte Piratin.

»Die Golden Hinde«, versuchte Tony sich als Reiseführer, »war mal das Original von Sir Francis Drake. Hat aber die Themse verschlungen. Das hier ist nur noch ein Nachbau, ziemlich traurige Kopie, wenn du mich fragst.«

Offenbar war er ein gebildeter Chaot.

»Tony«, drängelte das Mädchen wieder, als wir kurz stehen blieben.

»Sie will zu ihrem Lover ins *Splash*«, raunte er mir verstohlen zu, »dabei wird sie gar nicht reinkommen. Ist nämlich erst siebzehn.«

Ich grinste bedauernd und wir legten einen Schritt zu, um wieder zur Gruppe aufzuschließen.

»Und dein Lover, wie ist er so?« Tony ließ mir den Vortritt in eine schmalere Gasse. Ein Gentleman war er also auch noch. An der Ecke verkaufte jemand gebrannte Mandeln, die nach Zimt dufteten. Tony kaufte ihm eine Tüte ab und reichte sie mir. »Für dich. Alles Gute zur Verlobung!«

Die Dinger waren sündhaft gut. Wir kamen an einem Pub mit einer feuerwehrroten Verkleidung mitten an der Themse vorbei. Laute Piratenmusik und hemmungslose Freudenschreie drangen aus dem Inneren.

»Also, was nun? Ist er ein Pirat?« Tony schob mich ein Stück vorwärts durch eine Menschenansammlung vor der Tür.

»Ein Pirat? Oh nein ...«, sagte ich mit vollem Mund. »Er ist eher ein Prinz.«

»Wusste ich's doch. Passt zu dir.« Er zwinkerte.

»Toooonyyyyyy.« Jetzt klang die Stimme des Mädchens weinerlich.

»Elli – meine Fresse, er wird dir schon nicht weglaufen«, motzte Tony zurück. Dann flüsterte er mir zu: »Wird er doch. Er steht auf Amber. Die größte Bitch der Clique. Aber da muss sie selbst durch.«

»Mussten wir alle mal.« Ich drängelte mich zwischen zwei Typen mit Biergläsern hindurch, die sich dafür entschuldigten, dass ich sie anrempelte. Wirklich höflich, die Briten.

»Und du? Hast du auch eine Flamme in Soho?«, rief ich zu Tony nach vorn.

Er drehte sich mit smartem Blick zu mir um. »Oh nein, ich stehe eher auf erfahrene Frauen.«

Verblüfft stopfte ich mir eine weitere Handvoll Mandeln in den Mund. »Jetzt baggerst du mich aber an, Freundchen.«

»Du hast angefangen. Aber ich muss dich enttäuschen. Du bist mir zu jung.«

»Du kleines ...« Ich warf eine Mandel nach ihm, traf aber Ayaz, der lässig vor ihm schlenderte. Der hob sie ohne Umschweife auf, um sie zu verschlingen. »So ein Body braucht Futter.«

»Etwas wie euch hab ich noch nie zuvor getroffen.« Ich fiel von einem Kopfschütteln in das nächste.

»Besten Dank.« Tony deutete eine Verbeugung an.

»Also noch einmal«, ich holte zu Tony auf und

schob mich neben ihn. »Was hat dich in diese Truppe Chaoten hier geführt?«

Tony wich meinem Blick aus und griff beiläufig in meine Tüte Mandeln. »Was denkst du denn? Merkst ja selbst, dass einen die Verrückten großartig ablenken.« Für den Bruchteil einer Sekunde wirkte sein Blick müde. Oder war das die Wirkung des Biers, das sie schon wer weiß wie lange in sich hineinkippten wie Wasser?

Zu gern hätte ich gefragt, wovon er abgelenkt werden musste, immerhin gab er sich gerade die größte Mühe, mich aus meinem Selbstmitleid zu holen, aber so wie er mir auswich, war es offensichtlich, dass er nicht darüber reden wollte.

»Kommst du aus London?« Versöhnlich hielt ich ihm noch einmal die Tüte Mandeln hin.

Er presste die Lippen zusammen und musterte mich aus dem Augenwinkel.

»Du kannst es dir vielleicht gerade schlecht vorstellen, aber manch einer ist in dieser dreckigen Stadt hier, weil er muss, nicht weil er will.«

Uff! Woher kam diese plötzliche Bitterkeit? Ein Junge in seinem Alter sollte nicht so verbittert sein müssen. Was war da los? Vielleicht der Klassiker? Hatten seine Eltern ihn hierhergeschleift und seinen Kumpels auf dem College entrissen?

»Bro, seid ihr noch da?« Ayaz ließ sich zu uns zurückfallen und legte Tony den langen Arm um die Schultern. »Was sagst du dazu, wenn wir im *Splash* erst einmal eine Batterie Shots kippen, bevor wir uns den Teufel aus dem Leib tanzen, hä?«

Tony griff nach seiner Zigarette, sog den Rauch bis in die Fußspitzen hinunter und warf dann den Kopf in den Nacken, um einen innigen Schrei in die Nacht hinauszubrüllen. Man musste kein Psychologe sein, um zu sehen, dass er mit seiner überzogenen Freude etwas in sich zurückdrängte, das aus irgendeinem Grund nicht ausgehfähig war. Aber hatten Jugendliche nicht immer so ihre Problemchen? Und jedes davon war immer gleich ein Weltuntergang. Wenn ich da an mich in dem Alter dachte ... *Keiner versteht mich! Keiner kann auch nur ansatzweise nachvollziehen, wie schlimm es in mir aussieht.* Das waren noch Zeiten ... *Drama, Baby.* Lächelnd beobachtete ich die beiden, wie sie einander stützten und um die Zigarette rangelten wie zwei halbwüchsige Kampfhähne. Und mittendrin ich alte Großmutter. Herzlichen Glückwunsch, Abigail!

Wir rannten nach Soho, als wäre eine ganze Armee hinter uns her. Tony teilte sein Bier mit mir und auch die Mandeln fanden ein schnelles Ende. Gegen einundzwanzig Uhr waren wir dann wohl am Ziel, denn Elli wurde schlagartig furchtbar nervös und eine Menschenschlange tat sich vor uns auf, an deren Ende eine große Leuchtreklame prangte. *Splash!*

»Stellt euch schon mal an, ich stoße dann zu euch.« Tony schob wieder an mir, während Londons Nachtleben um uns herum Purzelbäume schlug.

»Der Laden ist nichts für eine Lady wie dich. Wann werden deine Freunde kommen?«

»Ich …« Verlegen nahm ich den letzten Schluck aus der Flasche. »Um ehrlich zu sein, wird keiner kommen. Ich bin allein hier und das ist auch nicht wirklich ein Abschied, du weißt schon, es ist der Job …« All die Menschen und Lichter ließen es sich weniger traurig anfühlen.

»Du bist ganz allein hier? Wow, das ist traurig«, sagte Tony bedauernd. So viel dazu.

Vielen Dank auch …

»Pass auf, wir suchen dir erst mal einen richtig abgefahrenen Pub, dann habe ich immer noch genug Zeit, Ellis Katastrophe abzuwenden und den anderen zu helfen, den Club leer zu trinken. Was sagst du?«

Er war wunderbar. Trotz seines jungen Alters fragte er nicht, warum ich allein war, sondern versuchte einfach nur, das Beste für mich daraus zu machen. Damit war er stilvoller als so mancher Dreißigjähriger und es war mehr, als ich verlangen konnte. Und das, obwohl wir einander überhaupt nicht kannten.

»Hör zu … Ich habe mir das bewusst so ausgesucht. Keine Stripper oder irgendein blöder Irrsinn. Ich will heute allein sein. Hatte eine wirklich miese Anreise. Ich hasse fliegen und so und ich …«

»Du willst ihn wohl gar nicht heiraten.« Seine dunklen Augen blitzten im Schein der beleuchteten Pubs und Clubs.

»Wie bitte?«

»Du stammelst hier albern herum, irrst durch die Gegend, als hättest du kein Zuhause, und machst ein Gesicht wie sieben Tage Regenwetter. Sieht so eine glückliche Verlobte aus? Falls ja, kommt mir direkt mein Bier wieder hoch und auch gleich der Schnaps, den ich noch nicht mal getrunken habe.«

Oh Mann, wenn er nicht so lieb wäre, hätte ich ihm eine verpasst. Ich wusste gar nicht, was ich zu so einer Frechheit sagen sollte.

Schon drängelte er wieder an mir herum. »Du wirst jetzt ins *Yackideejack* gehen und du wirst dich betrinken. Denn Betrinken ist die einzig richtige Lösung für alles.«

Das erinnerte mich unweigerlich an Lilith. Sie würde den Kleinen lieben, genau wie dieses Viertel. So viele Lichter, Lachen, Wirbel aus Gerüchen nach süßen Leckereien und Schnaps.

»Hier gibt es die angesagtesten Clubs und Pubs der ganzen Stadt. Wenn du dich in Soho nicht betrinkst, bist du selbst schuld, Lady.« Er wippte vielsagend mit den Augenbrauen. »Hier ist mein Smartphone. Gib dich ein und wir sehen uns später.«

»Kleiner, es ist wirklich total lieb, dass ihr mich mit hergenommen habt«, sagte ich, während ich meine Nummer eintippte. »Das macht diesen Abend irgendwie weniger verkopft.«

»Vergiss verkopft, Puppe! Verkopft hat hier nichts verloren. Vor allem nicht mehr nach einem *Pebbles* im *Yacki*.«

»Einem *was*?«

»*Pebbles*. Bestell ihn und du wirst sehen.« Er zwinkerte, schob sein Smartphone zurück in die Baggiepants und zeigte auf ein Schild ein paar Meter von uns entfernt. *Yackideejack*.

»Sag ihnen, Tony schickt dich.«

Okaaaaay – für seine paar Jahre war er entweder

ziemlich bekannt in der Stadt oder er gab einfach nur an.

Ich schob mich durch die Menschentrauben vor dem Pub bis ins Innere. Alles war voller Pflanzen. Wenn ich es nicht besser gewusst hätte, hätte ich gedacht, ich wäre in einem Dschungel und nicht in einer Bar. Über den Bierzapfhähnen hingen Lianen und die Gläser, die eine leicht bekleidete Frau neben mir in die Meute trug, waren mit exotischen Blumen dekoriert.

Dubstep untermalt von Geigen wehte zwischen dem Stimmengewirr durch den Laden, die Bar war mit großen Lichtkugeln dekoriert. Es war chic, aber nicht edel. *Urban Jungle* hätte besser gepasst als *Yackideejack*. Wer weiß, was es damit auf sich hatte …

Neben einer großen, drahtigen Frau im Minikleid, die mit dem Rücken zu mir stand, fand ich einen Stehplatz an der Bar.

»Hi.« Ein langhaariger Kerl mit spitzen Gesichtszügen und einem Nasenpiercing lugte über eine der Kugeln. Das weiche Licht zeichnete harte Schatten unter seine Augen. »Was kann ich dir mixen?«

Die Tafeln über der Bar zeigten die wildesten Begriffe. *Dying Flame, Peeing Pigeon, Sweaty Lips.*

Ich zögerte einen Moment. Sollte ich wirklich … Ach scheiß drauf!

»Tony schickt mich.«

»Tony?« Die spitzen Züge des Barkeepers zogen sich in die Länge. »Der Große?«

»Ähm nein, eigentlich ist er eher klein, also jung …« Meine Finger nestelten an der Lianen-Deko, die auf der Bar lag.

»Ah, Glatzkopf mit Augenklappe?«

»Auch daneben. Egal. Ich soll ... einen *Pebbles* bestellen, sagt er.«

»Ein *Pebbles*. Klar. Kommt sofort.« Das amüsierte Blitzen in seinem Blick entging mir nicht. Schön zum Deppen gemacht. Na ja, mich kannte hier ja ohnehin niemand.

»Tony also, hm? Lass mich raten: Hosen wie ein gescheiterter Hip-Hopper, an einem Tag komplett überdreht, am nächsten melancholisch wie ein potenzieller Selbstmörder und immer fleißig dabei, Gesetze zu brechen?« Die Frau neben mir drehte sich um und lehnte ihren breiten Arm auf die Bar. Sie hatte auffällig maskuline Züge. Aber dass sie gar keine Frau war, dämmerte mir erst bei ihrem nächsten Satz. »Wo steckt der kleine Bastard denn? Traut sich wohl nicht rein, was?«

Einen Bass wie Jason Momoa, aber die längsten künstlichen Wimpern, die ich je gesehen hatte, mit kleinen Federn an den Spitzen. »Ach Gott, Schätzchen, wie unhöflich von mir. Ich bin Ray.« Sie hob ihren Cocktailspitz und lächelte makellos.

Für diese blonde Mähne hätte manche Frau getötet. Ob sie echt war?

»Abbie. Und ich kenne Tony eigentlich gar nicht wirklich.« Ich reichte Ray die Hand und sah mich suchend nach dem Barkeeper um, der gerade bunte Steinchen in einen Shaker kippte.

»Geht das auch ein bisschen schneller, du kleiner Knackarsch? Die schöne Abbie verdurstet uns hier sonst noch.« Ray kicherte provokant und klimperte mit den glitzernden Ohrringen. Der Barmann grinste und ließ beim Shaken die drahtigen Muskeln spielen.

»Jetzt hör aber auf, sonst verliebe ich mich noch.« Ray nahm mit spitzen Lippen einen Schluck ihres silbrigen Gebräus. »Oh.« Sie zog ihre Nachbarin zu sich heran. Eine dunkelhäutige Drag-Queen, bestimmt zwei Meter groß, auf Schuhen so hoch wie der Hocker, an dem sie lehnte. »Das ist Charlotte. Sie ist ein bisschen schüchtern. Gott, wo hast du nur dieses hübsche Kleid her? Ist sie nicht zauberhaft?«

Die beiden blickten bewundernd auf mich herunter. »Sie kennt Tony.« Ray zuckte abwertend mit dem Mundwinkel.

»Unseren neuen Best Boy Tony?« Charlotte leerte ihr Getränk in einem Zug. »Na, zum Glück hat sie ihn nicht mitgebracht.«

»Sei nicht albern. Der Kleine würde hier doch gar nicht reinkommen.«

»Klar würde er. Er ist cleverer, als du denkst.«

Mein Getränk wurde vor mir abgestellt.

»Die Dame.« Der Barkeeper schmunzelte.

»Das geht auf mich.« Ray zückte ein paar Scheine, bevor ich widersprechen konnte. Ihre große, weiche Hand streichelte über die Seide meines Kleides. »Du solltest dich besser von Leuten wie uns fernhalten, Schätzchen. Das bezieht Tony mit ein.«

»Woher kennt ihr euch denn?« Verblüfft strich mein Blick über das perfekt geschminkte Gesicht nahe bei meinem. Ein bisschen viel Rouge vielleicht, aber sonst wäre Lilith vor Neid erblasst. Ray antwortete nicht, sondern fingerte mit ihren langen Nägeln in ihrer Clutch herum, um sich die Lippen nachzuschminken.

Der *Pebbles* sah wunderbar aus. Die Steine am Grund des Glases leuchteten in UV-Farben und brachten den Salzrand zum Glimmen.

»Wir müssen los, Darling. Komm schon. Schluck ihn runter!« Charlotte tippte Ray auf die nackte Schulter, die ihr breit ausgeschnittenes Kleid freilegte.

»So eilig? Wieder ein Auftritt im *Don't you dare*?« Der Barkeeper polierte ein paar Weingläser und beugte sich neugierig in unsere Richtung.

Ich erstarrte. *Don't you dare …*

»Wo sonst, Zuckerschnute? Willst du mich nach Feierabend abholen? Das wird die Nacht deines Lebens«, frotzelte Ray und warf ihre Mähne durch die Luft.

»Ich bin dir doch gar nicht gewachsen.« Das spitze Gesicht wirkte noch merkwürdiger, wenn er lachte.

»Nein, Schätzchen.« Ray kippte ihren Cocktail. »Das bist du nicht.«

Ich starrte mich an meinem *Pepples* fest.

Don't you dare. Liliths Club …

»Und du, wunderschöne Abbie …« Ray strich mir liebevoll übers Haar. »Hab einen Abend, der dich die Zeit vergessen lässt!«

»Dieses *Don't you dare*«, sagte ich eilig, »wo …«

»Oh, oh, oh.« Ein langer, roter Fingernagel auf meinen Lippen. »Nur für Mitglieder, bedaure. Und sowieso nichts für dich. Es sei denn, du bist ein Kerl in Frauenkleidern. Oder ein Freak.«

»Oder eine Professionelle«, warf Charlotte keck ein und schürzte die Lippen.

»Oder hast mehr Mut, als dir guttun würde. Bye, ihr Süßen.« Schon waren sie auf und davon auf ihren hohen Hacken.

»Danke für den Drink«, rief ich ihnen über den Lärm hinweg nach.

Ein paar Augenblicke rührte ich in meinem Glas, sah dem Salz dabei zu, wie es Schlieren bildete. Wenn ich es schaffen würde, in diesen Club zu gelangen, würde Lilith das komplett vom Hocker reißen. Bisher war immer nur sie diejenige gewesen, die andere verblüfft hatte.

Vielleicht war das gerade sogar ein erneuter Schubs des Schicksals gewesen. Ein kluger Mann hatte mir beigebracht, dass es eben diese Schubse waren, die das Leben ausmachten.

Den beiden zu folgen, war nicht schwer. Sie waren größer als die meisten um sie herum, wurden an jeder Ecke gegrüßt und lachten und scherzten lautstark, während sie durch das bunte Viertel klackten. Charlotte hatte sich eine leuchtend grüne Federboa umgelegt und kitzelte alle paar Meter jemanden damit.

Ich schlich durch die Schatten wie ein Verbrecher, immer darauf bedacht, sie nicht zu verlieren. Meine Absatzstiefel machten das Unterfangen nicht unbedingt leichter und mich fröstelte, als sie in einer Unterführung verschwanden. Ich wartete eine Minute, bis ich ebenfalls hineinschlüpfte. Wo waren wir hier? War das noch Soho? Die Stimmen der Feiernden wurden leiser und es war wirklich ruhig und verdammt dunkel hier unten. Beinahe gruselig.

Rechts von mir schlängelte sich die Themse durch die breite Brücke, unter der wir entlanghuschten.

Wie lang konnte eine Unterführung eigentlich sein?

Die beiden bogen weit vor mir nach links in eine schmale Steingasse. Unweigerlich musste ich an die Edinburgh Vaults denken. Die Stadt unter der Stadt, in der man damals die Pestkranken abgeschottet hatte, um sie im Untergrund ihrem Schicksal zu überlassen. Gab es so etwas auch unter London? Was für ein Club sollte hier draußen denn sein? Hatten sie mich veräppelt?

Am Horizont erkannte ich den leuchtenden Big Ben wie ein Irrlicht im Moor.

Die Straße, in die sie abgebogen waren, wirkte mittelalterlich. Ein paar alte Laternen schaukelten an den Fachwerkwänden. Wo, *zum Henker*, waren wir hier?

Auf Zehenspitzen schlich ich um die nächste Ecke und zuckte erschrocken zurück. Dort hatten sie plötzlich gestoppt. Vor einer schmalen Holztür, neben der ein muskulöser Glatzkopf Wache schob.

»Hallo, Großer. Schmuck siehst du aus.« Das war Ray.

Als die Tür sich öffnete, wehte kurz Musik hinaus in die dunkle Nachtluft. Verstohlen lugte ich um die Ecke. Gelb beleuchtete Fenster wie von einem Keller zogen sich an dem flachen Gebäude entlang, das sich in die Gasse schmiegte wie ein geheimer Schatz, für den man erst einen Drachen besiegen musste. Kein Schriftzug, kein Anzeichen für irgendeine öffentliche Einrichtung. Aber das *Don't you dare* schlummerte da unten. Ich konnte den Bass unter den Fußsohlen spüren, und wenn ich mich anstrengte, hörte ich sogar ein leises Stimmengewirr. Die Themse glitzerte zu meinen Füßen. Ich straffte die Schultern und setzte meinen verführerischsten Blick auf. Oh ja, Baby, mein Jagdinstinkt war geweckt. Ein Abend, der mich die Zeit vergessen ließ? Er lag direkt vor mir. Zum Greifen nahe.

SIEBEN

Souverän wie eine Tigerin umrundete ich die Ecke, die mich vom Hintereingang des Clubs trennte, und ging mit wiegenden Hüften auf den Türsteher zu, der die breiten Arme vor der Brust verschränkte und sich unterkühlt in meine Richtung drehte. Dramatisch seufzend kramte ich in meiner Clutch und wollte mich an ihm vorbeidrängeln, aber er wuchs aus dem Boden wie eine Mauer und ließ mich erbarmungslos gegen seine harte Brust prallen.

»Kann ich helfen?«

»Süßer, was soll das werden? Ich hab einfach nur meine Zigaretten drinnen vergessen.« Fahrig wischte ich mir eine Haarsträhne aus dem Gesicht.

Er reckte das Kinn vor und musterte mich von oben bis unten. »Komisch. Ich hab ein Gedächtnis wie ein Elefant und dich hab ich heute noch gar nicht reinkommen sehen, *Süße* …«

»*Natürlich* nicht!« Ich stöhnte theatralisch. »Ich bin vorn zum Haupteingang reingegangen wie jeder andere normale Mensch auch. Ich wollte nur schnell eine rauchen. Ist das so verwerflich?«

Eine seiner Brauen krabbelte in die Höhe. Der Rest des Gesichtes blieb purer Zement. Er erinnerte mich an Dwayne The Rock Jonson – nur in unlustig. »Netter Versuch«, brummte er. »Das hier *ist* der Haupteingang.«

Verdammter Mist!

Heute schienen alle Fettnäpfchen restlos für mich reserviert zu sein. Einen Moment lang erwiderte ich seinen Blick, überlegte, ob ich meine Fassade aufrechterhalten konnte, und entschied mich dagegen. »Oh, kommen Sie schon! Ich will nur kurz mal reingucken. Heute ist mein Junggesellinnenabschied.«

»Und ich bin eigentlich der König von Pemba.«

Verstört verzog ich das Gesicht. Was sollte der blöde Kommentar denn?

»Zeig mir eine persönliche Einladung, deinen Clubausweis oder geh nach Hause, Kleines!« Er schob mich ein Stück zurück.

»Halt! Wir machen einen Deal.« Ich streckte die Hände vor, um ihn auf Abstand zu halten. »Geben Sie mir fünfzehn Minuten da drinnen, und wenn ich danach keine persönliche Einladung vorweisen kann, können Sie mich mit einem Fußtritt in die Themse befördern, okay?«

Ich würde Ray suchen und so lange auf sie einreden, bis sie mir so einen Wisch ausstellte.

Der Türsteher lachte brummend. »So spaßig das auch klingen mag – wenn ich ein Kerl wäre, der Deals macht, hätte ich mit Sicherheit den falschen Job.«

»Das Kleid hier ist mein Hochzeitsgeschenk«, bäumte ich mich verzweifelt auf.

»Dann geh besser schnell zurück nach Hause, bevor dein Mann merkt, dass du weggelaufen bist!«

Scherzkeks!

Neben ihm sprang die Tür auf und zwei kleinwüchsige Männer kamen heraus. Hinter ihnen hallten schwerer Bass und eine dröhnende Bühnenansage, bevor das Holz krachend zurück auf den Rahmen traf. Einer der beiden nickte meinem Endgegner grüßend zu und musterte mich kurz, als wäre ich ein unangenehmer Lufthauch.

»Geh heim«, wiederholte *The Rock 2*. »Soll ich dir ein Taxi kommen lassen?«

»Ich gehe nirgendwohin«, erwiderte ich trotzig. Was stimmte nicht mit dieser Schubs-Geschichte? Das vorhin war doch eindeutig ein Schubs gewesen. Dass er so endete, ergab keinen Sinn. »Sie können mir nicht verbieten, hier zu stehen.«

»Hmmm.« Er schüttelte mitleidig den Kopf und ging auf die andere Seite seiner Tür, ließ mich dabei aber nicht aus den Augen.

Denk nach, Abigail Summers!

Um ihn nervös zu machen, lief ich ein paar Mal vor ihm auf und ab. Vielleicht war er irgendwann einfach so genervt von mir, dass er aufgab und mich passieren ließ. Aber er stellte sich als harte Nuss heraus. Einfach jeder, der an mir vorbeikam, wurde in diesen verdammten Club gelassen. Frauen in Pelzmänteln, Männer in Anzügen, leicht bekleidete Damen mit Masken. Ganz verschissen London schien so einen dämlichen Clubausweis zu besitzen. Nur ich lungerte hier herum wie ein Straßenköter, der der feinen Gesellschaft nicht einmal einen Tritt wert war. Ich war Luft für all diese Leute. *Luft!* Inzwischen übrigens auch für den Türsteher, der mich kaum mehr eines Blickes würdigte.

Eine geschlagene Stunde war vergangen, als ich mich nahe der Tür auf einen kleinen Steinvorsprung setzte, um zu grübeln. Es war nur ein Club, ein Haus wie jedes andere. In jedes Haus kam man irgendwie hinein. Wieder öffnete sich die Tür und ein junger Mann und eine Frau kamen heraus. Sie stellten sich direkt neben mich, waren chic wie der ganze Rest dieser verschworenen Gemeinschaft. Sie warf mir einen Blick zu und verzog den Mund. Klar, ich saß hier auf dem nackten Stein herum wie eine Obdachlose. Sicher hatte sie Angst, ich könnte gleich ein Messer aus meinem Seidenkleid ziehen und sie wild grölend ausrauben.

Die beiden flüsterten sich etwas zu und sie zuckte mit den Schultern, während ihre perfekt manikürten Finger eine Zigarette ansteckten. »Ist meine Letzte, sorry.«

Der Mann aus dem Duo kam auf mich zu und ich hob fragend den Kopf. Er war hübsch. Dunkle Augen, feine Züge und eine schwarze Fliege über dem blütenweißen Hemd.

»Hey.« Er lächelte.

Ich reagierte nicht.

»Hast du zufällig eine Zigarette?«

Ein Griff in meine Clutch brachte eine verbeulte

Schachtel ans nicht vorhandene Tageslicht. »Keine Ahnung, ob die noch schmecken. Ich hab vor ein paar Jahren aufgehört.«

Das war nicht gelogen. Für Marc hatte ich das Teufelszeug aufgegeben. Die Packung war nur ein Überbleibsel, sicher ausgetrocknet wie die Wüste Gobi, aber der hübsche Schnorrer hatte genau das verdient. Allein schon, weil er dort reindurfte und ich nicht.

»Oh, nicht von hier.« Er nahm die Zigaretten entgegen und musterte sie interessiert.

»Nein. So was von nicht.« Ich ließ mutlos die Schultern fallen.

»Kommst du? Wir müssen wieder rein.« Die Frau trat mit ihrem High Heel den Stummel der Zigarette aus, die sie heruntergeraucht hatte wie ein neuer Marvel-Charakter mit einer Lunge aus Stahl.

»Aber ich wollte gerade ...« Hilflos streckte er ihr seine Errungenschaft entgegen.

»Später«, erwiderte sie scharf, »wenn da drinnen nicht mehr das Feuer der Hölle brennt.«

»Wenn da drinnen nicht mehr alle Welt Spaß hat«, äffte ich sie nach.

Zehn Minuten später kam der schöne Typ allein zurück, sah sich prüfend um, steckte eilig die Zigarette an und ließ ein Bier vor meinem Gesicht baumeln. Irritiert blickte ich zu ihm auf.

»Ich arbeite an der Bar. Und du sahst durstig aus.« Er zwinkerte charmant.

»Danke. Ich ... Warte. Ich will es dir wenigstens bezahlen.« Ich kramte in meiner Tasche.

»Jetzt werd aber mal nicht unhöflich!« Er inhalierte

den Rauch tief und ließ den Blick über die Fachwerkwand vor uns gleiten. »Du wirst nicht reingelassen, stimmt's?«

»Wie kommst du denn nur darauf?« Ich nahm einen großen Schluck Bier. Es war verdammt herb, aber genau, was ich brauchte. »Cornern ist doch jetzt voll hip. Ich entdecke es gerade für mich. Hab einen Wahnsinnsspaß.«

»Ich würde dir wirklich gern helfen, aber unser Bobby dort denkt manchmal, er wäre der Bodyguard der Queen. Also bleibt alles, was ich tun kann, wohl, dich den Rest der Nacht mit Bier zu versorgen.« Sein herber Rauch hüllte mich in eine neblige Wolke. Mein Blick huschte hinüber zu *The Rock*, der mich schon wieder anstarrte wie ein Lehrer, der eine unfolgsame Schülerin vor das Klassenzimmer komplementiert hatte. Bobby also ...

»Tja, ein bisschen werde ich ihm wohl noch auf die Nerven fallen. Hab mich gerade so schön festgesessen.« Ich strich mein Kleid glatt und zwinkerte Bobby zu, der die Lippen zu einem schmalen Strich zusammenpresste.

»Na dann.« Der Hübsche schnipste den abgerauchten Stummel in Richtung Themse. »Da drinnen ist echt was los, ich hoffe, du bist nicht böse, wenn ich ...«

»Och, nein, geh nur. Ich bleibe noch etwas hier draußen in der nächtlichen Idylle. Und danke für das Bier.« Ich drückte mich hoch und sah ihm dabei zu, wie er wieder im Club verschwand. Offenbar startete dort gerade eine Show, denn es drangen noch mehr Tumult und Geschrei nach draußen als vorher.

Erneut kam jemand heraus, stellte sich direkt neben mich und telefonierte gedämpft. Sein Blick streifte mich kurz. Das ging wahrscheinlich den ganzen Abend so weiter. Der Typ war weniger adrett als der schöne Barmann. Trug eine abgewetzte Jeans, darüber ein dunkles Hemd und Lederbänder an den Handgelenken, die meinen Blick fingen. Eines von ihnen war bestückt mit kleinen silbernen Ritterlilien, ein anderes grob geflochten.

»Weil ich gerade erst angekommen bin«, raunte er in sein Telefon.

Schön für ihn. Wirklich schön für ihn ...

»Ja, es ist verdammt voll.«

Natürlich!

»Ich komm gleich rein, gib mir zehn Minuten.«

Unverhohlen drehte ich den Kopf, um ihn anzusehen. Nicht so glattrasiert wie all die anderen hier. Ein Dreitagebart, den Marc als ungepflegt bezeichnet hätte.

Er erwiderte meinen Blick, während er das Gespräch beendete. Sicher kam es ihm merkwürdig vor, dass ich ihn anglotzte. Bestimmt war das unhöflich, aber es war mir egal. Meine kindische Warterei machte mich langsam wütend auf mich selbst.

»Darf ich kurz raten? Du arbeitest nicht an der Bar des Clubs.« Ich richtete mich auf und sah ihn neugierig an. »Vielleicht ... Technik für all die grandiosen Shows, die ich da drin verpasse?«

Er taxierte mich ausdruckslos und schob das Smartphone zurück in die Hosentasche. »Gar nicht schlecht. Jetzt ich: Du bist die Frau, die hier draußen ganz selbstlos ihre Zigaretten verschenkt?«

»Darauf werde ich also reduziert?« Wie dreist war das denn bitte? »Redet ihr da drinnen schon über mich? Über den wandelnden Automaten?«

Er grinste nur unverschämt und sein Handy begann wieder zu klingeln, noch während er es erneut hervorzog. »Acht Minuten«, knurrte er in das Mikrofon und wandte sich zum Gehen.

Moment. Ich witterte meine Chance. »Vielleicht hab ich ja eine für dich, wenn du mich dort rein …«

Bumm! Die Tür war zu.

»Arschloch!« Offenbar waren doch nicht alle Engländer so höflich.

»Wenn ich die Zeit hätte, würde ich dich hier wegtragen«, rief Bobby zu mir herüber.

Jaja, ich beschmutzte den Clubeingang mit meiner Anwesenheit und belästigte das Personal, schon klar. Aber die Pöbeleien begannen, mir Spaß zu machen. Was hatte ich denn sonst vor? Ein trauriger Versager-Abend war das.

Langsam bildete sich eine Menschentraube vor der Tür und Bobby hatte ordentlich zu tun mit dem Prüfen all der Clubausweise. Ein paar wurden weggeschickt und gingen ganz brav. Ich überlegte inzwischen, ob ich an dem schmalen Spalt vom Kellerfenster mit meinem Feuerzeug irgendwie den Feueralarm auslösen konnte.

»Hey Schätzchen.« Ich hatte gar nicht mitbekommen, wie Ray sich angeschlichen hatte.

»Du lungerst jetzt schon seit drei Stunden hier herum. Lust, ein Freak in Frauenkleidern zu werden?«

Sie zog mich um die Ecke und spähte um das Gebäude zurück zu Bobby, der eindeutig mehr als beschäftigt war.

Irritiert starrte ich hinauf zu ihrem Gesicht, das noch stärker geschminkt war als vorhin. Dann zu ihrem Arm, über dem ein gelber Showfummel hing. Eine silberne Maske mit Strasssteinchen baumelte an ihren künstlichen Fingernägeln.

»Komm schon, ich bring dich rein, bevor du dir hier draußen noch eine Blasenentzündung holst.«

»Ich ... Ähhh ...« Wie? Ich sollte mich in den Fummel quetschen? Mein Hirn war wohl an diesem grauen Steinsims festgefroren, von dem ich inzwischen jede Maserung auswendig kannte.

ACHT

Der Synthetikfummel saß wie angegossen. Wahrscheinlich Einheitsgröße. Der Kram passte mir immer. Die Glitzersteine kratzten auf der Haut und der Rock war so kurz, dass ich mir sicher war, jeder hier könnte meinen Slip sehen, wenn ich auch nur einen Schritt machte, aber es war ja nur ein Mittel zum Zweck. Leuchtend gelbe Troddeln peitschten gegen meine Oberschenkel, während ich versuchte, auf den sündhaft hohen Schuhen zu laufen, die dazugehörten. Zum Glück hatte Ray mich untergehakt wie eine alte Freundin, denn die Strass-Maske schränkte meine Sicht dermaßen ein, dass ich mich fühlte, wie ein Show-Pferd vor der Kutsche des Sonnenkönigs. »Ray, ich weiß nicht, ob das …«

Wir näherten uns Bobby mehr und mehr von der anderen Seite der Schlange.

»Oh Schätzchen, alle haben auf dich gewartet. Die Show beginnt in zehn Minuten. Dieses Gerauche. Ein tödliches Laster. Das könnte dich noch mal den Job kosten, bevor es dich auf direktem Weg ins Grab stößt«, übertönte Ray mein Gejammer laut, als wir der Tür näher kamen.

Oh Gott, das würde nie und nimmer funktionieren. Bobby hatte mich die ganze Zeit beobachtet. Sein Elefantengedächtnis würde sicher sofort Alarm schlagen.

»Kommst du später noch rein, mein Schöner?« Ray kitzelte Bobbys Beton-Gesicht mit einer Feder. Fast erkannte ich darauf ein kleines Lächeln hinter meiner Scheuklappen-Sicht. Und dann öffnete sich die Tür vor uns. Wärme traf meine nackten Schienbeine. Das Stimmengewirr wurde lauter und wir erreichten einen niedrigen Vorraum, drängten uns zwischen Menschen hindurch, die ihre Jacken und Mäntel an einem Garderobenfenster abgaben.

»Ray, warte!« Ich bewegte sie zum Stehenbleiben. »Warum hast du das für mich gemacht? Wir kennen uns doch überhaupt nicht.«

Sie lächelte klug und wirkte in dem schummrigen Club-Licht wie die eleganteste Diva, die ich je gesehen hatte.

»Ich hab dich gewarnt, du wolltest nicht hören und jetzt gefällst du mir einfach zu gut, als dass ich dich wieder gehen lassen könnte.« Sie strich mir über den Arm und zwinkerte. »Der Wald gehört dir. Pass nur auf, dass du dich nicht mit den falschen Wölfen anlegst, Rotkäppchen!«

Als sie mit wiegenden Schritten in den Tiefen des Clubs verschwand, teilte sich die Menge vor ihr wie der Ozean vor Moses.

Ich sah mich in dem engen Vorraum um und zog

mir die Maske vom Gesicht. Mein Herz machte einen triumphierenden Hüpfer. Ich war drinnen. ICH WAR WIRKLICH DRINNEN!

»Ladies and Gentlemen, sichern Sie sich einen Platz an der Hauptbühne. Noch fünfzehn Minuten, bis die *Bass punching Ladys* die Nacht zum Tag machen«, hallte es von einem schmalen Durchgang her, der aussah, als führte er in eine Katakombe. Darüber stand in leuchtender Schrift:

Don't you dare!

Ich war sowas von drinnen und konnte es schon jetzt kaum erwarten, Lilith davon zu erzählen.

Nur ein paar wackelige Schritte auf diesen Ungetümen von Schuhen und ich erreichte einen gewaltigen Raum, dessen Decken so hoch waren, dass mir schwindelig wurde. In allen Ecken standen Ledersofas. Girlanden, alte Bilder und Spruchbänder schmückten die Wände. Gedimmtes Licht gab dem Club einen verruchten Touch. Ich kam mir vor, als hätte es mich direkt in die Zwanzigerjahre katapultiert. Viele Frauen trugen wundervolle Gatsby-Kleider. Eine riesige Bar voller Kerzen erstreckte sich im Halbkreis zu meiner Linken. Der hübsche Barmann mixte Cocktails und rechts von mir wuchs eine mächtige Bühne in drei Etagen an der Wand empor.

In meiner Überwältigung wäre ich fast in einen der antiken Kerzenständer gestolpert, die überall herumstanden.

An der Bar lehnte der ungehobelte Typ von vorhin und unterhielt sich mit einer blonden Frau mit ballonartig vergrößerten Brüsten. *Na warte ...* Dem würde ich es zeigen!

Mühsam setzte ich meinen Katzenschritt auf und stellte mich auf die andere Seite neben ihn, als wollte ich einen Drink bestellen. Seine Begleitung hörte abrupt auf, zu reden, als dürfte ich dort nicht stehen. Das machte ihn auf mich aufmerksam und er drehte den Oberkörper in meine Richtung.

Lässig lehnte ich mich gegen den Tresen und musterte ihn bemüht gleichgültig. »Wenn das nicht der dreiste Kerl ist, der hilflosen Mädchen einfach so die Tür vor der Nase zuschmeißt.«

Sein Blick glitt an mir hinab, wieder hinauf und traf anschließend meine Augen. »Nette Verkleidung.«

»Und du? Alkohol im Dienst oder ist Technik doch nicht so deins?« Ich deutete mit dem Kopf auf seinen Whisky.

»Nicht wirklich, aber ich hätte es drauf, wenn es darauf ankäme.« Ein diebisches Grinsen schwappte über sein Gesicht.

»Bitte?« Sollte das ein Gespräch werden? Falls ja, stellte er es selten dämlich an.

»Ich hoffe, du hast es auch drauf.« Seine Stimme klang dunkel und rau.

»Drauf? Was hab ich drauf?« In dem Moment griff etwas nach meinem Arm und zog daran.

»Das Tanzen.« Er zwinkerte und prostete mir mit dem Glas zu, während ich unnachgiebig weiter und weiter von ihm fortgezerrt wurde.

»Kleines, es wird jetzt wirklich eng. Wo ist deine Maske?« Eine schmale Frau zupfte aufgeregt an meinem Kleid, schleifte mich weiter zu einem Vorhang neben der Bühne.

»Nein, nein, nein. Halt! Ich gehöre nicht zur Show. Ich kann überhaupt nicht tanzen. Stopp!«, wehrte ich mich verzweifelt, aber sie lachte nur.

»Schon klar. Ich hab das hier auch nur so zum Spaß an.« Sie trug das gleiche knappe Kleid wie ich.

»Nein, ich meine es ernst. Fragt Ray!« Jemand puderte so heftig mein Gesicht, dass ich husten musste, und schaffte es sogar, grob meine Lippen zu überschminken, trotz meiner Hysterie.

»Ray!«

Tausend Finger richteten meine Haare, zupften an meinem Kleid.

»Raaaaaaay!«

Eine neue Maske wurde hinter meinen Ohren befestigt.

»Bereit?«

»Nein, verdammt! Ray, wo bist du?«

Hatte Ray auch dieses Kleid angehabt? Ich erinnerte mich nicht. Nur eines wusste ich ganz klar: Ich würde sie töten!

Ein letzter Schubs und ich stand im Schatten zwischen zehn anderen meiner Sorte.

»Leute, hört mir doch mal zu! Leute!«

Dröhnende Showmusik erstickte meine Worte, ein Vorhang hob sich und grelles Licht blendete meine Augen. Die Bühne. Ich stand wirklich auf dem oberen Plateau dieser verdammten Bühne. Der Club wirkte winzig unter mir. Die Leute johlten, eine ohrenbetäubende Ansage brüllte durch die Hallen und dann zerrte mich die Woge der Mädchen einfach mit sich. Ich hatte keine Chance. Fühlte mich wie ein Flummi, der zwischen den Wänden hin- und hersprang. Irgendwie schaffte ich es, mich auf diesen Schuhen zu halten, machte einfach das, was die Reihe vor mir tat.

Eines der Mädels riss an meinen Armen. »Was ist denn los mit dir?«, zischte sie in mein Ohr.

Alles drehte sich um mich. Dann wurde ich zur Nächsten gestoßen. Es war ein nicht endender Can Can des Grauens. Ich hatte keine Ahnung, was verdammt noch mal ich da tat, aber ich tat es. Ich würde Ray, die bestimmt irgendwo da unten schallend über mich lachte, ganz sicher nicht die Genugtuung geben, schreiend von der Bühne zu flüchten wie ein kleines Mädchen.

Und dann war es so plötzlich vorbei, wie es begonnen hatte. Das Licht ging aus und der Vorhang, der vor uns fiel, dämmte den tosenden Applaus, der den *Bass punching Ladys* galt. Meine Maske hing schief, ich war schweißgebadet und meine Knie fühlten sich an, als hätte jemand stundenlang mit einem Hammer darauf eingeschlagen. Und ich würde mit Sicherheit gleich noch etwas ganz anderes prügeln als nur den Bass.

»Du bist da vorne herumgeschlenkert wie eine zerbrochene Marionette. Hast du gekokst oder was?«, schimpfte eine der Ladys, die souverän auf mich zugestakst kam.

»Hier, bitteschön!« Ich quälte mich aus den Monstern von Schuhen. »Und bitteschön!« Und riss mir die Maske vom Gesicht, um ihr alles unsanft gegen die flache Brust zu werfen. »Ich bin keine Scheißtänzerin!«

»Was sagst du da?« Sie machte große Augen.

»*Ich bin keine Scheißtänzerin!* Das war es, was ich euch, verdammt noch mal, sagen wollte.« Auf nackten Füßen lief ich durch die Gruppe der anderen, die mir verwirrt hinterherstarrten.

»Scheiß drauf!« Ich kämpfte mich aus dem Backstage-Bereich wieder hinunter zwischen die Zuschauer. »Scheiß drauf!«

Ein paar Leute glotzten mich irritiert an mit meinem verschmierten Make-up und den nackten Füßen, aber ich musste Ray finden. Ich würde ihr eigenhändig den Hals umdrehen.

Zu viele Menschen! Sie tanzten, tranken und feierten, aber keine Ray weit und breit. Ich fühlte mich wie der letzte Depp. So lange hatte ich gekämpft, um hier hineinzukommen, und jetzt würde ich sofort wieder hinausstürmen, ohne mich noch einmal umzudrehen. Als ich mit stampfenden Schritten die Garderobe erreichte, fiel mir in all meiner Wut ein, dass ich gar nicht gehen konnte.

Ray hatte noch mein Kleid.

Fluchend ging ich wieder hinüber zur Bar und der schöne Barkeeper blickte mir grinsend entgegen.

»Wehe, du lachst!« Mein Zeigefinger deutete auf seine Brust. »Wo ist Ray?«

»Ray?« Er konnte das Grinsen nicht abstellen und ich bereute, dass ich meine Schuhe nicht mehr hatte. Mindestens einen hätte ich jetzt gern nach ihm geworfen.

»Macht sich für die Show fertig, nehme ich an.«

»Show, wie schön. Also backstage.« Ich stieß mich von der Bar ab und wollte wieder los.

»Nicht!« Der Barkeeper griff über den Tresen hinweg nach meinem Arm. »Beruhig dich lieber und sei ihr dankbar.«

»*Dankbar*?« Ich zog eine Augenbraue nach oben. »Für das da gerade? Willst du mich eigentlich …«

In dem Moment erschien eine Hand mit einem Drink vor meinem Gesicht und der Barkeeper ließ mich los, um weiter seiner Arbeit nachzugehen. Schnaubend starrte ich auf den Scotch. Die Lederbänder an dem Handgelenk hätte ich unter Tausenden wiedererkannt. Der Idiot, der mir die Tür vor der Nase zugeschlagen hatte, der Idiot, dessen selbstgefälliges Grinsen ich als Letztes gesehen hatte, bevor ich auf die Bühne gezerrt wurde, und jetzt wurde er vielleicht gerade das dritte Mal der Idiot des Abends.

»London, die Stadt der Spontanität.« Ihn erheiterte das Ganze offenbar sehr. Und als ich den Kopf drehte, um ihn anzublitzen, glimmte das goldene Kerzenlicht in seinen gewitzten Augen. Vielleicht würde ich einfach ihn schlagen anstelle von Ray.

»Scheiß drauf.« Mein Motto des Abends. Ich griff nach dem Glas, trank es auf Ex und hustete.

Er grinste und nahm einen Schluck von seinem Bier. »Besser?«

»Nicht mal ansatzweise.« Wie froh ich doch war, dass da gerade der Barhocker unter meinen Hintern rutschte und mich auffing. »Meine Beine brennen wie das Höllenfeuer.«

»Mach dir nichts draus, dieser Club bringt ständig Menschen dazu, Dinge zu tun, die sie nie tun wollten.«

Er hatte das dunkle Hemd bis in die Armbeugen hochgekrempelt und ich musterte seine Tätowierungen aus dem Augenwinkel. *Hunter* stand breit auf der Seite seines Armes, direkt neben dem detailgetreuen Schwarz-Weiß-Bildnis eines weinenden Engels, dessen Brust von der Spitze des Big Ben durchstoßen wurde.

»Ich frage mich nur«, begann er und ließ seinen Blick langsam über die Bar streifen. »Warum kommt man in einem Show-Kleid hier rein und rastet komplett aus, wenn die Show einen zu sich ruft?«

»Tssssss.« Ich lachte freudlos. »Glaub mir, ich hätte mir den Ruf lieber von hier unten angehört.«

»Möglich. Aber so hast du bekommen, was du bekommen musstest.« Er beobachtete mich verschmitzt, dann nickte er dem Barkeeper zu und tippte gegen sein Bier. »Und du trinkst?«

»Oh, nein ... Ich ... Ich hab da noch ...«

»Das war keine Frage, ob, sondern *was*!«

Ein wirklich fordernder kleiner Bastard. Das mochte ich nicht. Und irgendwie gefiel es mir doch ... Nicht viele Männer schafften es, mich zum Stammeln zu bringen.

Bekommen, was du bekommen musstest. Vielleicht musste er ja tatsächlich bekommen, was ich für Ray vorgesehen hatte. Im gleichen Moment landete das Bier vor meiner Nase und der hübsche Barmann zwinkerte mir vielsagend zu.

»Ist das Gleiche wie das, das du draußen getrunken hast«, erklärte meine selbsternannte neue Abend-Begleitung und stieß seine Flasche leise gegen meine. »Also ... lass es mich verstehen. Was macht ihr drei hier? Du, das verhasste Show-Kleid und deine Wut?«

Die Blondine von vorhin schob sich an die Ecke der Bar und starrte misstrauisch zu uns hinüber. Ich prostete ihr zwinkernd zu. Bestimmt würde sie mir am liebsten K. o.-Tropfen in mein Bier träufeln.

»Wir sind auf einem Rachefeldzug à la *Kill Bill*, nur dass Ray Bill ist. Und wir drei sind die Besten, glaub mir!«

Er lachte. Ein ehrliches Lachen, das ich in letzter Zeit in der Art viel zu selten gehört hatte. »Du stehst auf Filme?«

»Und du erkaufst dir gerade Informationen.« Ich tippte gegen meine Flasche und nahm einen tiefen Schluck. »Aber ich koste mehr als ein schnödes Bier.«

»Rays Aushändigung ist leider nicht verhandelbar.« Sein Blick glitt über mein Gesicht. Bis zu meinen Lippen und zurück.

Flirtete er mit mir? Was wollte er? Mich vögeln? Ob ich ihm sagen sollte, dass ich verlobt und für solche Spielchen nicht zu haben war? Bestimmt hatte er meinen Ring längst bemerkt. Er war nur höflich, ein Engländer eben.

»Also, eigentlich ...« Ich wippte auf dem Barhocker hin und her. Der Scotch hatte meine Zunge gelockert und vielleicht konnte der Knilch mir helfen. Immerhin arbeitete er hier, wenn er sich nicht gerade im Dienst zulaufen ließ. »Hab ich mich nur an King Kong da draußen vorbeigeschmuggelt, weil ich jemanden suchen soll. Für eine Freundin.«

Er legte interessiert den Kopf schief. Klar. Bestimmt konnte er helfen. Wenn er es wollte …

»Sie hat ein Idol, das wohl öfter hier unterwegs sein muss. Irgendwo in den Katakomben dieses Clubs. In den versnobten VIP-Bereichen wahrscheinlich«, fuhr ich fort. »Sie ist Visagistin und kommt viel auf der Welt herum, trifft die größten Stars und all den Scheiß. Wenn es nach ihr ginge, würde ich heute nicht hier sitzen, sondern auf irgendeiner Yacht in L.A. und mit Nicole Kidman Sushi schlemmen.« Noch ein Schluck Bier. *Eine Lady trinkt kein Bier.* Er sah mich einfach nur weiter an und schwieg. Interessierte ihn wirklich, was ich hier erzählte? Zumindest tat er so und das rechnete ich ihm hoch an, wo ich doch so gar nicht dem entsprach, was hier sonst flanierte. Ich trug nicht mal Schuhe, verdammt. Aber er war ein Techniker und sicher an das Normale gewöhnt. Seine Augen waren grün. Nicht Photoshop-grün wie auf einem Plakat, nein. Eher schmutzig grün in verschiedenen Facetten wie ein Wald. Das fiel mir plötzlich auf. Keine Ahnung, wieso.

»Auf jeden Fall ist sie irgendwie vernarrt in die Arbeit dieses Kerls und hat es sich zur Lebensaufgabe gemacht, irgendwann ein Autogramm von ihm zu bekommen. Frag mich nicht, wieso. Es ist albern. Aber ich bin zufällig hier und ich liebe sie. Also hey … Ich kam in dem Fummel an Godzilla vorbei und musste mir die Füße blutig tanzen für einen Scheiß, der sowieso nie passieren wird. Ich dachte, ich könnte ihr damit etwas beweisen, oder was weiß ich ... Lass uns einfach noch einen Scotch trinken, damit ich aufhöre, zu reden.«

»Ich mag es, wenn du redest.« Er sagte es so ehrlich, dass ich aufsah, um ihn prüfend mustern zu können. Er hatte dunkelblondes Haar, souverän kurz getragen, kein Kerl für akkurate Gel-Frisuren. Und dieser Gesichtsausdruck ... Scheiße, er wollte mich doch vögeln.

Zwei neue Scotch landeten auf dem Tresen vor uns.

Mist! Er wollte mich abfüllen und dann vögeln.

»Du bist also für sie hier?« Sein Blick streifte mich, als er nach dem Glas griff.

Ja, das war ich. Hier in diesem Club. Hier in dieser Stadt. Diese einfache Frage traf mich mehr, als sie sollte. Es war vielleicht der Alkohol, aber plötzlich fragte ich mich, warum ich ständig Dinge für andere tat und im selben Atemzug nichts mit mir anzufangen wusste, wenn ich in einem Hotelzimmer stand und einen Abend frei hatte. Fuck! Er hatte mich erwischt, ohne zu wissen, was er tat.

Eine Weile sagten wir beide nichts. Wie herrlich der Scotch in meinem Bauch brannte und seinen Geschmack von Freiheit auf meiner Zunge entfaltete.

Der hübsche Barmann warf mir immer wieder abschätzende Blicke zu. Er wurde von Drink zu Drink schöner. Durfte ich so etwas denken? Waren solche Feststellungen schicklich für eine verlobte Frau? Für eine *verliebte* Frau?

»Ja, Scheiße, vielleicht will ich ihr gefallen, aber ist das nicht unser Ding? Wollen wir Menschen nicht immer anderen gefallen? Ich finde die Frage gerade wirklich übergriffig, Mann.« Warum machte mich das Ganze so wütend?

»Lüge! Genau wie du in diesem Kleid.« Er lachte. Ich mochte sein Lachen. *Hunter* ... Was er wohl jagte?

»Okay, okay, Freundchen. Schluss damit und zurück zum Thema: Eigentlich scheißegal, für wen ich es tue. Ich bin hier und ich werde das jetzt zu Ende bringen. Du arbeitest hier, also glaub ich, du könntest ihn kennen. Ein Typ, der Filme macht. Versteckt sich. Wahrscheinlich entstellt, denn es gibt keine Fotos von ihm in der Öffentlichkeit. Mit Sicherheit potthässlich. Ein Akne-Nerd vielleicht. Die Filme sind okay, aber ziemlicher *Sin City*-Abklatsch, wenn du mich fragst. Schwarz-weiß und so ein Kram. James B ... irgendwas mit B. Also, läuft hier manchmal ein hässlicher Freak durch die Gegend, bei dem sich alle wegdrehen müssen? Oder hat er diesen Laden nur, um Geld zu waschen?« Ich trank meinen Scotch aus und stellte das Glas vor ihn. »Entschuldige die harten Worte, aber ich musste einiges durchmachen, um das Gespräch hier führen zu können. Ich hoffe, ihr seid keine Freunde oder so was.«

Er sah mich nur weiter an. Unverändert. Wahrscheinlich redete ich einen ganz schönen Stuss zusammen.

»Falls ihr Freunde seid ... Das hier bleibt doch unter uns, oder?«

Er kniff ein klein wenig die Augen zusammen, zog etwas aus seiner Hosentasche und griff sich mein leeres Scotch-Glas. Ohne eine Miene zu verziehen unterschrieb er darauf und stellte es wieder vor mir ab. »Für deine Freundin.« Dann richtete er sich auf, nickte dem Barkeeper zu und ging hinüber zu der Blonden, um mit ihr in der Menge zu verschwinden.

Wie vom Donner gerührt starrte ich die frischen schwarzen Linien auf dem Glas an und versuchte, zu verstehen, was hier gerade passiert war.

»James Bolden. Er heißt Bolden«, raunte der Barmann mir mitleidig zu und ich hielt ihm fassungslos das Glas hin. »Und ist das hier seine Unterschrift oder will der Kerl mich nur verarschen?«

»Ich fürchte, nicht. Das war James. Ihm gehört der Laden hier.«

»Heilige verfluchte ...« Ich erstarrte. »James – der Filmemacher – Bolden?«

»James – der Akne-Nerd – *Sin City*-Bolden, ja. Tut mir leid.«

Wie schrecklich konnte dieser Abend eigentlich noch werden? Ich sollte mich schleunigst vom Acker machen, bevor er mich rauswerfen ließ. Das wäre noch peinlicher als alles, was bisher schon passiert war. Ich wollte keinesfalls von Bobby aus diesem Kleid gepellt werden, das ja immerhin Eigentum des *Don't you dare* war, um dann nackt und gedemütigt durch das nächtliche London bis zu meinem Hotel zu rennen, wo ich einsam in diesem Flitterwochen-Riesenbett zugrunde ging vor Scham.

»Ladies and Gentlemen ... Die Show, wegen der Sie hier sind, UND die Show, wegen der Sie wiederkommen, beginnt jetzt. Die Show, von der Sie feucht träumen werden, ganz gleich, ob Lady oder Gentleman ... DIE ZAUBERHAFTE RAY!«

Eine Ansage, die sich gewaschen hatte.

Und schon die ersten Töne ließen mich meine Fluchtpläne für einen Moment auf Eis legen. Eine Stimme wie die einer Göttin legte sich warm über jeden kühlen Zentimeter der Clubwände. Die Menschen verstummten. Alle wendeten sich der Bühne zu. Das Original war von Aretha Franklin, wenn ich mich nicht irrte.

A natural woman.

Die Frau war eine Heldin, ohne Frage. Und das hier war ... so intensiv. Es prickelte überall auf meiner Haut. Es hatte Soul, es hatte Gefühl, es hatte alles, einfach alles! Ray stand im Schatten der Scheinwerfer. Man sah nur ihre Silhouette. Und als das Licht sie beim Refrain einhüllte, blieb mir endgültig die Spucke weg. Sie war eine Königin dort oben in ihrem weinroten Kleid, geboren für die Bretter, die die Welt bedeuten.

Es ging mir durch und durch. Als würde sie all ihre Gefühle für das Publikum hergeben.

Als sie fertig war, applaudierte und schrie ich voller Innbrunst alles hinaus, was sie mit ihrem Auftritt in mir geweckt hatte. Das war so verdammt großartig, dass ich ihr nicht einmal mehr böse sein konnte.

Zu schade, dass wir einander nicht mehr begegnen würden. Die Ansage für Charlotte nutzte ich, um das Glas für Lilith wegzugrabschen und eilig in Richtung Ausgang zu schwanken. In meinem Kopf drehte sich alles und das war bestimmt auch dem Alkohol geschuldet. Unter anderem ... Die Wand aus kühler, frischer Luft vor der Club-Tür gab mir den Rest und ich musste mich kurz sammeln.

Aber erst weg von Türsteher Bobby. Weit genug weg von diesem Club und diesem schrecklichen Abend. Ich schaffte es noch um die Ecke unter die Brücke, dann brauchte ich eine Pause. Atemlos sank ich zu Boden und starrte hinüber zur glitzernden Themse. Was, zum verteufelten Henker, war da gerade passiert? War ich eigentlich von allen guten Geistern verlassen? Die wabernden Bässe des *Don't you dare* waren noch immer spürbar, als wären sie ein Teil von mir geworden. Sie und dieses summende Gefühl in meinen Ohren. Schwanengesang. Und ich hatte ihn verdient. Jede einzelne absterbende Zelle in meinem Gehörgang hatte ich verdient.

NEUN

Keine Ahnung, wie lange ich dasaß, krampfhaft versuchte, auszunüchtern, und mich in Grund und Boden schämte. Es fühlte sich jedenfalls nicht einmal annähernd lange genug an, als es plötzlich wirklich jemand wagte, mich in meinem elenden Zustand einfach so anzusprechen.

»Du kannst hier nicht einfach um die Uhrzeit allein herumsitzen. Die Stadt ist kein Kuscheltier.«

Verdammt, die Stimme kannte ich und sie brachte mein Innerstes dazu, sich aufzubäumen wie ein widerspenstiger Mustang.

»Weiß ich«, murmelte ich kleinlaut, »wollte ja auch gerade gehen.«

»Komm schon, ich bring dich.« Der Arm, der nach mir griff und mir aufhalf, steckte in einer schwarzen Lederjacke, unter der die Spitze des Big Ben-Doppelgängers hervorblitzte. Protest war keine Option. Ich taumelte kurz, als ich auf den Füßen stand. Er war nahe bei mir. Kein Riese, vielleicht einen halben Kopf größer als ich. Drahtig trainiert, aber kein klumpiger Protz.

»Ich kann allein aufstehen, okay?«

Was wollte er? Noch mehr Demütigungen? Noch mehr von meinem hohlen, betrunkenen Gerede? Das konnte ich weder ihm noch mir zumuten.

»Ja, ich weiß, das Kleid gehört dir. Ich gebe es morgen wieder hier ab. Und jetzt mach ich mich vom Acker wie versprochen.« Es war mir furchtbar unangenehm, ihn anzusehen.

Zu meiner Überraschung wirkte er amüsiert. Wahrscheinlich war es ihm eine Genugtuung, mich so planlos durch die Gegend schwanken zu sehen.

»Keine Sorge, ich stehe aktuell mehr auf das kleine Schwarze. Du wohnst im *Savoy*, nehme ich an? Oder *Marriott County Hall*?« Hatte er sich da gerade an einem Witz versucht? Nicht lustig. Nur Ray durfte Kleider tragen. Und vielleicht Charlotte. Ihm hier würden sie nicht stehen.

»Natürlich in einer Suite im *Marriot*.« Meine ausladende Geste brachte mich zum Taumeln. »Ich bin eine Lady von Welt.«

»Schon klar.« Er holte seinen Vaporizer aus der Jackentasche, hielt den Knopf gedrückt und nahm einen tiefen Zug. Eine Laterne in unserer Nähe beleuchtete sein Gesicht, bevor es in eine helle Dampfwolke gehüllt wurde. Eine schmale Narbe zog sich über seine linke Augenbraue. »Eine Lady von Welt kann allein laufen.« Das Liquid in seinem Zigaretten-Ersatz duftete süßlich nach Kräutern.

»Schön, du hast es kapiert.« Angestrengt ging ich in

die Richtung, aus der ich gekommen war. War ich aus der Richtung gekommen? Ich wusste es nicht mehr. Der Zufall hatte mich angeschwemmt wie Treibholz. Aber Betrunkene und Kinder hatten immer einen Schutzengel. Ich würde das schon schaffen.

Nach ein paar Metern stellte ich voller Erleichterung fest, dass Bolden verschwunden war und konzentrierte mich nur noch darauf, das Glas für Lilith heil ins Hotel zu bekommen. Alles andere könnte ich auch noch morgen verdrängen.

Und übermorgen würde ich endlich wieder in den Armen meines Marcs liegen und diese ganze Aktion als blödsinnig und peinlich abstempeln können. Dämliche Idee! Dummer Fehler! Nie wieder Alleingänge!

Ein paar dubiose Gestalten in einer Unterführung glotzten mir nach, als ich an ihnen vorbeikam. Immer schön auf Kurs bleiben, immer Richtung Big Ben. Er blitzte ab und an zwischen den Gebäuden hervor wie ein Leuchtfeuer.

Diese Stadt ist kein Kuscheltier.

Pah! Sag das mal all den Instagrammern und YouTubern, die sie jeden Tag wieder dazu machen.

London war voller roter Busse, vor denen Influencer sich räkelten und Selfies in Telefonzellen auf ihre Blogs stellten. Sie war der Traum Tausender, ein Traum in Grau-Weiß-Rot.

Ich hasste dieses Kleid. Es zwängte mich ein, fast wäre ich über einen schlafenden Obdachlosen gefallen, der vor einem Karton mit seinem Hund kuschelte. Wie konnte es sein, dass die Straßen um die Uhrzeit noch immer so vollgestopft waren? War das die Definition einer Stadt, die niemals schlief? Wo wollten all die Menschen nur hin?

Schon wieder brauchte ich eine Pause. Es war einfach zu weit. Big Ben war ein trügerisches Irrlicht und ich hatte das Gefühl, langsam erfrieren zu müssen. Der Winter klebte nachts noch immer an diesem März, auch wenn er sich tagsüber schon von seiner liebevollen Seite zeigte. Und dieser blöde Scotch gab mir die Illusion, ich würde durch tiefen Sand stapfen.

»Verdammte Scheiße!«

Die Bank an der Straße kam mir gelegen. Das alles war so für den Arsch. Missmutig blickte ich hinunter auf meine schmutzigen, nackten Füße. Inbegriff dieser ganzen absurden Idee. Wer allein blindlings losrannte, machte sich nur schmutzig, nichts weiter. *Eine Frau von Welt* ... Ha! Klar!

Direkt hinter mir heulte ein Motor auf und ich fuhr erschrocken zusammen.

»Ich habe Pfefferspray«, rief ich überflüssigerweise und klammerte mich an meine Tasche.

»Steig auf!« Bolden war um die Bank herumgekommen und hatte das Visier seines Helms hochgeklappt. »Komm schon. Du trägst keine Schuhe.«

»Ich ... Nein.« Erschrocken starrte ich sein schwarzes Motorrad an. Es sah verdammt schnell aus und ich hatte noch nie zuvor auf so einem Ding gesessen.

»Wenn du mich noch mal anfasst, schreie ich«, warnte ich ihn, als er näher kam.

»Falls ich dich zwingen muss, tue ich es. Du trägst keine Schuhe, verflucht noch mal«, wiederholte er und setzte seinen Helm ab, um ihn mir unsanft vor die Brust zu stoßen. Etwas in seinen Augen ließ keine Diskussion zu. Im Moment wirkten sie viel grauer und kälter als vorhin im Kerzenlicht.

Welche Wahl hatte ich, außer mich die ganze Nacht lang weiter in Mikroschritten auf mein trügerisches Ziel zuzutasten? Motorisiert hätte ich das Ganze auf jeden Fall schneller hinter mir. Auch wenn er die falscheste Hilfe war, die ich in dieser Nacht in Anspruch nehmen konnte. Andererseits hatte er gesagt, er würde mich zwingen, und das hörte sich noch unangenehmer an, als es ohnehin schon war.

Zögernd richtete ich mich auf und folgte ihm zu diesem höllischen Ding. »Ich bin noch nie auf so etwas gefahren, okay?«, ließ ich ihn wissen.

Er griff nach dem Helm und schob ihn überraschend vorsichtig über meinen Kopf. »Halt dich einfach nur gut fest.« Dann warf er routiniert sein Bein über den schnittigen Metallkörper der Maschine und wartete, bis ich es ihm gleichtat. Ich hätte das nie und nimmer getan, wenn ich nüchtern gewesen wäre.

»Festhalten, verstanden? Und runter mit dem Visier«, sagte er gerade noch, bevor er das Motorrad wieder aufheulen ließ und wir mit einem Ruck auf der Straße waren. Ich schloss den Helm und grabschte unbeholfen nach seiner Lederjacke. Erst jetzt kam es mir dumm vor, dass ich seinen Helm trug und er keinen mehr hatte. Wir schossen mitten in den Verkehr hinein und er fuhr behände einen Slalom um zwei Doppelstockbusse. Mir blieb nicht mal die Zeit, um zu hinterfragen, wie wir das überleben sollten. Die Lichter der

Straße betteten uns ein, das glitzernde Wasser der Themse kam näher und entfernte sich wieder, als würde uns all das in sich aufnehmen. Und ich fühlte mich sicher unter dem Helm. Er machte das ganz offensichtlich zum tausendsten Mal, und dass ich mich hinter diesem Visier befand, gab mir den nötigen Abstand. Trotzdem war ich bedacht darauf, mich nicht *zu* fest zu halten, weil es sich verdammt unangebracht anfühlte, mich an jemanden zu klammern, den ich gerade noch so ungehobelt beleidigt hatte.

Ich befand mich dauerhaft in der Schwebe zwischen kotzübel und großartig, was schlagartig in eine Richtung kippte, als der beleuchtete Big Ben direkt über uns emporwuchs wie ein schillernder König. Dieser Anblick in Kombination mit der Geschwindigkeit ließ ein prickelndes Feuerwerk der Begeisterung durch meine Adern rasen.

Wir überquerten die Westminster Bridge und ließen den Palast hinter uns, dann war es auch schon vorbei und Bolden lenkte seine Maschine in eine kleine Seitenstraße zwischen ein paar mit Lichterketten behangenen Bäumen.

Als wir langsamer wurden, zog ich mir den Helm vom Kopf. Ich konnte nicht leugnen, dass diese Fahrt der absolute Oberhammer gewesen war. Kurz, aber so intensiv, dass ich am liebsten geschrien hätte. Die Gasse wurde enger und ich begann, mich zu fragen, wo er noch mit mir hinwollte.

War das Hotel hier in der Nähe?

Der Motor kamen zum Stehen und er stieg ab, um mir die Hand entgegenzustrecken.

»Wo, zum Teufel, sind wir?«, fragte ich skeptisch. »Willst du dich in einer dunklen Ecke an mir vergehen?«

Mit einem Ruck zog er mich vom Motorrad und an sich heran. *Zu nahe. Viel zu nahe.*

»An dir vergehen?« Sein Blick bohrte sich in meinen. Er roch nach Leder, Benzin und dem Rest eines herben Duftes, der ihm wirklich verdammt gut stand. »Das hättest du wohl gern.« Seine Worte trafen warm auf meine Lippen. Für ein paar Augenblicke starrte ich ihn nur an. Mein Atem zitterte und sein Griff brannte durch den Stoff meines dünnen Kleides hindurch.

»Sorry, Mr. *Sin City* Bolden …« Meine Stimme bebte mehr, als ich wollte. »Verlobt und vollends glücklich.« Als er mich losließ, hob ich meinen Ring vor sein Gesicht und rang mit aller Macht die Gänsehaut nieder, die mir über den Rücken krabbelte, vom Nacken bis hinunter in den Steiß.

»Nur noch da vorn um die Ecke.« Er griff nach seinem Helm, den noch immer meine Finger umklammerten. In einer wendigen Bewegung hatte er ihn sich über den Kopf geschoben und im nächsten Moment raunte sein Motorrad ein lautes Heulen durch die schmale Gasse und er war verschwunden.

ZEHN

Es stimmte. Ich musste nur rechts abbiegen und stand direkt vor dem *Marriott*. Der Eingang war so übertrieben luxuriös, ich hatte Angst, dass ich in meinem Zustand gar nicht eingelassen würde. Noch immer zitterten mir die Knie und ich wünschte, es wäre nur die Kälte.

Der Mann im Frack an der Tür eilte mir besorgt entgegen, als ich über die Straße getapst kam wie ein ausgesetzter Hund.

»Lady, ist alles in Ordnung? Wurden Sie überfallen?«

»Nur eine wilde Nacht«, erwiderte ich abwinkend und er begleitete mich hinein.

»*So* wild?« Er äugte hinunter zu meinen schmutzigen nackten Füßen.

»Ja. Genau so.«

Wir gingen hinüber zum Fahrstuhl und er fragte, ob ich den Rest allein schaffte. Ja, logisch! Eine Lady von Welt schaffte alles.

Im Zimmer angekommen pellte ich mich wie eine Leberwurst aus dem verdammten Kleid und warf mir meinen Pyjama über. Dann befreite ich das unterschriebene Glas aus meiner Tasche wie ein rohes Ei und stellte es auf die große Tafel in meiner Suite, um es anzustarren.

Einfach nur verrückt! Bolden war so gar nicht das, was ich mir unter einem Regisseur vorstellte. Alle Filmemacher sahen in meinen Gedanken aus wie Steven Spielberg oder Peter Jackson. Wirre Locken, Cappi, Brille, immer irgendwie zerstreut und doch geordnet wie die Stiftmappe eines Einserschülers. Nerdy und zugleich lehrerhaft.

Er war nichts von alledem. Er war irgendwie ... Erneut kämpfte ich mit diesem klammen Gefühl im Bauch.

Mein Blick kroch hinüber zu der großartigen Sicht über die Stadt, die niemals Ruhe fand. Sie schien diese Rastlosigkeit eins zu eins auf mich zu übertragen. Zu Hause ging ich spätestens um dreiundzwanzig Uhr ins Bett. Hier zeigte die Uhr schon weit nach drei und ich war wach wie ein junges Reh.

Hibbelig kramte ich mein Handy aus der Tasche und wählte Liliths Nummer. Sie nahm beim zweiten Klingeln ab und ich sah sie an einem Pool im Sonnenuntergang sitzen mit einem schicken, weißen Krempenhut. Jetsetterin durch und durch.

»Heeeeeey.« Die rote Sonne hüllte ihr Gesicht in einen sanften Kokon. »Warte ...«

Die Welt wirbelte um ihre eigene Achse und der Scotch in meinem Bauch meldete sich kurz zurück. Ein paar Palmen rutschten ins Bild und wieder hinaus, dann sah ich ihre Füße am Rand des Pools entlangrennen. Ein Fußkettchen aus Muscheln.

»Alles okay?« Ihr Gesicht befand sich jetzt vor der Skyline einer Stadt, die weit unter ihr in einem Kessel lag. »Du solltest dich doch nicht melden. Vermisst du mich etwa schon wieder? Gott, was ist passiert? Wurdest du überfallen?«

»Warum fragen mich das alle?« Ich verdrehte die Augen.

»Vielleicht weil«, sie neigte den Kopf nach unten und überlegte kurz, »es bei dir schon fast halb vier morgens ist und du nie bis halb vier auf bist?«

»Wo bist du? L.A.?«

»Los Angeles. Halb acht. Herrliches Wetter. Viel wärmer als gewöhnlich zu der Jahreszeit. Auf einer Poolparty mit den Filmleuten.« Sie kam näher an das Display und flüsterte aufgeregt wie ein kleines Mädchen: »Brad Pitt kommt später auch noch vorbei.«

»*Brangelina.* Na zauberhaft«, frotzelte ich.

»*Brangelina* ist Geschichte. Jetzt bin ich am Drücker.« Sie zwinkerte. »Aber jetzt erzähl. Du wirkst etwas ...«

»Betrunken?«, half ich ihr auf die Sprünge und griff hinter dem Rücken nach dem bekritzelten Glas auf dem Tisch.

»Nicht einsam auf jeden Fall.«

»Betrunken. Schon okay. Schuldig. Und ich hab ein Mitbringsel für dich.« Ich hielt das Glas mit der Unterschrift voran an die Kamera.

»Was ist das?« Ihre Stirn kräuselte sich.

»Ein Autogramm«, raunte ich vielsagend.

»Ach Gott, wie süß. Wen hast du getroffen? Jude Law? Elton John?«

»Du musst raten.« Verstohlen spähte ich auf den schwarzen Schriftzug. James erkannte man gerade so, aber der Rest war ziemlich schwer zu entziffern.

»Oh, ich liebe Rätsel. Ähm … Jim? Nein, James …« Sie starrte konzentriert auf ihren Bildschirm. »James … Und weiter? Sag schon!«

»Hmmm.« Ich stellte das Glas zurück und setzte mich aufs Bett. »Pass auf … Ich war aus und dann hab ich jemanden getroffen, war in einem Pub und hab noch jemanden getroffen und dann war ich plötzlich«, die Kunstpause musste sein, »im *Don't you dare*.“

Lilith starrte mich skeptisch an. »Du verarschst mich.«

»Würde ich nie wagen.«

»Dann ist das …« Sie wirkte, als würde ihr ein Licht aufgehen. »QUATSCH! Hör auf damit! Das ist nicht witzig.«

»Oh, witzig war es ganz und gar nicht. Du bist mir wohl eher etwas schuldig. Ich musste für dich tanzen und trinken und mich vor halb London zum Kasper machen.«

»Nein, nein, nein. Niemand spaziert einfach so in diesen Club hinein.«

»*Einfach so?!* Wenn du wüsstest … Ich hab die halbe verfluchte Nacht gebraucht, um da reinzukommen …«

»VON WEM IST DAS AUTOGRAMM?« Ihr Gesicht war ernst. Sie dachte offensichtlich immer noch, ich würde sie verarschen.

»Von wem denn wohl?«

»NEIN!« Liliths Gesicht rastete ein und ihr Mund stand offen. »Du hast doch nicht wirklich Vampir-Bolden getroffen? Mach dich nicht lustig über mich, ich warne dich!«

»Niemals könnte ich …«

Meine Worte gingen in einem gellenden Schrei unter, gefolgt von einer beschwichtigenden Geste zu irgendjemandem. »Entschuldige. Meine Freundin ist dran.«

Wieder rannte sie irgendwohin. Der Schatten eines Gebäudes fiel auf sie und sie blickte sich prüfend um, bevor sie leise weitersprach: »Zeig es mir noch mal!«

Seufzend griff ich wieder nach dem Glas und sie begutachtete es wie ein Schmuckhändler einen Goldbarren. »Nicht wirklich … Oh … mein … Gott. Verdammte Scheiße! Als ich sagte, *Geh für mich auf diese Cocktail-Party*, meinte ich nicht: *Finde den größten Filmemacher der verfickten Erde*!«

»Ach, so weit ist es schon? Du sagst da gerade etwas Verbotenes, Fräulein!«

»Ist mir scheißegal!« Sie war noch aufgekratzter als nach der Brad Pitt-Info. »Erzähl mir alles! Jedes verschissene Detail!«

»Ich musste tanzen, mich schämen und frieren. Und ich hab meine Schuhe verloren.«

»Ich meinte: *Wie ist er?* Ist er gruselig, strahlt er seine Großartigkeit aus? Ist er furchtbar unansehnlich?«

Ich musste lachen. »Überhaupt nicht.«

»Beschreib ihn mir, los!«

»Übertreib es nicht, Lilith! Er ist einfach nur ein Kerl. Ziemlich ungehobelt noch dazu, hat nichts von deinem heißgeliebten Glamour. Oh, und er wird umschwärmt von falschen Blondinen mit gemachten Möpsen, mein Lieblingsdetail ... Wo Geld ist, sind sie nie weit.«

»Einfach nur ein Kerl?! Mann, du hast ja keine Ahnung!« Lilith bedeckte kurz den Lautsprecher mit der Hand. »Ja, ich komme sofort.« Dann war sie wieder bei mir.

»Verdammt, mein Boss. Vergiss bloß nicht, was du sagen wolltest! Wir knüpfen genau hier an, verstanden?« Zack! Aufgelegt. Sie würde gut zu Bolden passen.

Unhöfliches Stück.

Nach einer endlosen Rainshower-Dusch-Arie in einer Kabine, in der mich zehn Leute hätten einseifen können, ließ ich mich rücklings aufs Bett fallen und versank beinahe in der riesigen Matratze. Gedanken und Eindrücke wirbelten durch meinen Kopf. Was für eine abgefahrene Nacht in einer noch viel verrückteren Stadt. Die Themse entglitt mir langsam und die Beleuchtung des London Eye schwappte hinüber in meine Träume. Von wegen nicht müde. Todmüde war ich und die Angst vor morgen fühlte sich nach all dem tatsächlich schon etwas gezähmter an.

ELF

Es surrte und brummte bis tief ins Innere meines Schädels hinein und ich fluchte mich aus der friedlichen Traumwelt heraus ins Jetzt. Schnaubend holte ich mit dem Arm aus und traf beinahe die Blumenvase auf dem Nachtschrank. Dieses verfluchte Telefon! Mühsam tastete ich danach und quälte ein Auge auf, das sich anfühlte wie mit Reißzwecken gefüllt.

Unbekannte Nummer.

Auf das ewige Vibrieren der Hölle folgten zwei kurze Summer. Eine Nachricht.

Themse, Eye, jetzt! Es gibt Frühstück.

Stöhnend ließ ich meinen Kopf zurück aufs Kissen fallen. Welcher Terrorist war das? Fünfzehn Anrufe in Abwesenheit ... Der blanke Hass.

Mein nächster Blick galt der Uhr. Kurz nach elf ... Oh Gott, so lange hatte ich ewig nicht mehr geschlafen.

Noch zwei Summer.

JETZT!

»Halt die Klappe!« Ich rieb mir die schmerzende Stirn.

Das konnte nur Tony sein. Na warte! Den würde ich mir vorknöpfen. Motzend wälzte ich mich aus dem Bett für Königinnen, warf mir eine Kopfschmerztablette ein und einen Cashmere-Pullover über. Die Strumpfhose wurde zum beinahe unüberwindbaren Hindernis. Ich kämpfte knurrend mit ihr wie ein sterbender Käfer. Ein bisschen Lippenstift, ein knielanger Rock und ab an die frische Luft.

Als ich vor die Hoteltür trat, zerzauste mir ein Windstoß das offene Haar. Keine Stadt für Frisuren. Ich lief an der Schlange vor dem London Eye vorbei und in dem Moment fiel mir ein, dass Tony ja gar nicht wusste, in welchem Hotel ich wohnte ... Zögernd blieb ich stehen und scannte die Menschenansammlung. Keiner hier, den ich kannte. Nur ein Straßenkünstler, der sich zwischen den Bäumen unter lautem Gejohle durch einen Tennisschläger quetschte.

Irgendjemand machte sich hier eindeutig einen Spaß mit mir. Gerade wollte ich umdrehen, da kam ein großer Mann im schwarzen Mantel aus der Menge auf mich zu und wedelte vielsagend mit einer weißen Papiertüte.

Ratlos blickte ich ihm entgegen.

»Guten Morgen«, flötete er und hielt mir den Plastikbeutel hin, den er in der anderen Hand trug.

»Wer sind Sie?« Ich verschränkte misstrauisch die Arme vor der Brust. Der Kerl verwechselte mich doch.

»Oh bitte, Kindchen.« Beleidigt legte er den Kopf schief. »Bei mir geht es zwar auch ab und zu länger, aber mit Amnesie laufe ich deshalb nicht gleich herum.« Der Beutel hing noch immer an seinem ausgestreckten Arm. »Wenn du nicht zugreifst, nehme ich es wieder mit.«

Fragend musterte ich seine markanten Gesichtszüge. Er war groß und schlank, nach hinten gegeltes, dunkles Haar. Aber diesen Blick kannte ich. Und die feminine Geste der Ungeduld verriet mir den Rest. »Ray? Bist du das? Woher hast du meine Nummer?«

»Püppchen, nimm dein verdammtes Kleid, bevor ich es behalte!«

Oh mein Gott, ja!

Schuldbewusst lugte ich in die Tüte hinein. Mein Verlobungskleid. Unfassbar! Ich hatte es total vergessen. Wie konnte ich nur? Was Marc wohl denken würde, wenn er das erfuhr?

»Ich ... Danke dir. Ich, äh ...«

»Hühnchen oder vegetarisch?« Ray kramte in der mitgebrachten Papiertüte. »Ich wusste nicht, welchem Trend du gerade hinterherläufst. Und sag jetzt bitte nicht, vegan!«

Er war ein wirklich attraktiver Mann, genau wie ich erwartet hatte. Bis auf ein wenig Kajal war er völlig ungeschminkt und seine Haut erstaunlich glatt für einen Kerl. Er duftete frisch nach Aftershave.

»Nein, nicht vegan. Was hast du denn da?« Als ich nach einem Zipfel des Papiers griff, schlug er mir auf die Finger. »Na, na, na! Hat dir deine Mama keine Manieren beigebracht?«

Bagels. Genau, was ich jetzt brauchte.

»Du bekommst die Elektrolyte. Sieht ganz so aus,

als könntest du sie brauchen.« Er reichte mir den Hähnchen-Bagel. »Gehen wir ein Stück? Ich hab gehört, du begleitest mich auf einen Kaffee?«

»Sagt wer?« Ich biss in den Teig wie ein ausgehungerter Tiger.

»Du freches Ding!« Grinsend beobachtete er mich für einen Moment beim Essen. »Komm schon, geht auf mich.«

»Das da gestern auf der Bühne«, sagte ich, als der Kellner mir gerade den Latte macchiato servierte, »Ray, das war fantastisch! Du bist eine echte Diva. Der ganze Club hat dir gehört.«

Es war seltsam, ihn Diva zu nennen, so wie er mir jetzt gegenübersaß in seinem Trenchcoat und der dunklen Stoffhose. Für einen Moment dachte ich, er wäre deshalb beleidigt, aber dann lächelte er über den Rand seiner Espressotasse hinweg. »Danke für die Blumen, Kindchen. Es war ein langer Weg bis hierher.« Er blickte über die glitzernde Themse vor unserem Freisitz. »Diese Stadt mag nicht jeden, weißt du? Manchmal muss man sich ihre Anerkennung schmerzlich verdienen.«

Ein dunkelhäutiger Mann in einer blauen Steppjacke steuerte auf uns zu und Rays Gesicht erhellte sich, als er ihn sah.

»Na, Ladys? Ich bin wohl nicht zur Party eingeladen, oder wie soll ich das verstehen?«

»Ach Charly, sei kein Mädchen!« Ray empfing einen

Kuss auf die Lippen. »Egal, ob eingeladen oder nicht – du tauchst doch sowieso immer auf.«

Charly zog sich einen Stuhl vom Nachbartisch heran und zwinkerte mir zu. »Nur Lippenstift. Hübsch. So natürlich bist du sogar noch schöner, Abigail.«

»Natürlich«, erwiderte Ray fast empört, »mein Blick fürs Detail trügt nie.«

Es dauerte ein paar Sekunden, bis ich eins und eins zusammengezählt hatte und den Mann mit den kurzen Locken zugeordnet hatte. Charlotte. Er benahm sich vollkommen anders als gestern. Beinahe schüchtern. Und er war jünger als Ray. In meinem Alter vielleicht.

»Oh, ihr seid …« Ich zeigte vom einen zum anderen und zurück.

»Nicht doch«, erwiderte Ray und winkte ab, »Charly ist mein jugendlicher Liebhaber, mehr nicht.«

Sie warfen einander einen beschämten Blick zu und ich musste schmunzeln. Fast wie Marc und ich am Anfang. Ich vermisste ihn und konnte es kaum erwarten, wieder in seinem Arm zu liegen. Mein schöner Verlobter Marc.

Würden wir halt auf dem Grundstück seines Vaters feiern, von mir aus. Sollte er seine Märchenhochzeit bekommen. Hauptsache, wir gaben uns das Versprechen. Die Umstände waren doch eigentlich egal.

Oder nicht?

»Kleines, wir müssen auch schon wieder los.« Ray schlürfte den Rest des Espresso aus der Tasse. »Es war ganz bezaubernd, dich wiederzusehen.« Er richtete sich auf und steckte mir einen kleinen Zettel zu. »Sei heute um achtzehn Uhr dort, okay?«

Irritiert hielt ich seine Hand fest und blickte zu ihm auf. »Was? Wozu?«

»Um jemanden zu treffen, Dummerchen.«

»Wen denn? Dich? Um unser Straßenduell auszutragen, das du mir noch schuldig bist nach der miesen Tanznummer gestern?«

»Du bist der Brüller.« Er lachte schallend wie die Ray, die ich kannte. »Nein, später vielleicht.«

»Wen dann?«

»Ist sie nicht süß?« Er warf Charly einen fürsorglichen Blick zu. »Na, wen wohl? Meinen Boss, Schätzchen. Wie es scheint, hast du irgendeine Art von Eindruck bei ihm hinterlassen.«

Eindruck? Ich traute meinen Ohren nicht. Ja, mit Sicherheit hatte ich einen Eindruck hinterlassen. Einen abartig miesen nämlich.

»Bolden?«

»Nenn ihn lieber James. Ihm hast du zu verdanken, dass mein Astralkörper sich heute überhaupt zu dir gequält hat.«

»Ich werde ganz sicher nicht dort hingehen, Ray!« Mit einem Griff zerknüllte ich den Zettel zu einem festen Ball und drückte ihn in den Aschenbecher auf dem Tisch.

Diese fragwürdigen Spielchen würde ich nicht mitspielen. Ich war keine Idiotin. Sicher suchte er nur einen Weg, mich zu demütigen, wie ich es bei ihm getan hatte. Künstler waren eitle Geschöpfe, das wusste ich noch von früher.

»Du wirst *bitte was*?« Ray klimperte fassungslos mit den Wimpern.

»Nein! Ich werde was *nicht*. Ich werde was NICHT tun, Ray. Nämlich heute um achtzehn Uhr irgendwo auftauchen, wo dieser Typ mich haben will. Was kann er denn schon wollen? Gestern war eine reine Katastrophe! Außerdem muss ich Punkt acht Uhr einen Job für eine Freundin erledigen.«

»Tssss, hörst du das, Charly?« Ray musterte mich mütterlich. »Tu, was immer du willst, aber geh vorher lieber sicher, dass es nicht das Falsche ist!«

Er klemmte einen Zwanzigpfundschein unter den Aschenbecher und hielt Charly den Arm zum Einhaken hin.

»Hast du mir nicht vor ein paar Stunden noch gesagt, ich solle mich von all dem fernhalten?«, gab ich zu bedenken.

»Prinzessin, dafür ist es doch längst zu spät. Und das hier ist absolut nichts, gegen das du dich entscheiden solltest. Glaub deiner Tante Ray!«

Dieser Mann war tatsächlich eine Frau, unfassbar.

Charly beugte sich zu mir herüber und flüsterte vielsagend: »Und wir sind *so was von* zusammen. Die Diva legt sich nur nicht gern fest.«

»Kommst du jetzt endlich oder willst du dem armen Mädchen noch mehr Blödsinn zusäuseln, den sie dir in ihrem Zustand vielleicht sogar abkauft?«

Die beiden hakten sich unter und Ray drehte sich noch einmal beschwörend zu mir um. »Ich würde mir anhören, was er zu sagen hat. Danach kannst du immer noch weiter zu viel für andere tun. Und diese Tanznummer war tatsächlich mies, mein Engel.«

»Das üben wir noch.« Charly warf lachend den

Kopf in den Nacken und die beiden schwirrten ihres Weges und verschwanden in der flanierenden Menge an der Themse.

Mit zusammengekniffenen Augen starrte ich die zerknüllte Kugel an, die der Wind in dem runden Glasgefäß ungeduldige Kreise ziehen ließ. *Anhören, was er zu sagen hatte* ... Was für ein Quatsch! Noch wütender machte mich, dass ich trotzdem neugierig wurde. Meine Finger krabbelten über die kühle Tischplatte. Nur mal kurz gucken, was das für ein Ort war. Vielleicht lag er ja auf dem Weg.

Man konnte ja nie ...

»Darf ich den mitnehmen?« Der Kellner griff nach dem Aschenbecher. Ich erstarrte und sah ihn hilflos an.

»Miss? Alles in Ordnung?«

»Ja, ähm. Ja, klar, nehmen Sie ihn mit! Und das hier ist Ihrer. Behalten Sie den Rest!« Der Zwanziger wanderte in sein Portemonnaie und ich sah der Papierkugel zu, wie sie im Inneren des Cafés verschwand und hinter der Tür in einen großen Aschenkübel gekehrt wurde. Manchmal trifft man Entscheidungen, bevor man überhaupt denken kann.

Den ganzen Mittag wanderte ich die Themse auf und ab. Ich schaffte zweimal die Strecke zwischen Big Ben und Tower Bridge, hörte einer fabelhaften Sängerin an der Millennium Bridge zu, lief durch riesige, schillernde Seifenblasen, fand es traurig, dass sie einfach so zerplatzten, und aß zum Trost eine Portion Churros mit Schokoladensauce an einem Stand.

Auf einer Bank am Fluss versuchte ich, Marc anzurufen. Es klingelte und klingelte, aber er nahm nicht ab.

Ich streichelte mein weiches Kleid in dem Beutel und stellte mir vor, Marc säße hier mit mir auf dieser Bank. Würde er London mögen? Ich hatte da so eine Ahnung.

Als die Sonne bereits tief stand, machte ich bei zwei Typen am London Eye Halt, die Witze erzählten, über die die umstehenden Menschen sich kringelten.

Einer der beiden trug ein pinkfarbenes Stirnband und einen Vokuhila. Der andere zeigte ständig auf eine andere Person im Publikum, um sie derb zu beschimpfen. »Und du«, langte er schließlich bei mir an, »du bist schön, aber so echt wie die Frisur meines Kumpels hier.« Grob riss er dem anderen die Perücke vom Kopf, der gespielt empört danach angelte.

»Wach auf, Mädchen«, ignorierte ihn der Erste und knickste frech vor mir. Die Leute starrten mich an. Ich musste ziemlich bedröppelt aussehen, denn ein älterer Mann tätschelte mir versöhnlich den Rücken. »Nur Spaß, okay?«

Erschrocken zuckte ich von ihm weg. Warum musste einen in dieser Stadt einfach jeder anfassen? Ich presste die Lippen aufeinander und versuchte erneut, Marc zu erreichen, während ich zurück zum Hoteleingang schlurfte. Wieder nur die Mailbox. Das fünfte Mal.

Beim Überqueren der Straße blickte ich verstohlen

zurück zu der Seitenstraße, aus der ich gestern gekommen war nach dieser wilden Motorradfahrt. Dieser vollkommen verrückten Nacht.

Der gleiche Türsteher wie in der vergangenen Nacht grüßte mich, offensichtlich erleichtert, dass ich diesmal Schuhe trug.

Zurück im Zimmer machte ich meine Tasche ausgehbereit und schob die grässliche Liste hinein. Ich betrachtete meine schlanke Statur im Spiegel. Das Aufhübschen für schicke Partys war mir inzwischen in Fleisch und Blut übergegangen. Das dunkle Haar knotete ich elegant am Hinterkopf zusammen, etwas Puder auf die Wangenknochen, Rouge, einmal den Lippenstift nachgezogen, die grün-blauen Augen dezent betont. Ich fand sie etwas zu schmal, aber genau das hatte mir den Spitznamen *Katze* in Marcs Bekanntenkreis verschafft. Hintergründig seien sie und funkelnd. Etwas im Schilde führen würde ich, sagten sie. Hmmm, ich mochte vieles sein, aber verschlagen gehörte mit Sicherheit nicht dazu.

Behände streifte ich mir das enge bordeauxrote Cocktailkleid über. Tief ausgeschnitten zeigte es gerade genug, um noch stilvoll zu sein. Während ich mir die schmale, silberne Kette um den Hals legte, die Marc mir zum letzten Geburtstag geschenkt hatte, fiel mein Blick auf Westminster Abbey, in der man gerade wieder das Licht einschaltete. Nur noch das hier überstehen und morgen war ich wieder zu Hause. Zu Hause bei meinem Verlobten, wo ich hingehörte. Ein Ohrring. Seine zarten Glieder aus Silber fielen fast bis hinunter auf meine Schulter. Schon verrückt, dass ich ernsthaft auf dieses Motorrad gestiegen war. Der zweite Ohrring. Big Ben, die Straße. So schnell, dass ich hatte jubeln wollen. Er hatte wirklich Stil bewiesen, mich nach all dem ins Hotel zu bringen. Was war er nur für ein merkwürdiger Mann, dieser James Bolden ... In dem Moment klingelte mein Telefon und riss mich aus meinen Gedanken. Ich schüttelte die Benommenheit von mir, räusperte mich und drückte die Annahmetaste.

»Marc, wie schön, dass du endlich zurückrufst!«

»Ich hatte etwas Stress heute und außerdem sollte ich ja eigentlich gar nicht anrufen, schon vergessen? Anweisung deiner liebenswerten besten Freundin, der Martini-Dealerin.«

Es war so wunderbar, seine Stimme zu hören. Obwohl nicht viel Zeit vergangen war, seit wir uns das letzte Mal gesehen hatten, hatte ich das Gefühl, über einen Haufen Steine klettern zu müssen, um ihn greifen zu können.

»Baby ... Morgen bin ich wieder da«, sagte ich leise.

»Ja, ist das nicht wundervoll? Ich bin es nicht gewohnt, dass du weg bist. Und ehrlich gesagt will ich mich auch gar nicht erst daran gewöhnen müssen.«

»Was machen wir, wenn ich zurück bin? Fein essen gehen? Ich muss dir alles erzählen. London ist eine Urgewalt.«

»Das kannst du mir gern die Tage näherbringen. Nimm dir morgen einfach meine Kreditkarte und geh richtig schön aus, okay?«

»Deine Kreditkarte?« Etwas sickerte schwer auf den Grund meines Magens hinunter. »Aber ich dachte, wir essen zusammen?«

»Mein Schmetterling«, er klang bedauernd, »ich stecke gerade bis zum Kinn in einem Fall. Es dauert nur ein paar Tage und dann bin ich wieder ganz für dich da, in Ordnung? Wir müssen doch die Hochzeit planen und dann erzählst du mir jedes Detail von dieser ... Urgewalt, okay?«

Ich war so tief enttäuscht, dass ich Mühe hatte, es zu verbergen. Für eine Weile sagte keiner etwas und mein Blick traf auf das Glas auf dem Tisch. Das Glas für Lilith.

»Baby, bist du noch da?« Marc wusste ohne Frage, dass es nicht das war, was ich mir gewünscht hatte. Aber er musste arbeiten, das verstand ich. Jeder verstand das ...

»Bin noch da«, sagte ich kleinlaut, starrte noch immer das Glas an.

Er räusperte sich. »Ich muss wieder los, okay? Ich liebe dich.«

»Ich dich auch.« Wie in Zeitlupe ließ ich das Smartphone vom Ohr sinken. Ein Blick auf die Uhr. Siebzehn Uhr dreizehn. Langsam richtete ich mich auf. Morgen wäre ich zurück. Zurück und allein. Ich griff nach meinem Mantel an der Garderobe. Allein in dem Restaurant voller Austern und Aliens.

Bedächtig zog ich mir meine Stiefel mit den Blockabsätzen an, erst den einen, dann den anderen. Was tat ich hier? Es war doch noch viel zu früh. Hatte ich nicht eigentlich packen wollen, bevor ich zu Liliths Party ins *12th Knot* ging? Das sah nicht nach packen aus.

Warum ich jetzt stattdessen in Richtung Ausgang ging, konnte ich mir absolut nicht erklären.

Kaum war ich zur Tür hinaus, rannte ich. Nicht den Fahrstuhl, die Treppe. Das London Eye leuchtete violett, genau wie der Himmel.

Die beiden Spaßvögel von vorhin packten gerade ihren Koffer ein, und als ich das Café erreichte, stellte der Kellner bereits die Stühle auf die Tische.

»Entschuldigung!« Ich klopfte gegen die Scheibe.

Er drehte verwundert den Kopf und schloss die Tür auf, um mich misstrauisch durch den Spalt zu mustern. »Kann ich helfen?«

»Ich denke schon. Ich hab da vorhin einen Zettel im Aschenbecher vergessen. Ich saß auf dem Freisitz.«

»Ah ja ...« Er wirkte, als würde ihm ein Licht aufgehen. »Aber sorry, der ist schon dort drin.« Mit einem Bein des Stuhls, nach dem er gerade gegriffen hatte, zeigte er hinüber zu der Zigarettentonne. »Begraben unter der gesamten Asche Pompejis, bedaure.«

Ohne lange zu fackeln, ging ich an ihm vorbei, krempelte den Ärmel hoch und steckte den Arm bis zum Anschlag in die weiche Asche.

»Ouw, ouw, Lady ... Das sollten Sie nicht tun.« Der Kellner beobachtete mich aus der Ferne, wie um herauszufinden, ob ich eventuell irre war und er mich tasern musste.

»Nur eine Sekunde!« Ich wühlte ausdauernd und wurde von dem heftigen Gestank nach kalter Kippen-Asche beinahe bewusstlos. *Yes!* Da war er! Als ich den Arm herauszog, klebten ein paar zerketschte Kaugummis zwischen meinen Fingern und der Kellner schien sich bei dem Anblick nun doch dafür zu entscheiden, mich zu tasern, sobald der Schock verflogen war.

»Mist!« Auf dem Zettel stand eine Telefonnummer mit einem Lippenstift-Herz darunter. »Ist der Falsche, sorry!«

»Sie sollten jetzt besser gehen, Lady«, merkte der Mann verstört an, während ich erneut bis zum Anschlag im Kübel steckte.

Und dann schließlich ... Ein Kügelchen, das nur ich so fest zusammengeknüllt haben konnte.

Yes!

Ich freute mich wie ein kleines Kind. Das war der Richtige!

»Darf ich vielleicht noch mal kurz Ihre Toilette benutzen?« Ein verlegenes Grinsen stahl sich in mein Gesicht, während ich ihm meinen grau belegten Arm präsentierte. Nur noch schnell ein bisschen Wasser und Seife, dann war er mich los.

Er zeigte nur wortlos hinüber zu der Toilettentür, hoffte wohl auf ein baldiges Ende dieser Grusel-Show.

Wieder draußen an der Luft, fuhr mir ein belebender Windstoß unter den offenen Mantel. Die Lichterketten in den Bäumen waren wie am Abend zuvor eingeschaltet und ich tippte die Adresse auf dem Zettel in mein *Google Maps*. Zwanzig Minuten von hier. Mit festen Schritten machte ich mich auf den Weg.

Manchmal trifft man Entscheidungen, bevor man überhaupt denken kann.

Und manchmal treffen die Entscheidungen einen.

ZWÖLF

Zehn Minuten nach sechs stand ich mit dem zerknüllten Zettel in der Faust vor dem Eingang eines chinesischen Restaurants, starrte die beiden stumm fauchenden Steindrachen neben dem Eingang an und fragte mich, was ich hier eigentlich trieb.

Zögernd spähte ich in den kleinen Innenraum und zog meinen Mantel enger. London war kühl bei Nacht. Dieses Viertel hier kannte ich – Chinatown war ein Teil von Soho. Ich hatte letzte Nacht das verzierte Tor gesehen. Überall bunte Torbögen und Laternen, als wäre ich direkt im Herzen Chinas gelandet. Frühlingsrollen und Pekingente waren nicht mein Fall, aber ich hatte auch nicht vor, hier zu essen.

Eine kleine Omi im Kimono kam zu mir heraus und lächelte mütterlich. »Sie essen? Tisch für eins?«

»Nein, ich denke nicht ... Ich ...« Hilflos entfaltete ich den Zettel und hielt ihn ihr hin.

Sie legte den Kopf schief und nickte eifrig. »*B15*, aaah ja. Sie kommen!«

»*B15* ... Was? Ich wollte eigentlich ...« Mühsam wehrte ich mich gegen ihr Zerren. »Hey, loslassen!«

Sie gab für einen Moment nach und zeigte auf einen kleinen Schriftzug direkt unter der Adresse auf meinem geschändeten Zettel, der mir vorher gar nicht aufgefallen war.

B15 ... Tatsächlich. Wie hatte ich das übersehen können? Miniaturschrift, verborgen in einem der Knicke. Was sollte der Unsinn denn?

»Sie kommen!« Diesmal gab ich ihrem Ziehen nach.

Im Innenraum roch es nach gebratenen Nudeln und Suppe. Die Leute drehten sich nicht einmal nach mir um, obwohl ich mir vorkam wie ein Eindringling. Ich war ohne Frage die einzige Nicht-Chinesin hier. An den Wänden schimmerten samtig rote Tapeten und die Gäste saßen um runde Herdplatten auf den Tischen herum. Man unterhielt sich gedämpft und schwang gekonnt die Stäbchen. Mit diesen Dingern essen ... Das hatte ich nie gekonnt.

»Hier, hier.« Die nette Lady deutete auf eine ramponierte Jukebox in der Ecke neben der Toilettentür. »Sie machen Musik!«

Ich winkte freundlich ab. »Oh, nein. Ich wollte hier nur jemanden tre-«

»*B15*«, sagte sie streng und tippte fest auf meine Hand, in der sich der Zettel befand. »*B15*!«

Dann verschwand sie hinter Lamellen aus Stoff in

einem Zimmer links neben mir. Vielleicht die Küche? Zumindest klimperte es dort hinten sehr verdächtig.

»Was zum Geier …« Ratlos kratzte ich mich am Kopf und blickte mich um. Nicht die geringste Spur von Bolden. Natürlich nicht! Er hatte mich gelinkt. Und wieder wollte ich mir Ray vorknöpfen. Ich würde ihn mir so heftig vorknöpfen, dass … Ich erstarrte. Vorknöpfen … Knöpfen … Mein Blick fiel auf die Knöpfe an der Jukebox. Eine Reihe mit Buchstaben und eine mit Zahlen. Sollte ich wirklich … Zögerlich blickte ich mich um. *Wirklich?*

Wenn da jetzt gleich die Backstreet Boys losschmetterten, wurde ich bestimmt umgehend rausgeworfen. Dabei war ich doch froh, dass ich gerade so schön unbeobachtet war, hier im Schatten. Und dass ich die letzten Peinlichkeiten inzwischen einigermaßen überwunden hatte.

»Ich hasse dich, Ray.« Ich drückte Knopf B. »Diesmal wird es wirklich ein Straßenduell geben.« Knopf 15. »Und ich bin John Wayne …«

Die Box leuchtete ratternd auf, aber sie spielte keinen Song. Kaputt? Immerhin sah sie ziemlich alt aus. Ich hielt mein Ohr an den vergilbten Lautsprecher und hätte fast einen Schlag vors Gesicht bekommen, als sie sich plötzlich öffnete wie eine Tür.

Wie angewurzelt stand ich da und glotzte den Typen an, der dahinter in der Dunkelheit wartete. Er trug eine Jeansjacke und einen Undercut.

»Hallo. Darf ich deinen Namen erfahren?«

»Ähm … Abi … Abigail«, stotterte ich und er zückte

eine Liste auf einem Klemmbrett, um mit dem Finger die darauf stehenden Namen entlangzufahren.

»Abigail ... Abigail ... Ah ja, da bist du. Du kannst durch.« Er hakte etwas auf seinem Wisch ab, schob einen dunklen Vorhang zur Seite, hinter dem eine Treppe nach unten führte, und schloss die Jukebox hinter mir, als wäre es die normalste Sache der Welt. »Willkommen im *B15*. Oh, und sorry, ist nur für geladene Gäste.« Er zuckte entschuldigend die Achseln. Wahrscheinlich dachte er, die Liste hätte mich zum Zögern veranlasst. Dabei verstörte mich einfach die Gesamtsituation. Was war das hier?

»Ähm ... Schon okay.«

Ich straffte die Schultern und blickte hinunter. Wo endete diese Treppe? Im verdammten *Dungeon*? Aber welche Optionen hatte ich? Wieder gehen wie der letzte Loser oder da hinunterklettern und mich dem Drachen stellen? Mein Name stand immerhin auf dieser Liste.

Los, Abbie! Gib dir einen Ruck!

Vorsichtig tastete ich mich den engen Gang hinunter. Noch ein Vorhang. Und dahinter ... eröffnete sich mir eine andere Welt.

›B 15‹ stand in großen, pinken Leuchtstab-Lettern über der kleinen Bar. Ein gemütlicher Laden. Die Wände hingen voller skurriler Bilder von Menschen ohne Gesichter in ... sagen wir fragwürdigen Posen und in den Ecken standen große, alte Stehlampen mit roten Samtschirmen. Es lief *Royal Deluxe* und die Leute in den gemütlichen Sofaecken lachten und tranken Cocktails.

Eine Frau, die aussah wie in Stein gemeißelt, starrte mich an, während sie an einer Olive kaute. Neben ihr thronte eine Skulptur, die mit an Sicherheit grenzender Wahrscheinlichkeit jemand aus einem griechischen Tempel hatte mitgehen lassen. Allerdings trug sie eine bunte Blumenkette um den kalten, weißen Hals. Die beiden hätten Schwestern sein können mit ihren neutralen Zügen, nur dass die eine atmete und die andere nicht.

Skurril war gar kein Ausdruck. Und das hier hatte so gar nichts mehr von einem chinesischen Restaurant.

Der Barkeeper trug drei Nasenringe nebeneinander und warf mir einen flüchtigen Blick zu. Er hatte wache Augen und nur noch einen Arm. Shaken konnte er deshalb ganz offensichtlich nicht weniger geschmeidig.

B15 also ... Was für eine verrückte Überraschung.

Ich erspähte Bolden, bevor unsere Blicke sich trafen. Er saß an der Bar und trank ein London Pride.

Direkt neben seinem Barhocker blieb ich stehen, ohne ihn anzusehen. »Du spielst mit mir, James Bolden. Ich kann Spielchen nicht leiden.«

»Hmmm. Kein übler Auftritt.« Ein Grinsen hing in seiner Stimme und ich sah im Augenwinkel, wie er mich unverhohlen musterte. »Setz dich. Du bist spät dran.«

»Sei froh, dass ich überhaupt da bin. Und hier zufällig sowieso vorbeikam.« Ich bestellte einen Virgin Colada und ließ mich auf den Hocker neben ihm gleiten. »Also ... was willst du? Ist es wegen gestern?«

»Gar nicht übel.« Sein Blick war provokant und ich erwiderte ihn unbeeindruckt. Das dreckige Moosgrün seiner Augen stand ihm. Aber ich konnte nicht aus ihnen lesen und hasste es. Seine Nähe löste irgendein Unbehagen in mir aus, das ich nicht näher definieren konnte.

»Hast du noch eine bessere Idee?« Schon wieder ein Spielchen.

»Keine Ahnung, aber ich hoffe, es geht schnell. Ich muss nachher noch auf eine Cocktailparty.«

»Du bist gestern nur in den Club gekommen, weil ich es so wollte«, sagte er unvermittelt.

Ich zog eine Braue nach oben und musterte ihn. Das Grinsen eines kleinen Jungen. Mir fiel auf, dass er angenehm roch, irgendwie vertraut. Und das, obwohl er nicht einmal Parfum trug. In unseren Kreisen ging man fast nie ohne einen passenden Duft aus dem Haus.

»Ich war wegen meiner Freundin da, schon vergessen?« Kopfschüttelnd nahm ich meinen Colada entgegen und schob mir den Strohhalm zwischen die Lippen. Was glaubte er, wer er war? Leonidas von Sparta? Ich hätte es auch ohne das Bürschchen durch die Tür geschafft. »Und dass ich da drin gelandet bin, war ja wohl Rays Verdienst und nicht deiner.«

»Er mag dich.« Er sah mich so intensiv an, dass es unangenehm wurde. »Und ich mag ihn. Das brachte die Sache ins Rollen.«

»Ich hab dich beleidigt, das ist mir klar.« Ich drehte den Oberkörper in seine Richtung. »Es tut mir leid, okay? Und wenn du mir jetzt auch irgendetwas an den Kopf werfen willst, um dich besser zu fühlen, dann bitte! Hauptsache, wir haben es hinter uns.«

»Beleidigt?« Er lachte. »Mich beleidigt man nicht so schnell, Abigail Summers.«

Er kannte meinen vollen Namen? Hatte ich ihm den je verraten? Auf jeden Fall jagte es mir eine Gänsehaut über den Nacken, wie seine rauchige Stimme ihn aussprach. Mit diesem herrlich schmutzigen britischen Akzent.

»Was willst du?« Plötzlich hatte ich doch das Bedürfnis, einen Schnaps zu trinken.

»Ich will dich. Nichts weiter.« Er trank sein Bier, ohne mich aus den Augen zu lassen.

Meine Hände klammerten sich an meinem Glas fest.

Zum Glück konnte er nicht sehen, wie sich der kribbelnde Schauer über meinen kompletten Rücken ausbreitete. Er war düster und vielleicht auch auf eine rabiate Art attraktiv, das musste ich ihm lassen, aber es war nichts weiter als eine nüchterne Feststellung. Immerhin war ich glücklich verlobt. »Hör auf damit, verstanden?«

»Oh, keine Sorge, nicht, wie du denkst.« Etwas blitzte belustigt in seinem Blick auf. »Es ist vielmehr ein Jobangebot, aber dafür brauche ich dich mit Haut und Haar. Mit allem, was ich von dir haben kann und das du bereit bist, mir zu geben.«

Jobangebot? Er wollte mich nicht ernsthaft in seinen Club stellen? Das war doch ein schlechter Scherz.

»Du hast meine Tanzkünste selbst gesehen ... Offenbar hast du mich ja höchstpersönlich auf diese Bühne verfrachtet, um mich zu demütigen, also nein danke!«

»Nicht die Bühne. Du bist eine miserable Tänzerin.« Er zog die Brauen nach oben und stieß ein Lachen durch die Zähne. »Und du schätzt mich vollkommen falsch ein. Nichts lag mir je ferner, als dich zu demütigen.«

Während er die Ärmel hochkrempelte und sich sammelte, betrachtete ich seine morbiden Tattoos.

»Bevor du weiterredest …« Ich schwenkte vielsagend mein Glas vor seiner Nase. »Wieso Hunter? Wenn du etwas jagst, will ich wissen, was es ist, bevor ich mir deine fragwürdigen Angebote anhöre.«

»Interessant, dass gerade du das erwähnst.« Er überflog den Schriftzug auf seinem Unterarm. »Wo du doch selbst auf der Jagd bist.«

»Ich bin was?«

»Die beiden da«, er deutete auf ein verliebtes Paar, das in einer dunklen Ecke innig knutschte, »auf der Jagd nach Liebe. Und er dort«, er neigte den Kopf in die Richtung eines Mannes im Anzug, der auf seinem Laptop tippte, »nach Geld.«

Misstrauisch äugte ich hinüber. »Okay. Was ist mit ihm?« Ich schob mein Glas in die Richtung des Barkeepers.

»Ihn kenne ich schon eine Weile.« Bolden lächelte. »Anerkennung. Er jagt das, was er dort draußen nicht bekommt. Hier aber schon. Hier ist er der Beste.«

Für eine Weile sagten wir beide nichts mehr.

»Und du …« Er stellte seine Flasche ab und ich blickte auf. »Du bist leichter zu lesen, als sie alle hier gemeinsam. Du jagst das Leben.«

»Na bravo.« Mit einem festen Räuspern überspielte

ich das flaue Gefühl im Magen. »Und so gar nicht abgedroschen. Ich bin hier, weil ich einen Job für eine Freundin erledige. Und nur deshalb. Ich jage rein gar nichts. Das ist nichts weiter als ein Ausflug und ein beruflicher noch dazu. Spaßfrei und nüchtern.«

»Letzte Nacht auf dem Motorrad, da hast du es ein bisschen gespürt, hab ich recht?« Er kam ein Stück näher und senkte die Stimme. »Dieses Gefühl im Bauch. Das, worauf es ankommt. Und ich wette, das letzte Mal ist verdammt lange her.«

»Du hast mich gezwungen, auf dieses Motorrad zu steigen«, empörte ich mich.

Er fesselte meinen Blick mit seinem und nickte unmerklich. »Du solltest dich öfter zu etwas zwingen lassen, Abigail. Jedes Mal, wenn du diesen Rausch nicht erlebst, ist ein Mal zu viel.«

Schon wieder bereitete er mir eine Gänsehaut und ich war wütend auf mich selbst, dass ich ihn so an mich heranließ. Das war doch reine Taktik. Er wollte mich zugänglicher machen für – was auch immer er hier vorhatte. Und am ärgerlichsten fand ich, dass er recht hatte. Da war etwas gewesen. Aber ich hatte kein Wort dafür und auch nicht vor, eines zu suchen.

»Hat Ray dir meinen Namen gesagt? Wie hat er ihn herausgefunden?«

»Ist das wichtig?«

Er nickte dem Barkeeper zu, als dieser ihn fragte, ob er ihm ein neues Bier bringen sollte.

»Wir sind Jäger. Jeden Tag. Jede verdammte Sekunde, in der wir atmen. Wir sind alle auf der Jagd. Immer. Ich denke, das ist die Antwort auf deine Frage.«

Ich hatte die Frage vergessen. Mein Blick hing an seinem Tattoo. Seine Worte entfachten etwas in mir. Etwas wie Neugier. Er reizte mich und strahlte etwas aus, von dem ich mich normalerweise lieber fernhielt. Ich hatte ihn vielleicht unterschätzt, aber ich musste vorsichtig bleiben.

»Du bestellst mir jetzt besser ein Bier und machst mir dein Angebot.«

Noch während das Bier vor mir landete, sagte er: »Ray hat etwas in dir gesehen, als ihr euch gestern begegnet seid. Er ist mein Talentscout, musst du wissen. Wenn er faszinierende Menschen trifft, erfahre ich das sofort. In letzter Zeit kam das leider nicht oft vor, aber mit dir war es wohl ziemlich heftig.«

»Wie bitte?« Ich verengte die Augen und suchte etwas in seinem Blick, das das Ganze als Scherz entlarvte. Ich war doch nichts weiter als Abbie. Einfach nur Abbie.

»Er ist spirituell«, fuhr James fort und seine Kiefermuskeln arbeiteten. »Lässt besagten Menschen immer etwas Zeit. Möchte sehen, ob die *Energien sich verhaken*, so nennt er es.«

Ich versuchte, hinterherzukommen. Hing an seinen Lippen und verstand die Worte trotzdem nicht. Er sah mich einen langen Moment nur an. Ein Penny für seine Gedanken. »Du bist ihm gefolgt«, sagte er, als wäre das ein Beweis für irgendetwas.

»Ja, aber doch nur, weil ich dich wollte«, platzte ich heraus und verschluckte mich beinahe an den Worten.

Ein diebisches Grinsen wehte über sein Gesicht und verschwand so schnell, wie es gekommen war.

»Du weißt, wie ich es meine«, stotterte ich beschämt.

»Vielleicht, aber macht es das besser?«

»Ich glaube nicht an Energien«, sagte ich mit fester Stimme.

»Geht mir genauso.« Er fuhr sich durchs Haar. Es war so unaufgeräumt wie gestern. »Das ist Rays Ding. Für mich kracht es oder eben nicht. Er ist da subtiler.«

Das passte ins Bild. James kam mir nicht wie ein Typ vor, der gern die Samthandschuhe überzog.

Ich wusste nicht, was ich von all dem halten konnte. Sollte das tatsächlich ein Angebot werden? Oder noch immer Rache für gestern? Zögernd musterte ich sein Profil, versuchte, in ihm zu lesen, aber er war eine verschlossene Tür. Verrammelt und verriegelt.

»Und wir sitzen jetzt hier, weil Ray dir gesagt hat, dass wir das tun sollen?« Ray war vielleicht sein Scout, aber dass James sich so sehr von ihm steuern ließ, konnte ich mir nur schwer vorstellen.

Sein Blick fixierte mich. Eindringlich. Sinnierend. Er wirkte, als würde er über mich nachdenken. Seine Kieferknochen mahlten. »Hmmm.«

»Hmmm?«

In einer Bewegung zog er eine zusammengerollte Zeitung aus seiner Jacke und klatschte sie vor mir auf die Bar. Ich erkannte sie sofort und unterdrückte ein Lachen. »Oh Gott, das ist hundert Jahre her.«

Ein Hochglanzmagazin aus meiner kurzen Blütezeit auf den Brettern, die die Welt bedeuteten. Nach dem Abschluss auf der Filmschule hatte ich eine größere Rolle in einem Theaterstück namens *Der schwarze*

Tod bekommen. Man hatte mich als hoffnungsvolles Schauspieltalent gehandelt. Und kein Jahr später war der Komplett-Absturz gefolgt. Mein Gesicht lächelte mir vom Cover der Zeitung entgegen. Jünger, naiver, leichter entflammbar. Und meine Augen wirkten unwirklich grün. Ein Hoch auf Photoshop. »Wo hast du das alte Schmierblatt denn ausgegraben?«

»Ich hab mir eine Übertragung des Stückes angesehen.« Er verengte die Augen. »Und ich kann nur wiederholen: Ich will dich! Für meine neue Produktion.«

Ich starrte ihn an. Sprachlos. Hatte er da gerade tatsächlich gesagt, er wolle mich für einen seiner Filme?

Etwas in mir riss an seinen Ketten. Etwas, das mindestens so alt war wie diese Zeitung. Was hätte ich früher für ein solches Angebot gegeben ... Was für eine Chance! Ein Traum! Meine Finger krallten sich in die Holzplatte der Bar und ich schloss kopfschüttelnd die Augen.

»Das Casting können wir uns sparen. Ich weiß, dass du es bist«, redete er auf mich ein. »Du bist *sie*. Ich sah dich und wusste es. Du hast genau die Düsternis, die ich brauche. Der Dreh dauert sechs Monate. Selbstverständlich bekommst du für die Zeit hier ein Appartement im Zentrum. Und ich zahle so gut, dass du ...«

»Stopp!«, rief ich und er verstummte sofort.

»Du willst das Mädchen auf dieser Zeitung. Aber ich bin das nicht mehr, okay? Und düster bin ich schon mal gar nicht, wohl eher das Gegenteil.«

Es war vielleicht ein Traum, aber nicht mehr *mein* Traum. Ich war jetzt erwachsen und ich würde heiraten. Das alles hier passte mir überhaupt nicht in den

Kram und entfachte einen dröhnenden Sturm in meinem Kopf, der mir nicht gefiel.

»Du magst meinen Stil nicht«, sagte er wie eine nüchterne Feststellung.

»Doch! Oh, doch. Das gestern war nur dummes Gerede. Schon ein paar Minuten eines deiner Filme haben mich inspiriert, hierherzukommen. Ich ... ich fühle mich wirklich geehrt von deinem Angebot, James, aber du verschwendest deine Zeit. Ich bin einfach ... die Falsche, okay?«

Dieses Rauschen in meinen Ohren. Der alte Dämon kämpfte mit der Vernunft. Aber er war schwächer als damals.

Schweigend sah James mich an. Nicht weniger intensiv als zuvor, aber auch enttäuscht. Er nahm einen Schluck von seinem Bier. Das rote Licht der Lampe hinter mir legte flimmernde Schatten auf den glänzenden Tresen unter unseren Armen. Und über das Silber an seinen Lederarmbändern.

Dieses Glimmen in seinem Blick. Es wäre sicher unfassbar inspirierend, mit jemandem wie ihm zu arbeiten. Jemandem, der so überkochte vor Leidenschaft.

»Ich hab dich spielen sehen«, sagte er und ein Feuer loderte durch seine Augen. »Mir kannst du nichts vormachen. Du trägst den gleichen Hunger in dir wie ich. Und den kannst du nicht mit einem gewöhnlichen Leben stillen. Wahrscheinlich musst du das erst noch lernen. Scheiße, das wird wehtun.« Er winkte dem Barkeeper und zahlte unsere Getränke.

»Es war einmal ein Traum, das stimmt. Aber er hat mich zu viel gekostet. Das ist jetzt vorbei«, sagte ich eisern und fühlte mich dabei, als würde ein Bulldozer meinen Magen überrollen.

»Wenn du ihn kleinhalten kannst, gratuliere! Weiter so!« Seine Worte klangen abschätzig. Er richtete sich auf und warf sich die Jacke über die Schulter.

Ich schluckte mühsam. »Manchmal denkt man eben, man würde seinem Schicksal folgen, aber in Wirklichkeit lässt man sich nur von ihm auffressen. Ich war jung und dumm, nichts weiter.«

Leer starrte ich auf die Schrift über der Bar. Die Vernunft hatte gewonnen, den Hunger niedergerungen, von dem James gesprochen hatte. Ich hatte mich eben im Griff und es tat mir wirklich leid für ihn, wenn er das nicht von sich behaupten konnte.

»Schicksal?« Er war mir so nahe, dass ich das Leder seiner Jacke riechen konnte und den herben Duft seiner Haut. »Scheiß auf Vorbestimmung! Man bekommt nur das, was man sich nimmt.« Sein Arm streifte meinen und hinterließ prickelnde Hitze auf meiner Haut. Dann war er verschwunden.

Ich nahm eilige, große Schlucke meines Bieres. Ich konnte stolz auf mich sein, dass ich mir treu geblieben war, ganz genau. Als ich merkte, wie fest ich die Flasche umklammerte, stellte ich sie erschrocken ab und rieb mir die Fingerknöchel.

»Sind Sie das?« Der Barkeeper musterte mein Abbild auf der Zeitung und lächelte mich an. »Sehr hübsch. Sie haben sich kaum verändert.«

Doch, wollte ich rufen, *und wie! Bist du blind? Ich bin das nicht mehr!* Aber mein Hals fühlte sich zu trocken an.

Raus hier! Einfach nur raus. Schnell schlüpfte ich in meinen Mantel. Als ich in Richtung Ausgang stürmte, traf mein Blick den der Büsten-Frau. Sie saß noch immer unverändert an Ort und Stelle und ein wissender Zug kräuselte ihre Lippen, als unsere Blicke sich trafen.

DREIZEHN

Vor dem großen chinesischen Torbogen lagen Touristen auf dem Asphalt und machten vom Boden aus Fotos seiner eindrucksvollen Beleuchtung, während ein paar Männer vorm Pub sie grölend und feixend anfeuerten. Überall war lautes Stimmengewirr zu hören und in der Stadt wimmelte es wie in einem Ameisenhaufen genau wie die Gedanken in meinem Kopf. Ich zog den Kragen meines Mantels höher und spürte im gleichen Moment, wie mein Handy in der Tasche vibrierte.

Lilith. Ich hatte mich ohnehin schon gewundert, warum sie mich so lange in Ruhe ließ.

»Hey. Wie war es mit Brad Pitt?«, fragte ich, während ich mich grob durch die Menschenmassen kämpfte.

»Unwichtig. Sag mir lieber, dass ich unser Telefonat gestern nicht geträumt habe!«

»Positiv. Nicht geträumt«, erwiderte ich. »Und es gibt da noch etwas, das ich dir erzählen muss, aber im

Moment bin ich noch nicht bereit dazu.« Mein Magen krampfte sich erneut zusammen.

»Was?« Lilith klang besorgt. »Was ist denn passiert?«

Ich ließ mich in Richtung Piccadilly Circus treiben und sah vor den gewaltigen bronzenen Pferden des Helios jemanden stehen, der mir mehr als bekannt vorkam.

»Lilith, ich muss jetzt zur Cocktailparty, okay? Ich ruf dich wieder an.«

Die dunkle Statue ragte hinter ihm auf. Ihre steinernen Pferde scheuten, für die Ewigkeit gebannt, in ihrer machtvollen Aura über ihm. Er war noch adretter als am Mittag. Trug einen hellen Mantel, sauber gescheiteltes Haar und einen listigen Blick in den scharfkantigen Zügen.

Seufzend ging ich auf ihn zu. »Ja, du hast mir gerade noch gefehlt. Was machst du hier, Ray?«

»Spürst du das?« Er deutete verträumt in den abendlichen Himmel. »Der zarte Hauch der Wiedersehensfreude. Ist er nicht wunderschön?«

Mürrisch zog ich eine Braue nach oben und verschränkte die Arme vor der Brust.

»Herzchen, du siehst einfach Bombe aus.« Er inspizierte mich beeindruckt. »Die Audrey Hepburn des einundzwanzigsten Jahrhunderts.«

»Ich hab keine Zeit, Ray. Ich muss meine *Tube* bekommen.«

»Ich bin deine *Tube*«, erwiderte er. »James schickt mich.«

»Nicht zu fassen, ehrlich! Falls du mich überreden sollst …«, begann ich aufbrausend.

»Ich soll dich einfach nur zu deinem Job fahren. Er ist wohl in Sorge, dich könnte jemand kidnappen. Ha! Wer auch immer das sein soll, weiß ja nicht, was er sich aufhalst.«

»Allerliebst.« Ich verdrehte die Augen. »Bist du jetzt auch noch sein Lakai? Dieser Typ ist doch wirklich der Gipfel der Überheblichkeit.«

»Schätzchen, sieh es einfach als einen Freundschaftsdienst. Man nennt mich auch *Ray, die Cocktail-Königin*. Ich begleite dich, keine Widerrede!«

Verärgert musterte ich sein grinsendes Gesicht. Vielleicht gar keine so schlechte Idee. Leute ausspähen konnte er mit Sicherheit besser als ich, so als Talentscout von James Bolden ...

»Na, dann mal los, Cocktail-Königin Ray.«

»Warum nicht gleich so?« Er zückte einen Autoschlüssel und schob mich um die Ecke durch die Menschen. Als er den Knopf drückte, blinkte einer dieser Schlitten auf, die sie in grauer Vorzeit in den USA so gern spazieren gefahren hatten.

Ich starrte ihn fragend an.

»Was?« Er zuckte die Achseln. »Noch nie einen *DKW F8-700* gesehen? Von dieser Schönheit wurden nur fünfzigtausend Stück gebaut. Die Kaiserin der Oldtimer. James zahlt gut und ich genieße gern die reifen Früchte des Lebens. Was ist dein Baby-Ersatz? Eine Miezekatze?«

Ich verzog das Gesicht. »Allergie.«

Als wir am *Sea Containers Hotel* ankamen, spiegelten sich erneut unzählige surreale Lichter auf dem wabernden Wasser der Themse. Es wirkte, als versteckte sich eine zweite Stadt dort in den dunklen Tiefen. Ein flüsternder unbekannter Zwilling, der sich erst an die Oberfläche hievte, wenn niemand mehr hinsah.

»Okay, dann mal los.« Ich sah an dem Gebäude nach oben und entdeckte ein paar strahlende Scheinwerfer auf der Dachterrasse. Ray nickte und schnappte sich meinen Arm, um mich unterzuhaken. Am Eingang empfing uns ein Mann im Anzug, hakte unsere Namen auf einer Liste ab und hängte uns bunte Hawaii-Ketten um die Hälse.

»Warum, zum Teufel, stehst du auf dieser Liste? Wie hast du dich da so schnell drauf bekommen?« Ungläubig starrte ich Rays Namen auf dem Klemmbrett an und der Anzugmann zuckte ahnungslos die Achseln.

»Kontakte, Liebes.« Ray tippte sich keck an die bunte Blumenkette. »Gib mir zwei Minuten und du stehst auf der Gästeliste irgendeiner beliebigen royalen Hochzeit. Harry, Charles, ein verschollener Königssohn, ich bekomme sie alle. Und außerdem sagte ich es ja bereits – ich bin die Cocktail-Königin. Jede Party ohne mich ist eine vergeudete Party.«

»Pfffff, bestimmt.«

Wir liefen über einen roten Teppich durch die großzügige Lobby und meine Augen streiften einen Spruch auf einer großen Tafel über uns an der Wand.

General life update: Hungry again.

Mit Sicherheit ganz simpel gemeint, aber trotzdem

zog sich jeder Muskel in meinem Körper kurz zusammen.

Ray schien es zu merken und bedachte mich mit einem wissenden Seitenblick.

In dem kleinen Fahrstuhl roch ich sein süßes Parfum, starrte aber einfach nur vor mich hin und schien ihn damit wahnsinnig zu amüsieren.

Als wir ausstiegen und auf den nächsten Listenmann warteten, der uns abhaken musste, sagte Ray: »Wenn es dich so sehr beschäftigt, nimm sein Angebot doch einfach an!«

»Ruhe! Ich bin wütend auf dich«, murrte ich und drehte mich demonstrativ ein Stück von ihm weg.

Er lachte. »Ach tatsächlich? Was verschafft mir denn die Ehre?«

»Das fragst du noch?! Diese Tanz-Sache letzte Nacht, dein alberner Tick mit den Energien, der Zettel und natürlich das wunderbare Treffen vorhin mit deinem Freund James Bolden. Was stimmt nur nicht mit ihm? Er verschlingt alle Überzeugungen wie ein schwarzes Loch. Mann, einfach *nichts* läuft mehr normal, seit ich dich getroffen habe, Ray.«

Er lächelte nachsichtig. »Tja, das trifft sich gut. Ich habe mich auch sofort in dich verliebt, Abigail Summers.«

Man sah gleich, dass die Bar eher dem gehobenen Klientel vorbehalten war. Große, runde Lampen an der Decke tauchten den Raum in ein stilvolles, warmes

Licht. Die Leute waren edel gekleidet und es gab sogar einen Pool in der Mitte, in dem Blumen und Kerzen schwammen. Die Glastüren zu der ausladenden Terrasse waren beiseitegeschoben und eröffneten einen traumhaften Blick auf die hell erleuchtete St. Pauls Cathedral.

»Also dann.« Ich spähte auf eine handgeschriebene Tafel neben dem Eingang. »In dreißig Minuten beginnt die Bar-Show, wir sollten uns einen Platz sichern. Nicht zu nahe, aber nahe genug.«

»Wow.« Auch Ray überflog die Worte aus Kreide. »Fynn Jay aka Flowery Fynn. Zehnfache Auszeichnung als Bartender des Jahres, dreimal den Mixology Bar Award abgeräumt und Sexiest Man of Birmingham. Schätzchen, ich bekomme direkt Appetit.«

»Flowery Fynn ...« Ich verzog das Gesicht und hielt nach möglichst unauffälligen Sitzplätzen Ausschau.

»Wir hatten im *Dare* mal einen Tänzer, der sich *Jack the Stripper* nannte. Den Mädels gefiel es, aber die Ernüchterung war groß, als er am Ende die Hosen anbehielt. Schlimmer geht also immer.« Ray war in seinem Element. Er scannte die Gäste mit wachsamem Blick und grüßte hier und da jemanden. Auf der offenen Terrasse mit Themse-Blick legte ein DJ elektronischen Sound auf.

»Vor der Arbeit spendiere ich dir einen Whisky Sour«, flötete Ray und streichelte mir über den Arm. Vielleicht konnte er nichts dafür, aber ich gab ihm die Schuld für den Sturm in meinem Kopf. Ich musste so viel Kraft aufwenden, um ihn zu beruhigen, das kannte ich nicht von mir. Bloß kein *Was wäre, wenn*! Ich hatte

Bolden bereits abblitzen lassen. Ende! Morgen ging mein Flug zurück zu Marc ... *Und dann bist du allein, Abigail Summers. Bleib doch noch ein paar Tage!* Unsinn! Ich müsste Urlaub nehmen und am Ende wäre damit auch keinem geholfen.

Dieser Riss in mir ... Ein fieses Miststück, das keine Ruhe gab. War das der Hunger, von dem James gesprochen hatte?

Ray beschlagnahmte einen Tisch für uns neben dem Pool, halb draußen, halb drinnen, versteckt hinter einem bepflanzten Bogen aus Blumen und Lichterketten. Der DJ trug ebenfalls eine Hawaii-Kette und zwinkerte uns höflich zu, als wir uns setzten.

»Cheers, schönste wütende Frau des Abends.« Ray hob sein Glas und ich nahm einen Schluck, während ich erneut die Punkte auf der Liste durchging.

»Was hast du mit ihm vor, Püppchen? Ausziehen, Sittenpolizei?« Ray überflog die Stichpunkte mit großen Augen. »So wild hab ich dich gar nicht eingeschätzt.«

»Ray, ich soll ihn prüfen. Für meine Freundin«, entgegnete ich konzentriert.

Mein Gegenüber lachte schallend. »Ernsthaft? Na, sie will es ja genau wissen. Was ein verrücktes Luder. Wenn sie einen Mann braucht ... Ich hätte eine ganze Sammlung für sie.«

»Beruflich. Ich soll ihn *beruflich* prüfen, Ray. Ihr Boss will ihn für eine Hollywood-Party.«

»Hollywood ...« Er schmunzelte abschätzig. »Na gut. Dann lass mich das machen. Und her mit der

Cocktailkarte! Das wird ein spritziger Abend, fürchte ich.«

»*Ray* Raymond Terrence, wie lange haben wir einander bitte nicht mehr gesehen?« Die Stimme klang überglücklich und ich blickte fragend auf, nur damit mir kurz darauf das Gesicht zur Maske gefror. Das war der freche Kerl, der im Flugzeug neben mir gesessen hatte. Er trug ein lockeres Hawaii-Hemd über seinen bunten Tattoos und Blumen um die Handgelenke.

»Finley, was für eine schöne Überraschung. Wie geht es den Dämonen im Kopf?« Ray stand auf, um dem Knilch die Hand zu reichen. Er überragte ihn um einen ganzen Kopf.

»Ach, was soll ich sagen. Würde da drin Ruhe herrschen, wäre ich wahrscheinlich ganz schön einsam. Ich mag die Freaks einfach zu gern.« Der Flugzeugmann lachte. Vertrauenserweckend.

»Abbie, das ist Finley. Finley, Abbie«, stellte Ray uns einander vor.

»Wir kennen uns bereits.« Finley hob die Brauen und musterte mich. »Läufst wohl überall mit deiner merkwürdigen Liste herum, was? Also entweder bist du ganz öde ein Marktforschungs-Fuzzi oder eine eiskalte Profikillerin. Falls du es auf mich abgesehen hast ... Lässt du dich mit ein paar dicken Scheinchen abspeisen oder soll ich besser die Biege machen?«

Eilig schob ich die Cocktailkarte über mein Klemmbrett. Peinlich. Jetzt wirkte ich eindeutig wie der größere Psycho von uns beiden.

»Warum sollte ich es denn auf einen wie dich abgesehen haben?«

»Wie geht es der Kunst?«, manövrierte Ray mich aus der Situation.

»Recht gut. Das hier ist mein sechster großer Gig diese Woche. Die Leute lieben mich einfach.«

»Gig?« Ich blickte fragend auf.

»Gig. Auftritt. Show«, erklärte er, als wäre ich zu dumm, das Wort *Gig* zu kennen. »Habt ihr die Tafel am Eingang nicht gelesen? Ihr wisst aber schon, wo ihr hier seid, oder?«

»*Du* bist Flowery Fynn?«, lenkte Ray verblüfft ein.

Finley zeigte an sich herunter, präsentierte seine Blumen-Tattoos und seufzte vielsagend. »Ray, du enttäuschst mich.«

»Wow. Du hast es ja wirklich zu etwas gebracht, kleiner Finley.« Ray knabberte am Salzrand seines Glases. »Aber bei wem bitte hast du dich für den Sexiest Man of Birmingham hochgeschlafen?«

»Ich muss doch sehr bitten!« Fynn legte seinen Waschbrettbauch frei und fuhr sich mit smartem Blick durch sein kurzes Haar. »Keiner in Birmingham ist so schön wie ich.«

»Wow«, machte ich geplättet und er nickte.

»Sag ich doch.«

»Nein. Ich meine, ich fürchte, dann hab ich es doch auf dich abgesehen.« Ich hatte keine Lust mehr auf Geheimniskrämerei. Wenn Fynn ein Freund von Ray war, ergab das ohnehin keinen Sinn mehr und ich war viel zu mürrisch für Versteckspiele in Zimmerpflanzen.

Er beäugte mich irritiert. »Du knallst mich jetzt aber nicht wirklich ab, oder? Die Kohle für die Magic Mushrooms hab ich gestern bezahlt, ich schwöre.«

»Wenn du weiter so ein Blech redest, überlege ich mir das. Es geht um einen Job. Große Sache in Hollywood.« Ich schob die Liste in seine Richtung.

Ein interessiertes Funkeln huschte durch seine schmalen Augen. »Gut bezahlt?«

»Bombig.«

»Wo muss ich unterschreiben?«

Oh Mann, dieser Kerl war eine Hure. Viel zu schnell zu haben. Beinahe traurig. *Er jagt Geld.* Und den Kick des Ruhmes wahrscheinlich.

Wir sind alle Jäger.

»Mach deine Show und dann reden wir, okay?«, sagte ich. Mann, das war viel leichter als gedacht. Mit ein paar imaginären Scheinen gewedelt und schon hatte ich ihn. Fast ein bisschen langweilig.

»Na dann, macht euch auf die besten Cocktails in ganz England gefasst!« Fynn strahlte und verschwand in den Barbereich, um sich warm zu machen.

»Geschmeidig.« Ray zog die Brauen nach oben und nahm den letzten Schluck aus seinem Glas.

»Woher kennt ihr euch?« Mein Blick huschte von der Liste zu Ray und wieder zurück.

»Schätzchen, ich bin im Showbiz, da trifft man ständig Leute und vergisst später, woher man sie kennt. Welche Ausrede hast du?«

»Er saß im Flugzeug neben mir. Bot mir netterweise Drogen an, um meine Angst zu überwinden. Hat gleich einen großartigen Eindruck hinterlassen.« Brummend wollte ich eine Notiz unter dem Stichpunkt *Drogen: Ja/Nein* machen, aber Rays perfekt manikürte Hand griff nach meiner und hielt mich davon ab.

»Warte erst einmal, wie gut er ist, Schätzchen. Die Wahrheit ist ein dehnbares Ding und ab und zu im Leben kommt diese Tatsache einfach allen zugute.«

»Ray!« Fassungslos streckte ich die Brust raus. »Du und lügen? Ich bin erschüttert.«

»Oh, Schätzchen.« Für einen Moment wich sämtliche Freude aus seinem Blick. »Ich bin mit Lügen groß geworden. Mein Vater war ein Bastard.« Sein Gesicht wurde fahl und der Blick stumpf, während er müde ins Nichts starrte und offensichtlich versuchte, die dunklen Gedanken mit einem abschätzigen Lachen davonzujagen.

»Ray, ich wollte nicht ...« Es erschrak mich, wie jemand plötzlich zehn Jahre älter aussehen konnte, nur weil er einen bestimmten Menschen erwähnte.

»Schon gut, Liebes. Wir haben alle unser persönliches Grauen. Bei dir ist es das Fliegen, bei mir jede noch so kleine Erinnerung an diesen hassenswerten Abschaum. Oh, sieh nur, es geht los.«

Während der Bass durch die Boxen dröhnte und das Licht gedimmt wurde, musterte ich Ray, ohne dass er es merkte. Sein zartes Gesicht, die schmalen Lippen. Er fasste sich wieder. Ich sah es in seinen Augen. Wow, was war das denn eben gewesen? Ich schwor mir, ihn nie auf seinen Vater anzusprechen.

Fynn sprang auf die Bar, oberkörperfrei und von monumentalem Elektrosound begleitet. Lichteffekte, die wie Funken anmuteten, kamen überall aus den Wänden und ein wabernder, grüner Schimmer krabbelte hinüber zum Pool, machte ihn zu einer verwegenen Grotte. Erst jetzt fiel mir auf, dass darin eine schlanke Frau umherschwamm. Sie war als Meerjungfrau verkleidet. Ein paar der Gäste raunten, als sie eine gelungene Figur tauchte und danach keck in die Menge zwinkerte. Die Funken ballten sich zusammen und schlugen mit lautem Krawall direkt über Fynn ein, der in den Dunst einer Nebelmaschine gehüllt wurde und sich nicht mehr rührte, bis die Musik eine Pause machte.

»Angeber«, flüsterte Ray mir zu und machte eine wegwerfende Geste.

Erneut taten die LED-Funken sich zusammen, bis sie zu echtem Feuer wurden, das über Fynns nackte Arme lief und in große Cocktailgläser auf der Bar tropfte. Eine Frau johlte in der Dunkelheit. Fynn vollführte eine galante Drehung, schnappte sich zwei Flaschen aus dem Regal und goss die entflammten Cocktails auf. Rote Rauchwolken verpufften unter ihm. Er umtanzte die Gläser wie ein wendiges Reptil und zweckentfremdete eine Gurke, indem er sie vor seinen Schritt hielt, gespielt beschämt auflachte und sie kurz darauf in die Luft warf, um sie noch im Flug zu schneiden. Die Scheiben landeten direkt in den Drinks.

Während er nach dem Wodka griff, setzte wilder Trommel-Sound ein und die Frauen grabschten begeistert nach seinen Beinen.

Ich staunte nicht schlecht. Etwas flach, seine Aufführung, aber er kam unfassbar gut bei den Leuten an. Alles jubelte und schrie, während er den Mädels puren Wodka in die geöffneten Münder goss. Der Sound beruhigte sich erst, als der Wodka in den Gläsern gelandet war. Fynn griff nach den Drinks, bewegte sich hüftschwingend durch den Lichtervorhang über der Bar und kam, gewickelt in etliche kleine Lämpchen und mit smartem Zwinkern souverän über alle Tische direkt zu unserem herüber.

Als er saß und die Musik verstummte, brüllte und pfiff die Menge begeistert und mindestens die Hälfte der Frauen, die eben noch auf piekfein gemacht hatten, schmachteten hemmungslos seinen trainierten, feuchten Oberkörper an.

»Danke, Ladies.« Er hob gönnerhaft die blumigen Arme. »Kleine Pause. Gleich geht's weiter.«

Warwick Avenue von Duffy setzte ein und die Meute vertiefte sich murmelnd wieder in ihre Gespräche. Ein Grüppchen junger Männer in blauen Anzügen ging zu der Meerjungfrau hinüber, um sie in ein Gespräch zu verwickeln.

»Das war heute nur für euch. Kostet ihn!« Während Fynn uns seine unter vollem Körpereinsatz gemixten Drinks entgegenschob, wurde das Licht wieder heller.

»Gar nicht übel, dein Auftritt.« Ray schenkte Finley ein bestätigendes Nicken. »Etwas sexuell vielleicht, aber du bist ja auch Sexiest Man of Birmingham«, frotzelte er grinsend hinterher.

»Wow!« Ich ließ den Strohhalm aus den Lippen gleiten. »Das Ding hier ist unfassbar gut. Wie nennst du es?« Der Drink schmeckte fruchtig, frisch und hatte einen Abgang wie eine Blumenwiese.

»Seelenstrip«, erwiderte er und sah dabei so begeistert aus, dass ich mich nicht traute, etwas zu erwidern. Ein bisschen platt, aber immerhin kreativ auf eine vorhersehbare Art und Weise. Genau wie er.

»Ich habe nachgedacht. Über den Punkt mit dem *Intakt*.« Er deutete vielsagend auf meine Liste. »Schreib hin: Ich habe noch beide Hoden und bin nicht beschnitten.«

»Danke für die wüsten Träume!« Ray verdrehte die Augen.

In dem Moment vibrierte mein Handy in der Clutch. Und das nicht zum ersten Mal. Zehn Anrufe in Abwesenheit von Lilith.

»Entschuldigt mich kurz.« Ich richtete mich auf.

»Aber verpass nachher nicht meinen zweiten Auftritt. Ich werde noch mehr ausziehen«, jubilierte Fynn.

»Kann's kaum erwarten«, murmelte ich halbherzig und schob mich zwischen den Rauchenden hindurch, die sich auf der Terrasse drängten.

Neben einer blonden Frau in einem knappen goldenen Kleid, das glitzerte wie eine Christbaumkugel, fand ich ein ruhiges Fleckchen und rief Lilith zurück.

Die Pracht der St. Pauls Cathedral schmückte die moderne nächtliche Hochhaus-Kulisse des Business-Bezirkes von London. Alt überstrahlte Neu. Wie leidenschaftlich Epochen koexistieren konnten, sah man besonders hier in London unfassbar intensiv. Es zog mich in einen Bann, dem ich mich kaum mehr entziehen konnte.

»Ach, sieh einer an, kann es meine beste Freundin Abbie auch mal einrichten?«, motzte Lilith. »Sag schon! Wie läuft mein Job?«

Ich blickte hinüber zu unserem Tisch, an dem Finley gerade einfach selbst die Liste von Liliths Boss ausfüllte, er wirkte hochkonzentriert. Ray winkte mir lächelnd zu und zwinkerte frech. Dieser Kerl.

»Das *Objekt der Begierde*, so würde er sich auf jeden Fall nennen, heißt Flowery Fynn«, berichtete ich, »und er ist gut. Wirklich ziemlich gut.«

»Hollywood-tauglich?«

»Was für eine Referenz ist das denn?« Ich lachte.

»Na ja, London: Holzklasse, Hollywood: Businessclass, klar so weit? Was davon ist er?«

»Er wird deinem Boss gefallen. Auch wenn du dich gerade so anhörst, als hätte der deine Gedanken übernommen und würde höchstpersönlich aus dir sprechen. *Holzklasse*, okay ... Gruselig. Ich schick dir gleich ein Foto von dem Kerl, okay?«

»Mann.« Lilith brach ab und machte eine Pause. »Du hast mir echt geholfen, mein Schatz. Tausend Dank!«

»Ja.« Ich war nicht bei der Sache, auch wenn ich es mit aller Macht versuchte.

»*Ja?* Wow! Nicht ganz so überschwänglich bitte.«

»Ich meine ... Ich freue mich. Es waren interessante Tage.«

»Abbie!« Ihre Stimme hätte eine Melone schneiden können. *Mist!* »*Interessante Tage*, ist klar. Was verschweigst du mir, Fräulein? Was hast du da vorhin herumgestottert von wegen kannst du nicht, willst du nicht, was auch immer? Raus mit der Sprache, los!«

Ein paar Atemzüge lang blickte ich über die feiernden Leute. Sie lachten, stießen ihre Gläser gegeneinander, unten auf der Themse fuhr ein beleuchtetes Boot vorbei. Lichter. Feuer. Sturm.

»Ich war in einer Bar«, begann ich tonlos, »vorhin. Sie war hinter einer Juke Box.«

»Okaaay.« Lilith klang ungeduldig, aber das war mir egal.

»Da war eine Frau, die aussah wie eine griechische Büste … neben einer griechischen Büste.«

»Gut, und warum warst du in dieser Bar?« Sie spürte offenbar, dass sie im Moment geduldig mit mir sein musste, auch wenn das ganz und gar nicht ihr Ding war.

Eine ganze Weile sagte ich nichts mehr.

»Abbie?«, fragte Lilith schließlich erwartungsvoll.

»Erinnerst du dich noch an *Der schwarze Tod*?«, fragte ich gegen.

»Dein Stück? Machst du Witze? Du warst eine großartige Pestärztin, schön wie die Nacht und mutig wie ein schwarzer Panther. Erst vor ein paar Tagen hab ich mir wieder die Übertragung angesehen.«

»Er auch.« Ich wünschte mir meinen Drink. Wo war er abgeblieben? Ach ja, an dem Tisch, an dem sich der Typ, den ich eigentlich stalken sollte, gerade mithilfe des Fragebogens selbst auseinandernahm.

»*Er*?« Lilith klang verwirrt. »Wer ist *Er*?«

»Er hatte da eine alte Zeitung ausgegraben, und er sagte, er hätte sich das Theaterstück angesehen und es sei ganz toll. Ich werde nicht schlau aus ihm, Lilith. Einfach nicht schlau. Und jetzt soll ich in seinem Film mitspielen, das ist doch völlig absurd, und er sagte, Schicksal gäbe es nicht, sondern nur, was wir uns nehmen. Und überhaupt sind wir alle Jäger und ich würde das Leben jagen. Was nimmt er sich denn bitte heraus? Als wäre ich der letzte …«

»Halt!« Lilith musste sich kurz sammeln. Offenbar, um meine konfuse Wortflut zu verarbeiten. »Von wem sprechen wir da gerade?«

»Na, von Bolden natürlich«, entgegnete ich aufgebracht, als wäre das jetzt mehr als klar geworden.

Ruhe am anderen Ende. Schon wieder kochte mir das Blut bis in den Schädel und ich konnte nicht mehr stillstehen, schritt zwischen den Menschen auf und ab wie ein verstörter Tiger im Gehege.

»Lilith?« Noch immer Ruhe. »Lilith? Bist du noch dran?«

»Abigail Summers!« Ihre Stimme klang, als stünde sie kurz vor einer Hysterie. So nannte sie mich nur, wenn die Kacke wirklich am Dampfen war. »Du erzählst mir hier nicht gerade wirklich, dass James *fucking* Bolden dich für seinen neuen Film angeheuert hat? Was zum Teufel passiert da drüben bei dir?«

»Wenn ich das nur wüsste …«

»Er hat dir tatsächlich angeboten, in seinem Film mitzuspielen? Das willst du mir gerade sagen, ja?«

»Ich denke, das wollte er ausdrücken, ja. Ist das nicht absurd?«

»ABBIE! Gott bewahre, BITTE sag mir jetzt nicht, dass du das vermasselt hast, ich beschwöre dich!«

»Wir müssen gar nicht darüber diskutieren. Ich habe ihm bereits abgesagt. Lilith, ich bin keine Schauspielerin mehr. Ich weiß, du hättest mir zu einem Ja geraten, aber bitte erspar mir das einfach, okay?«

Das hätte sie ganz sicher. Immerhin vergötterte sie

ihn aus irgendeinem Grund, aber er war auch nur ein Kerl wie jeder andere. Ein ganz normaler Mensch. Sie wusste es nicht, aber ich tat es. Menschen täuschten sich. Und er tat es mit hundertprozentiger Sicherheit.

»Dazu geraten?« Liliths Stimme bebte. Wenn sie jetzt hier wäre, würde sie mich bestimmt demnächst würgen. »Bist du komplett irre?! Mann, andere würden sich ein Bein abschneiden für so ein Angebot, mich eingeschlossen. Du hast die Chance, mit dem größten Genie auf diesem Planeten zu arbeiten.«

»Ich habe mein Leben, Lilith. Einen tollen Job. Und bald einen wundervollen Mann. Schluss mit dem alten Quatsch!«

»Du bist *Praktikantin*, Abbie! In der Firma von Marcs Vater, nur zur Erinnerung.«

Autsch! Das hatte gesessen.

»Ich habe mich bereits entschieden«, sagte ich bitter.

»Was sagt Marc dazu?«, fragte sie und klang genauso wütend wie ich.

»Er wird das Gleiche sagen wie ich. Dass ich es nicht kann, Lilith.«

»Dass du es *nicht kannst*? Mädchen, wenn er das wirklich sagt, dann machst du da gerade den größten Fehler deines Lebens.«

»Nein, den habe ich schon mal gemacht, erinnerst du dich? Und nur Idioten machen den gleichen Fehler zweimal. Und nenn mich nicht *Mädchen*, sonst komme ich durch den Hörer und dann ...«

»Deine Angst ist jetzt keine Entschuldigung! Du wirst viel Geld nach Hause bringen, um eure Hochzeit mitzufinanzieren, war das nicht dein Wunsch? Und du wirst seinen Respekt bekommen, Abbie. So eine große Produktion macht dich erfolgreich. Du bist dann nicht mehr nur Marcs Mädchen, sondern seine Frau.«

»Ich habe das Angebot nicht angenommen«, wiederholte ich langsam und überdeutlich, damit auch sie es endlich verstand. Auch wenn der Puls in meinen Adern brodelte und meine Hände zitterten, ich hatte die richtige Entscheidung getroffen, zum Teufel noch mal! »Mehr habe ich dazu nicht zu sagen.« Wütend legte ich auf, um mir weitere Predigten zu ersparen.

Was ging es sie denn überhaupt an? Mein Leben, meine Entscheidung! Auch wenn Lilith wirklich wusste, wie man die Dinge formulierte, damit sie da einschlugen, wo es wehtat.

VIERZEHN

Wunderbar, jetzt war ich noch konfuser als zuvor. Ich drängelte mich zwischen den schönen Menschen hindurch am Türsteher vorbei auf den Fahrstuhl zu. Frische Luft jenseits der Terrasse und der neugierigen Ohren, das war es, was ich jetzt brauchte.

Ungehalten spazierte ich vor dem Hotel an der flimmernden Themse auf und ab, wählte schon zum zweiten Mal Marcs Nummer. Er würde mich mit Sicherheit in meiner Meinung bestärken, dass einfach alle Welt gerade verrückt wurde. Schon so oft hatte er Ruhe in meinen Sturm gebracht. Das war eine seiner besonderen Qualitäten. Er gab mir Stabilität, brachte meine Füße zurück auf den Boden, wenn sie mal wieder aus der Reihe tanzten.

»Hey, Baby.« Seine Stimme klang weich. »Alles gut bei dir? Das mit dem Essen vorhin ... Ich hab dich enttäuscht, stimmt's? Aber du weißt ja, die Klienten warten nicht.«

»Ist mir klar.« Natürlich war es mir klar. Das war es immer gewesen. Und trotzdem hatte es etwas in mir ins Wanken gebracht, das vorher fest gestanden hatte wie ein unbezwingbarer Pfeiler. Es musste an dieser Stadt liegen. Sie bewirkte irgendetwas in mir. Verwirrte mich und ließ mich Dinge denken, die ich nicht denken wollte.

»Hast du eine Minute für mich? Ich brauche deinen Rat.«

»Natürlich. Für dich immer, mein Schmetterling. Warte, ich gehe kurz raus.«

Ich erzählte ihm alles und endlich hörte er zu. Von Liliths Wunsch, dem Club, meiner Tanzeinlage, von der geheimen Bar, Bolden und seiner Ansprache vorhin.

Er schwieg meine ganze Erzählung über, und als ich fertig war, räusperte er sich bedeutungsschwer.

»Ich wusste gleich, dass es ein Fehler war, dich dorthin fliegen zu lassen«, sagte er schließlich bitter. »Du lungerst mit wildfremden Kerlen in fragwürdigen Absteigen herum. Ein Wunder, dass dir noch nichts zugestoßen ist.«

»Ich kann auf mich aufpassen.« Okay, das stimmte vielleicht nicht ganz, aber es hörte sich gut an.

»Dann gehe ich fest davon aus, du hast diesem dreisten Bürschchen ordentlich die Meinung gesagt. Wie kommt dieser Taugenichts überhaupt auf eine so absurde Idee? Und du ... Warum gehst du auf so ein fragwürdiges Rendezvous ein? Was denkt der sich, dieser – wie heißt er gleich – Blonden? Filme ... So eine nutzlose Zeitverschwendung.«

Er murmelte ein paar unverständliche Dinge, schimpfte vor sich hin und sagte schließlich: »Geh jetzt besser ins Bett und wir reden morgen. Du verpasst noch deinen Flieger, der dich endlich wieder zu mir bringt. Weg aus diesem Moloch.«

»Ich wollte dir einfach nur erzählen, was ich gerade erlebe«, presste ich bemüht beherrscht durch die Zähne.

Was zum Henker war in ihn gefahren? Ich war froh, dass es mir nicht die Sprache verschlagen hatte. Wie verurteilend er die Worte da herausspie. Filme, *eine nutzlose Zeitverschwendung*? Ernsthaft? All das war einmal ein Teil von mir gewesen.

»Du siehst jetzt sicher selbst ein, dass es eine dumme Idee war, habe ich recht?«

»Was genau war eine dumme Idee?« Ich sah einem beleuchteten Schnellboot der Coastguards nach, wie es gemächlich seine abendlichen Runden drehte, während mein Blut bis in den Kopf hinauf brodelte.

»Na, all das da bei dir. Dieser schlüpfrige kleine Job für Lilith, dein Alleingang in eine fremde Stadt. Du tust etwas für andere, wo du doch eigentlich etwas für dich tun solltest. Versteh mich nicht falsch, ich bin ein Freund von Nächstenliebe, aber die Kanzlei hat deine Kraft im Moment viel nötiger.«

Mein Blick heftete sich leer an den kräuseligen Wellen des Flusses fest. Eine lachende Gruppe Teenie-Mädchen in zu kurzen Röcken lief an mir vorbei, während mein Hals austrocknete und meine Füße eins mit dem Asphalt wurden.

Du tust etwas für andere, wo du doch eigentlich etwas für dich tun solltest.

»Du hörst mir nicht zu. Ich denke, es war eine gute Entscheidung, hierherzukommen, Marc.« Meine Stimme klang heiser und tonlos. Was tat ich denn zu Hause anderes als Dinge für andere? Lilith hatte recht. Ich war nichts weiter als eine Praktikantin. Die Praktikantin meines Verlobten. »Vielleicht eine meiner besten Entscheidungen jemals.«

Ich meinte es so. Das hier war eine andere Welt, fernab der gestelzten Rituale in meinem richtigen Leben. Und ich wollte sie kennenlernen, in mich aufsaugen wie ein Schwamm. War ich schon fertig damit? Hatte ich genug gesehen?

»Schon klar. Und als Nächstes sagst du mir, du willst in diesem albernen Film mitmachen.« Marc lachte.

»Oh Gott, ich denke wirklich, das will ich.« Die Worte kamen tief aus mir heraus. Aus einer Ecke, aus der ich sie nicht hatte kommen sehen. Und ich erschrak selbst darüber.

»Bitte *was*?« Er klang nicht weniger schockiert.

Mein Herz flatterte. »Ich will diese Rolle, Marc.«

»Das kannst du nicht ernst meinen, Baby.« Sein Schreck schwappte in Fassungslosigkeit über. »Hast du vergessen, was diese ekelhafte Branche dir das letzte Mal angetan hat? Ich kann dich nicht noch mal in diesem Zustand aufsammeln. Bitte, sei vernünftig!«

»Das verlangt auch keiner von dir. Ich muss es tun. Der Versuch, gegen den Wunsch anzukämpfen, bringt mich fast um den Verstand.« Ich hatte mir eingebildet, wütend auf Ray zu sein. Dabei war ich nur wütend auf mich selbst.

»Aber ... Unsere Hochzeit ... Der Planer ... Die Kanzlei ... Ich ... ich kann dich das nicht tun lassen.«

»Ich wünschte, ich hätte eine Wahl.« Der Puls dröhnte mir in den Ohren. Euphorie wallte in meiner Brust auf, wurde von Angst niedergerungen und siegte erneut.

»Aber, die hast du doch. Die hat man immer!« Marc flehte inzwischen buchstäblich. Er tat mir leid. Aber wo ich jetzt schon keine Wahl mehr hatte, war es nur fair, wenn er sie auch nicht bekam.

»Wenn du mich liebst, versuchst du, es zu verstehen«, sagte ich und nahm das Telefon bereits vom Ohr, während die Kathedrale in ihrem Lichtinferno meine Augen fesselte, als wollte sie mir etwas sagen, das ich noch nicht verstand.

»Abbie ... Warte. Du bist doch verrückt. Was passiert da drüben nur mit dir?«, hörte ich Marc noch rufen, kurz bevor ich das Gespräch beendete.

Ich blickte mit pochendem Herzen über den leuchtenden Fluss, der sich stumm durch die Nacht kämpfte, während ich das endlose erneute Summen meines Handys ignorierte. Gerade war ich noch von einer Sache überzeugt und im nächsten Moment ließ ich mich zum kompletten Gegenteil hinreißen. Nur aus einer ungreifbaren Emotion heraus. Das sah mir nicht ähnlich. Keine Ahnung, was hier los war.

Was passiert da drüben mit dir?

Darauf wusste ich keine Antwort.

Als der Fahrstuhl mich zurück in die Bar brachte, schäumte ich geradezu über vor widersprüchlichen Gefühlen. Da kam mir der Kellner mit dem Tablett Shots gerade recht. Ich griff nach vier Gläsern und schob mich am Pool vorbei, an dem Fynn von einer Horde leichtbekleideter Frauen umringt wurde. Er winkte mir zu. »Da bist du ja wieder. Eine Sekunde noch, dann reden wir.«

Ich nickte flüchtig und arbeitete mich weiter vor zu unserem Tisch.

Ray lächelte listig, als ich die Kurzen vor ihm auf den Tisch knallte. »Ärger im Paradies?«

Statt zu antworten, trank ich hintereinander drei davon und schüttelte mich.

»Die Antwort auf meine Frage, nehme ich an.« Er lächelte noch immer, aber sein Blick wurde weicher. »Männer und Frauen. Was sie nur immer miteinander wollen. Wenn man sich schon eine artfremde Spezies ins Bett zerrt, sollte man nicht auch noch verlangen, dass sie einen versteht.«

»Marc kann nichts dafür«, unterbrach ich seinen biologischen Exkurs und nahm einen tiefen Atemzug, der sich nach Anlauf anfühlte. »Ich bin das Problem.«

»Wie freigiebig von dir.« Ray schob mir die Liste herüber, die sauber und komplett ausgefüllt zu sein schien. »Das meiste hat Fynn selbst gemacht, aber ich bürge für ihn. Er macht das gut. Perfekt für eure Zwecke.«

Ich überflog die Zeilen. Hier und da etwas beschönigt, aber vielleicht hatte Ray recht mit seiner dehnbaren Wahrheit. Flowery Fynn war genau, was Liliths Boss suchte. Zufrieden rollte ich den Fetzen zusammen und schob ihn in meine Clutch. »Danke für deine Hilfe!«

»Kannst ihm die freudige Botschaft ja gleich überbringen, wenn wir auf dem Weg zum Fahrstuhl sind. Ich bringe dich heim, Kleines. Wann geht dein Flieger morgen noch mal?«

Seine braunen Augen musterten mich liebevoll, und als ich keine Anstalten machte, zu reagieren, räusperte er sich zurückhaltend.

»Furchtbar, immer diese Selbstgespräche. Danke, dass du mir die Peinlichkeit ersparst, darauf zu reagieren.«

»Warum ich, Ray?«, ignorierte ich seine Ansprache und mein Blick hakte sich fest in seinen.

Ein paar Atemzüge lang sagte er gar nichts, sah mich einfach nur weiter an. Der DJ wechselte den Song. *Suspirium* von *Thom Yorke.*

»Weil das dein Weg ist, ganz einfach.«

»Ach, doch so banal?«

»Oh, es ist alles andere als banal. Es ist alles, was du wissen musst.«

»Und du bist der Rabbi, der mir die richtige Abzweigung zeigt, ja? Sehr erfreut. Wurde auch Zeit.«

»Ich habe nie gesagt, dass es der *richtige* Weg ist. Aber sobald du kämpfen musst, um ihn nicht zu gehen, solltest du vielleicht einen Blick riskieren.«

»Zu kompliziert für einen Abend, an dem der schönste Mann Birminghams sein Gemächt mit einer

Salatgurke verlängert.« Ich leerte den Rest meines Flowery Fynn-Cocktails mit einem Schluck.

»Wie du willst: Du bist schön. Aber nicht gewöhnlich. Dein Gesicht hat einen verschlagenen Zug, der mir gefällt. Als lauere da etwas, das du versteckst und dessen Zeit noch nicht gekommen ist. Deine Augen sind von einem fantastischen Grün und du hast ein Feuer im Hintern, das man nie kleinhalten sollte. Besser so?« Ray hob seinen Shot in meine Richtung, zwinkerte wissend und leerte das Glas in einem Zug.

Ich schüttelte ungläubig den Kopf. Was sah er da nur in mir? Wo holte er all das her?

»Dein Flieger startet morgen ohne dich, hab ich recht?« Er schenkte mir ein kluges Schmunzeln.

»Ich fürchte, ja.« Seufzend ließ ich die Schultern fallen. »Falls Bolden nicht zu beschäftigt ist, würde ich morgen früh gern einen Kaffee mit ihm trinken.«

FÜNFZEHN

Die halbe Nacht verbrachte ich auf meinem luxuriösen Balkon und starrte in das Antlitz der Stadt. Die beleuchteten Häuser setzten die Themse in Flammen.

Lilith versuchte, mich zu erreichen, aber ich ertrug ihre Voreingenommenheit im Moment nicht.

Marc versuchte es dreimal, aber er wollte mir die Sache nur weiter ausreden. Ich nahm keinen der Anrufe an. Das hier war meine Entscheidung und ich würde sie erst morgen bei dem Kaffee endgültig treffen, den Ray mir gerade mit einer Nachricht bestätigt hatte.

Die Nacht war unruhig. Ich wälzte mich herum, sah mich im Traum in einem piekfeinen Café mit übertrieben großen Kronleuchtern einen Vertrag unterschreiben, während Bolden mich diabolisch anlachte. Er trug einen spießigen Nadelstreifenanzug, es gab Austern und ich merkte erst im letzten Moment voller Schrecken, dass ich mit meinem Blut unterschrieb.

Als das Hoteltelefon klingelte, wurde ich brutal aus

meinen Albträumen gerissen und wäre beinahe aus dem Bett gefallen.

»Reiß dich am Riemen, Abigail!« Grob wischte ich mir übers Gesicht, sammelte mich zwei Sekunden und nahm schließlich ab.

»Miss Summers, verzeihen Sie die frühe Störung, aber hier ist jemand im Foyer für Sie. Der Gentleman wollte mir seinen Namen nicht verraten, aber er meinte, Sie erwarten ihn.«

Mein Herz setzte einen Schlag aus. »Ähm. Danke. Ich … ich bin in einer Minute unten.«

»In Ordnung. Ich unterrichte ihn darüber.«

»Sie sind ein Engel.«

Vor Schreck warf ich zweimal den Hörer daneben, bevor ich die Gabel traf. In meinem Kopf raste es, als ich die Decke beiseite schleuderte und aus dem Bett sprang. Was zum Henker wollte James denn jetzt schon hier? Es war gerade halb acht und der Himmel sah noch rötlich aus. Kein Schimmer, wie London tickte, aber es hatte doch mit Sicherheit noch kein Café geöffnet.

Nervös rannte ich im Zimmer auf und ab, wühlte da meine Klamotten aus den Taschen und dort die Kosmetik. Schnell Zähne putzen, wenigstens ein Hauch Mascara und Foundation, Haare zu einem losen Zopf gebunden und eilig in Pullover und Jeans gesprungen, noch während ich mit dem Mundwasser gurgelte.

Hastig warf ich mir die Tasche über die Schulter und verließ das Zimmer, als wäre ein Meteorit eingeschlagen.

Als ich in der Lobby ankam, deutete mein Bekannter hinter dem Empfangstresen nur wortlos zur Tür.

»Guten Morgen. Ja, danke«, haspelte ich und sah ihn schon auf mich zukommen, kaum dass ich durch die Drehtür war. Erleichtert stellte ich fest, dass er mit seiner grünen Cargo-Jacke, dem hellen Shirt und der verwaschenen Jeans jetzt auch nicht zwingend nach fein ausgehen aussah. Oder zumindest würde man in dem Kronleuchter-Café aus meinem Traum uns beide herablassend anstarren und nicht nur mich. Nett von ihm.

»Jemand entführt mich gefühlt mitten in der Nacht und weigert sich, seinen Namen zu nennen. Da dachte ich, ich komme lieber mit meiner Pfefferspray-Sammlung.« Unbeholfen deutete ich auf meine Tasche. »Eigentlich will ich aber nur sagen: Sorry, dass ich so underdressed bin.« Was faselte ich denn da schon wieder? Meine Gehirnzellen brauchten eindeutig noch länger zum Aufwachen als ich.

Ein kleines Grinsen krabbelte über James' Gesicht. »Bitte nicht wieder das Pfefferspray!«

Er sah so frisch aus, wie ich mich gern fühlen würde. Bevor ich reagieren konnte, strich er mir über den Arm und berührte mit seiner Wange meine, um mich zu begrüßen.

»Guten Morgen. Und keine Sorge! Underdressed, overdressed, es schert mich einen Scheiß. Sei, wie du sein willst!« Seine Stimme vibrierte sacht in meiner Brust und der Bart kratzte ein wenig auf meiner Haut.

Verdammt, dieser Mann duftete wie frisch gewaschene Bettwäsche. Das lähmte mich für einen Moment. »Ich ... Ja, ähm ... Guten Morgen ebenfalls.«

Wenn Fremde mir so nahe kamen, blies ich ihnen normalerweise den Marsch. Anfassen und ich würden keine Freunde mehr werden. Es war eine Art Tick. Aber James hatte eine Aura, die mich mitriss. Also nahm ich mir vor, einfach höflich zu sein und es ihm diesmal durchgehen zu lassen.

»Welches Café hast du denn vorgesehen für unser ... Geschäftsgespräch?«, brachte ich eine bewusst distanziertere Stimmung in unsere Begrüßung.

»Hmmm.« Er zog einen Mundwinkel nach oben und musterte mich wachsam. Um den Hals trug er eine breite Lederkette mit einer groben Ritterlilie aus Silber. Er schien auf die Dinger zu stehen. Waren sie nicht im Mittelalter eine Brandmarkung für Verbrecher gewesen?

»Komm mit.« Er ging hinüber zur Straße. Am Bordstein blieb er stehen, wartete, bis ich ihn erreichte, und kam mit seiner Hand meinem Rücken nahe, ohne ihn zu berühren, als wir die Fahrbahn überquerten. Eine schützende Geste.

Was war plötzlich los mit James Bolden?

Kramte er auf einmal den verstaubten Gentleman aus seiner groben Seele, jetzt, wo ich doch wieder eine Kandidatin für seine Rolle geworden war?

Seine schwarze Rennmaschine stand neben einem dürren Baum, der aus dem Asphalt wuchs. James reichte mir einen Helm. Ich zögerte. Auf nüchternen Magen. Wir hätten uns einfach direkt am Café treffen sollen. Aber welche Chance hatte er mir schon gegeben? Richtig. Keine!

»Vertrau mir!« Sein eindringlicher Blick ließ mich den Helm noch fester umklammern. »Ich bin vorsichtig.«

Wie war das noch? Ich würde nie nüchtern auf so ein Ding steigen? James schob sich seinen Helm über den Kopf. Ich nahm einen langen Atemzug, rang mein pochendes Herz nieder, setzte ebenfalls meinen Helm auf und stieg hinter ihm auf dieses Monstrum.

Er startete erst, als ich meine Arme um ihn gelegt hatte. Und als er es schließlich tat, klammerte ich meine Finger so fest in seine Jacke, dass sie verkrampften. London erwachte unter unseren Reifen. Es war, als würden wir ihm davonfahren. Der Motor raunte zwischen meinen Schenkeln und mein Körper wurde mehr und mehr eins mit der Kulisse, dem Geruch nach Benzin und dem jungen Tag über der Stadt. An der Kreuzung warteten etliche Männer in Anzügen und Frauen in Büro-Kostümen. Ihre Züge waren angespannt, die Füße in den polierten Schuhen klopften ungeduldig auf die Bordsteinkante, Blicke, die vom Smartphone zur Ampel und zurück sprangen. Der Anblick war mir im Moment so fremd wie lange nicht mehr.

James ließ den Stadtlärm hinter uns, fuhr ein Stück bergauf und erreichte eine weitläufige Parkanlage. Hmmm, hier sah es nicht unbedingt nach einem stilvollen Restaurant aus. Er fuhr behutsam eine Schleife, um im Anschluss den Motor abzuschalten.

Während er das robuste Kettenschloss anbrachte

und mir den Helm abnahm, fragte ich zögerlich: »Und wo halten wir unser Geschäftstreffen ab? Ich sehe hier kein Café oder Ähnliches.« Als ich mich umdrehte, tat sich eine endlose grüne Fläche hinter uns auf, die sich hügelartig wölbte. Aber bis auf eine einzelne Joggerin am Horizont war keine Menschenseele zu sehen.

»Geschäftstreffen?« James befestigte meinen Helm am Motorrad. »Kommt das von Ray? Die Diva ist wohl nicht mehr aus ihm herauszubekommen, was?«

»Wo sind wir hier?« Ratlos hob ich die Schultern und wischte mir eine Haarsträhne aus dem Gesicht, die sich unter dem Helm selbstständig gemacht hatte.

»Ich zeig es dir. Komm!« Er lief mit langen Schritten an mir vorbei die Anhöhe hinauf. Eine Weile sah ich ihm verwirrt nach, dann entschied ich, ihm doch besser zu folgen.

Nach einem ausgeprägten Aufstieg in der grünen Einsamkeit blieb er stehen, drehte sich um und schloss die Augen. Das machte mich noch ratloser.

»James, ich …« Ich war außer Atem und unterdrückte das Keuchen, so gut ich konnte.

»Pssst«, machte er und öffnete die Augen, um den Hügel hinunterzusehen. Sein Blick wurde weich. Die junge Sonne leuchtete im fleckigen Moosgrün seiner Iris, als seine Pupillen sich zusammenzogen. Ein kleines Lächeln umspielte seine Lippen. »Ich komme öfter hier rauf, um mir wieder bewusst zu machen, wofür ich diese Stadt liebe.«

Als ich seinem Blick folgte, wusste ich, was er meinte.

Die Aussicht war unbeschreiblich. Ein paar Bäume standen verstreut weiter unten auf dem Hügel, der eigentlich eher ein Berg war. Und an seinem Fuß, wie ein Paradoxon, lag die Moderne der Megastadt. Die metallisch glitzernden Wolkenkratzer, der OXO-Tower wie ein außerirdischer Zahnstocher, ja, sogar das London Eye konnte ich sehen. Es drehte entspannt seine Runden, fernab unserer Anwesenheit. All die ungeduldigen Büroleute, die Hektik, der Flughafen und Marcs Anrufe waren hier oben weit entfernt und beinahe surreal. Und über all dem verlor sich die blaue Frische des neuen Tages.

»Also, wenn es für dich in Ordnung ist«, sagte er und sah mich prüfend an, »spazieren wir einfach ein bisschen über Primrose Hill und reden. Da drüben auf der anderen Seite gibt es einen Kiosk mit dem besten Kaffee Londons.« Er deutete vage in Richtung der Bäume. »Und wenn wir da sind, haben wir ihn uns verdient.«

Für ein paar Atemzüge sah ich ihn nur an. Abschätzend. Skeptisch. Der beste Kaffee Londons an einem Kiosk? Spielte er mir hier gerade den Bodenständigen vor? Er legte sich wirklich ins Zeug für meine Zusage, das musste ich ihm lassen. Andererseits ... Woher sollte er wissen, was mir gefiel? Er kannte mich ja überhaupt nicht. Er hatte bisher nur die ungehobelte Frau in teuren Fummeln gesehen, die plumper tanzte als ein Bär im Tutu.

»Wenn ich dein Zögern richtig deute, fahren wir wohl besser zurück in die Stadt.« Er lief an mir vorbei in Richtung des Motorrades und wirkte resigniert.

»Wenn wir noch ein bisschen warten, kenne ich einen Italiener, der ...«

»Pssst!« Ich hielt ihn am Ärmel zurück. »Hör endlich auf zu reden! Ich verliebe mich gerade in diese Stadt.«

SECHZEHN

An besagtem Kiosk arbeitete eine ältere Frau namens Bonny mit wachen, wässrigen Augen und einer Ausstrahlung, die Räume zum Leuchten brachte. Sie drückte uns frisch gebackene Croissants in die Hand, und als ich an meinem Kaffee nippte, der aus einer antiken Espressomaschine rann, die Bonny liebevoll bearbeitete, musste ich zugeben, dass er tatsächlich unfassbar aromatisch schmeckte.

»Und?« James legte die Stirn in Falten. »Gestehe oder schweige für immer!«

»Vielleicht«, ich holte tief Luft, »habe ich eine ganze Weile keinen besseren getrunken – eventuell. Unter Umständen.«

»Ist die Maschine.« Bonny strahlte. »Hat mir mein Vater vererbt. Er hat das alte Ding geliebt.«

»So gut!« Ich biss herzhaft in mein Croissant, während wir über die Wiese zurückliefen. Der Teig war ganz warm und weich. Was wollte man mit einem schnöden Italiener, wenn man das hier haben konnte? Ich hatte James für einen Heuchler gehalten, dabei hatte er mich einfach nur bemerkenswert präzise gelesen. Das hier war so viel besser als ein spießiges Café. Die frische Luft, das weite Gefühl. Fast könnte man vergessen, dass es geschäftlich war.

»Erzähl doch mal, was planst du da für einen Film?«, kam ich hastig zum Wesentlichen, um die Gedankenspirale zu stoppen.

James drehte den Kopf in meine Richtung. Wieder glitt dieser tiefe Blick in meinen, der mir durch und durch ging.

»Es geht um Sereina, eine Frau, die aus dem Feuer geboren wurde.« Er sah hinüber zum Panorama seiner Geburtsstadt. »Die Tochter einer Kräuterfrau. Das Mädchen muss mit ansehen, wie ihre Mutter von einem Hexenjäger verbrannt wird. Als Sereina selbst schön und stark ist, schwört sie Rache. Und das Feuer in ihr nimmt den Hexenjäger ein, lässt sie in sein kaltes Herz. Das macht ihn schwach genug, um ihr den Weg zu ebnen. Und als er das Offensichtliche erkennt, ist es längst zu spät für ihn.«

»Sie tötet ihn also?« Diese Geschichte klang heftig. Emotional. Einzigartig.

Wieder sah er mich mit diesem Blick an, dem ich nichts entgegenzusetzen hatten. »Kommt ganz darauf an, wie es sich entwickelt.«

»Bitte?«

»Ich arbeite nicht mit starren Drehbüchern.« James legte spitzbübisch den Kopf schief. »Das Leben ist dynamisch, überraschend, unvorhersehbar. Es ist kein steifes Ding, also sind meine Filme es auch nicht.«

»Anarchie am Set also?« Wie sollte das bitte funktionieren?

»Der Rohbau des Hauses steht und es ist Sache meines Teams und der Figuren, ihn zu streichen, einzurichten und die Seele darin zu spüren. Was wäre unser Dasein ohne Überraschungen?« Er tippte zur Bestärkung seiner Aussage gegen meinen Kaffeebecher.

Ja, okay. Der war wirklich erstaunlich gut, aber nicht jede Überraschung war automatisch eine positive Erfahrung. Trotzdem eine spannende Herangehensweise.

Ein Film, lebendig wie das Leben.

»Und das funktioniert?« Die Idee begann, mich zu faszinieren. Genau wie er.

»Für mich ist es das einzige Konzept, das wirklich funktioniert. Allerdings nur, wenn jeder noch so kleine Teil des Ganzen mit jeder Faser in seiner Rolle steckt. Wenn jede Emotion echt ist, jeder Streit, jeder Hieb, jeder Kuss. Nur so kann man sich treiben lassen und nur so fügt sich am Ende zusammen, was zusammenkommen muss.«

Ich ließ seine Worte auf mich wirken und nippte am vielleicht besten Kaffee Londons.

»Jeder Hieb? Es gibt da aber schon Grenzen, oder?«

»Ich bin kein Freund von Grenzen«, sagte er fest und ich blieb entgeistert an Ort und Stelle stehen.

»Aber natürlich steht die Sicherheit beim Dreh für

meine Crew an erster Stelle, falls dir das Sorgen bereitet«, fügte er professionell hinzu. Unten in der Stadt heulte eine grelle Polizeisirene.

Die Grundstory packte mich allein von der Erzählung her und seine Art zu drehen reizte mich ungemein. Der Hexenjäger und die rachsüchtige Hexe ...

»Wer hat das Drehbuch geschrieben?«

»Ich.« James senkte den Blick. »Aber eine Geschichte mit Potenzial macht noch lange keinen guten Film.«

»Wie soll der Film heißen?«

»*London Devil.*«

»Wow. Mächtig. Okay. Und dieses Feuermädchen ... Die Hexe ...«

»Ganz genau.« Er nickte vielsagend. »Du bist sie. Du bist das Feuermädchen.«

Oh Nein ...

»James ...« Ich seufzte schwer. »Ich habe das so lange nicht mehr gemacht. Eine so große Rolle. Ich kann ...«

»Deine Zweifel interessieren mich nicht«, sagte er so entschieden, dass ich sofort verstummte. »Und dir sollten sie auch egal sein. Lass dich fallen, hab Spaß! Du musst niemandem vertrauen außer dir selbst und mir.«

»Wer ist der Hexenjäger?«, fragte ich, um auszuloten, ob ich die Chance hatte, mit Jude Law oder Ewan Mc Gregor zu spielen.

»Sehr erfreut«, sagte er unvermittelt.

Verblüfft starrte ich ihn an und das Herz schlug mir bis zum Hals. »Was?«

Er wagte es tatsächlich, die Arme auszubreiten und zu grinsen wie ein Schuljunge, den man bei einem gemeinen Streich erwischt hatte, zu dem er vollends stand. Das hatte ich nicht kommen sehen. Ich war vollkommen perplex. »Moment!« Ich sollte mit ihm spielen? Seite an Seite? »Warte ... Du schreibst den Film, produzierst ihn UND spielst in ihm mit? Wie soll das alles funktionieren?«

»Oh, glaub mir, das hat auch schon bei anderen funktioniert. Und so haben wir beide eine Premiere.«

Ich musterte ihn von oben bis unten und drehte unschlüssig meinen Kaffeebecher in den Händen. »Klingt nach nem wirklich harten Job.« Und dann noch mit ihm als direktem Partner. Ich wusste nicht wirklich, was ich davon halten sollte. Aber es war einfach zu verlockend.

Der Hunger hatte die Vernunft längst niedergerungen.

»Verdammt hart, das ist richtig. Aber keine Angst. Es ist nichts weiter als ein Tanz. Schließ die Augen und lass mich dich einfach führen.«

Wir hatten das Motorrad inzwischen wieder erreicht und er streckte mir den Arm entgegen.

»Ein Tanz, sagst du?« Ich stemmte die Hände in die Hüften. »Du erinnerst dich schon, wie gut ich darin war, ja?«

»Scheiß drauf!« Sein Blick war Feuer. »Vergiss all den Unsinn und spring!«

Meine Haut kribbelte. Ein paar heftige Sekunden standen wir uns gegenüber, die Blicke ineinander verhakt. Mein Herz schlug mir bis direkt unter die Schädeldecke, der Puls kochte durch meine Venen. Etwas tobte durch meine Zellen und hinterließ ein Inferno. Neugier. Faszination. Leidenschaft.

Das, worauf es ankommt.

Was auch immer es am Ende war, ich wollte ein Teil davon sein. Ich *musste* geradezu. Ohne den Blickkontakt zu unterbrechen, griff ich nach seiner Hand und besiegelte unsere Übereinkunft.

SIEBZEHN

»Du glaubst gar nicht, wie schön es da oben gewesen ist.« Ich war noch immer hin und weg. »Diese Luft, unfassbar sauber. Ich hätte nicht gedacht, dass es so einen Ort in einer Stadt wie London gibt. Der Central Park in … «

»Was jetzt? Willst du mir dein stinkiges New York schönreden, Schätzchen?« Ray setzte den Blinker und kam an einer roten Ampel zum Stehen. Ein Mann in Trainingsshorts glotzte unverhohlen sein Auto an. »Keine Chance. Ich liebe mein London.«

»Das hatte ich nicht vor, Ray. Ich bin nur … Mann, ich bin jetzt wieder eine Schauspielerin, fürchte ich. Und das war nicht der Plan. Ich weiß nicht, ob das richtig ist. Wenn es …«

»Hör auf damit! Du machst mich ganz kirre. Schluss!« Ray neigte den Kopf und lächelte mich liebevoll an. »Wir haben dich dabei. Das ist alles, was zählt.«

Vielleicht sollte ich euphorisch sein. Gespannt. Aufgeregt. Glücklich. Aber ein bitterer Klumpen lag mir schwer im Magen. »Marc wird unfassbar wütend sein. Und ich habe es so gut bei ihm.«

Ray lachte so schallend auf, dass ich erschrak. »*Gut* … Was für ein abscheuliches Wort! Kennst du die berühmte Geschichte von dem Vogel im goldenen Käfig? Wenn er zu lange da drinsteckt, ist er eines Tages so fett und träge, dass er nicht einmal mehr versucht, davonzufliegen, wenn man die Klappe öffnet.«

Ich schnaubte abschätzig und verschränkte die Arme vor der Brust. »Es ist grün, Francis Bacon!«

Der Marble Arch flog an uns vorbei, der stattliche weiße Torbogen aus Marmor, der den Hyde Park ankündigte.

»Trotzdem«, brummte ich, »es war wirklich toll da oben. Gute Idee von James.«

»Ja, das ist seine Gabe«, erwiderte Ray auf meine Selbstgespräche, »er kennt die Menschen. Oft sogar, bevor sie sich selbst kennen.«

Fragend sah ich zu ihm hinüber, aber er erwiderte den Blick nicht. Starrte nur konzentriert durch die Windschutzscheibe auf die Straße. Ich registrierte, dass seine Gedanken in diesem Moment weit weg waren. Meinte er sich selbst damit? War er einer dieser Menschen, von denen er sprach?

»Du kannst ihn gut leiden, was?«, fragte ich.

»Er ist Familie. Auf die gute Art.« Das klang ehrlich. Dem gab es nichts hinzuzufügen.

»Wow.« Mehr fiel mir nicht dazu ein.

»Ja, und das Leben hat es nicht besonders gut gemeint mit James bis hierher. Also sei lieb zu ihm, okay?« Ray folgte der Hauptstraße und wich meinem Blick aus.

Was war das da zwischen den beiden? Mit Sicherheit würde ich es noch herausfinden. Immerhin hatten wir jetzt länger die Ehre.

»Er kommt mir jetzt nicht unbedingt wie jemand vor, der nicht austeilen kann«, sagte ich achselzuckend, um Ray zu provozieren, aber er stieß nur ein freudloses Lachen durch die Zähne und strafte mich mit Schweigen.

Zehn Minuten später parkte er seine alte Nobel-Karosse vor einem glänzenden Gebäudekomplex direkt gegenüber des Hyde Park. »Willkommen zu Hause, Schätzchen!«

»Wirklich? Hier? Bist du sicher?« Ich riss die Tür auf, sprang auf den Bordstein und blickte an der hellen Fassade hinauf. »Du veräppelst mich doch, oder?«

»Würde mir nie einfallen.« Er kam um das Auto herum und ließ einen silbernen Schlüssel an einem Ring vor meinen Augen klimpern. »Die Appartements sind frisch renoviert. Nur das Beste für unsere schöne Feuerhexe.«

Ein paar Atemzüge lang starrte ich den Schlüssel in seiner Hand an, dann sprang ich Ray jubelnd in die Arme. Er wurde nicht oft umarmt, das konnte ich fühlen. Trotz des Versuches, die Hände um mich zu legen, blieb sein Körper steif und reserviert.

Ich ließ ihn los und hüpfte umher wie ein Gummiball. Schon der Hausflur stellte sich als wunderschön heraus. Das Treppengeländer war detailverliebt verziert mit kleinen Drachen und die Erbauer hatten glänzende Rosen in die hölzernen Streben eingearbeitet. »Passt ja direkt zum Film, oder?« Ich strich mit den Fingern darüber und nahm drei Stufen auf einmal. Ray lächelte gerührt und folgte mir mit geschmeidigen Schritten.

Auf dem Klingelschild meines Appartements stand noch kein Name, aber es war ohnehin ein Hexenwerk, dass James es so schnell für mich organisiert hatte. Mit Sicherheit hatten ihm seine scharfen Sinne schon eher signalisiert, dass ich zusagen würde. Besser für mich. Ich konnte es kaum erwarten, endlich aus dem Luxus-Hotel herauszukommen.

Die Wohnung war der Wahnsinn. Nicht sonderlich groß, aber wunderschön. Das Bad hatte schwarz-weiße Fliesen und eine Regenwald-Dusche. Und der Wohnraum besaß einen kleinen Balkon zum Park hinaus. Ich kannte das zwar in größerer Dimension von Marcs Loft, aber das hier fühlte sich anders an. Besser. Denn es war *meins*. Und genau hier begann ein Abenteuer, ein neuer Abschnitt. Hier und jetzt. Auf dem Tisch stand ein Strauß Rosen. Sie waren dunkelrot wie Blut.

»Das hier gehört zu den Blumen.« Ray zog einen großen Umschlag aus seinem Mantel und legte ihn auf den Tisch wie ein rohes Ei. »Lies dir alles in Ruhe durch. Ich verabschiede mich inzwischen, damit du deine Ruhe hast. Wenn du unterschrieben hast, macht das den Cast komplett. Ich weiß nicht, ob James dir das gern selbst sagen würde, aber ... Ach egal, ich übernehme das direkt mal für ihn. Der Dreh läuft bereits seit einigen Wochen. Dein Part beginnt in sieben Tagen. Du bist etwas spät dran, aber das ist nicht weiter schlimm. Wenn du dich ein bisschen vorbereitest, wird das schon alles werden. Und du hast Glück, dass er dein Drehpartner ist. Lass dich einfach von ihm leiten, er ist erfahren. Starre Dialoge wirst du im Drehbuch nicht finden, es ist eher eine Orientierung. Oh, und das Allerbeste, mein Püppchen: Heute Abend steigt eine Crew-Party im Tower. Da lernst du all deine Kollegen auf einmal kennen. Aufregend, oder? Ich kann dich abholen, wenn du magst.«

»Nein, ist okay, ich ...« Mein Blick sprang zu dem Umschlag und wieder zu ihm zurück. »Warte ... Tower? Sprichst du vom Tower of London?«

»Nein, ich sage nur gern Tower. Natürlich meine ich den Tower of London, Dummerchen.«

Ich starrte ihn nur konfus an. Er lächelte nachsichtig.

»Ist okay. Ich bin weg. Oh, und Schätzchen ...« Schon fast in der Tür, drehte er sich noch einmal zu mir um. »Ich kann dir kaum sagen, wie glücklich ich bin, dass du jetzt zum Team gehörst.«

Bevor ich etwas erwidern konnte, war er ins Treppenhaus verschwunden und die Tür fiel ins Schloss.

Eine Weile lauschte ich dem Rauschen der Autos draußen auf der Straße, roch an den Rosen – Gott wie sie dufteten –, machte einen nervösen Rundgang durch alle Räume inklusive Abstellkammer und schließlich saß ich auf der Bank im Fenster neben dem Balkon und zog ehrfürchtig die Blätter aus dem Umschlag.

Mein erster Filmvertrag. Ein alter Traum, der sich mit einem Mal anfühlte, als hätte ich ihn nie ziehen lassen. Es war emotionaler, als ich geplant hatte. Die durstige Seele eines Künstlers war schwer zu beschreiben und noch schwerer zu bändigen. James hatte so recht.

Als ich den Betrag am Ende des Vertrages sah, wurde mir schlagartig übel. Ich sollte eine verfluchte Million bekommen?! Das konnte nur ein Irrtum sein. Sah ich aus wie Angelina Jolie? Ich war nichts weiter als eine gescheiterte Bühnenschauspielerin aus New York. Und ich hatte ewig nicht mehr gespielt, noch länger nicht geprobt. Ich würde ihn enttäuschen, so viel stand fest. Ich würde die schlechteste Hauptdarstellerin der Welt werden und dafür eine verschissene Million kassieren. Ich würde mich unfassbar zum Affen machen und Ray gleich mit, weil er mich ausgesucht hatte. Wie konnte er nur? Wie konnte *ich* nur? Die Luft wurde mir knapp und heiße Angst bäumte sich in mir auf. Keuchend lief ich auf und ab, würgte mit aller Kraft die aufziehende Panikattacke nieder.

Ich konnte nicht, ich konnte doch. Ich wollte nicht und doch wollte ich nichts mehr. Die Farbe der Rosen war so intensiv, dass ich für eine Sekunde dachte, ihr Rot würde sich lösen und auf das unschuldige Weiß der Papiere in meinen Händen tropfen.

Lass dich von ihm leiten, er ist erfahren.

Schließ die Augen und lass mich dich führen.

Aufgewühlt zog ich das beiliegende Drehbuch aus dem Umschlag und setzte mich auf das breite Fensterbrett, um es zu lesen. Vielleicht schaffte es die Lektüre, meine flatternden Nerven ein wenig zu beruhigen. Es war der Beginn der Geschichte. Der Part, in dem ich noch nicht auftauchte.

London, 1650

Sereina wächst bei ihrer Großmutter außerhalb der Zivilisation auf, weil ein Mann ihre Mutter hinrichten ließ.

Ein dunkler Mann, kalt wie Stahl und böse wie der Teufel, der bereits in seiner Jugend in der Stadt gefürchtet war. Der schwarze Tod hatte sich seine Familie geholt, als er fünfzehn war, und er hasst sich dafür, dass ausgerechnet er verschont geblieben ist. Sein Name ist Oswin und er ist besessen von dem Gedanken, Hexen hätten einst die Pest über die Menschen gebracht. Auch wenn die Ausbrüche sich bisher in Grenzen hielten, hatten sie ihm schon jetzt alles genommen.

Sereinas Mutter lebt als Kräuterfrau am Stadtrand. Sie hilft den Menschen, stellt Heilmittel her, aber das interessiert Oswin und sein Gefolge nicht, als sie Wind von ihr bekommen. Für ihn ist sie nicht mehr als eine Verbündete des Bösen.

Eine intrigante Verräterin.

Er ist gerade vierundzwanzig geworden, als der Hass die Kontrolle über ihn gewinnt. Er foltert sie, lässt sie vierteilen und verbrennt ihre Überreste. Die kleine Sereina (14) zwingt er zuzusehen und jagt sie anschließend aus der Stadt.

Mitgenommen blickte ich aus dem Fenster auf den Hyde Park hinunter. Ein graues Eichhörnchen huschte über den breiten Weg und kletterte auf den Zaun. Ich kannte mich aus mit den dunklen Kapiteln unserer Geschichte, aber die Inquisition hatte mich schon immer besonders intensiv mitgenommen. Lilith meinte, das läge mit Sicherheit an einem früheren Leben, das sich immer wieder einmal aus meiner vernebelten Erinnerung meldete. Die Frau und ihre verrückten Ideen.

Ich warf einen Blick hinüber zu den Rosen. Diese Blume gab es schon immer. Damals, heute, morgen. Die Ur-Rose hatte bereits vor dreißig Millionen Jahren unsere Erde geschmückt. Den Rosen war die Pest egal gewesen. Oder der Hass der Menschen. Erneut wurden meine Augen von den Worten auf dem Papier in meiner Hand gefesselt.

Sereinas Großmutter nimmt sich ihrer an, sie fliehen in die schützenden Arme des Waldes. Das Mädchen wächst heran, seine Großmutter redet ab und zu wirre Dinge von einem Brand und dass Sereina als Baby die Flammen wie durch Zauberhand überlebt habe. Sereina aber macht sich aus all dem nichts. Sie huscht des Öfteren in die Stadt und sucht ihn. Das Monster, das ihre Mutter hingerichtet hatte und das man in der Stadt inzwischen „Teufel von London“ nennt. Sie findet Oswin in einem Bordell und folgt ihm von dem Tag an wie ein Schatten, studiert ihn, hasst ihn, wünscht sich nichts sehnlicher, als ihm zu schaden.

Eines Tages kommt man Sereina auf die Schliche, und als sie von einem ihrer nächtlichen Streifzüge zurück zur Hütte huscht, ermorden ein paar von Oswins Männern gerade ihre Großmutter und brennen die Behausung nieder. Sie sind wütend, denn sie wollten ein Mädchen finden, von dem sie gehört hatten, dass die Alte es verstecken würde.

Aber ihre mickrige Wut ist nichts gegen den Feuersturm, der in Sereina tobt.

Er macht sie stark, lässt sie innerlich brennen, und als sie vom Wald verschluckt wird und nicht mehr aufhören kann zu rennen, fasst sie den Entschluss, dass jemand etwas tun musst. Etwas Furchtbares. Aber es muss getan werden. Jemand muss sich dem Teufel selbst stellen. Und dieser Jemand ist sie.

Sie findet eine Höhle und entscheidet, sie erst wieder zu verlassen, wenn sie bereit ist, sich Oswin zu stellen. Sie wird ihn zerstören. Wird ihn ausweiden wie Schlachtvieh. Ihm den Verstand rauben. Denn das gnädige Ende eines schnellen Todes ist nichts, was er verdient hätte.

Im Herbst 1664 lässt sie die Höhle hinter sich und blickt von einer Anhöhe hinunter auf die Stadt.

Der Tag ist gekommen.

Ich drehte das Blatt um. Nichts. Die Rückseite war leer. Fertig. Keine Dialoge, keine Anweisungen, nichts. James hatte nicht zu viel versprochen. Ich hatte für meine Rolle nichts weiter als ein paar Sätze. Die Frau mit dem glühenden Hass im Herzen, die plante, einen Mann aus dem tiefsten Inneren heraus zu zerstören, war ich. Ich würde die Frau sein, die gestärkt dieser Höhle im Wald entstieg.

Und sie war so vollkommen anders als ich.

Die Energie der Geschichte prickelte mir durch die Venen. Das Potenzial war greifbar, die Magie schwebte in der Luft. Aber konnte ich das wirklich? 1664, der

Winter, in dem die Pest London endgültig in die Knie zwang.

Und erst das Great Fire 1666 hatte das Drama beenden können. Eine unfassbar hässliche Zeit. Eine barbarische Zeit. So barbarisch wie Oswin?

Schließ die Augen und lass mich dich führen.

Konnte ich sie sein? Sereina? Wusste ich überhaupt, was Hass bedeutete?

Die Türklingel riss mich aus den Gedanken. Sicher wieder Ray, der mir die letzten Zweifel nehmen wollte.

Aber vor der Tür stand nicht Ray, sondern ein verschwitzter Typ, etwas jünger als ich, von einer Kurierfirma, zumindest besagte das das Logo auf seiner Jacke. Er jonglierte – ganz offensichtlich in Eile – umständlich mit einem blauen Kleidersack herum und kaute dabei lautstark auf seinem Kaugummi. »Abigail Summers?«

Ich starrte von ihm zu dem Bündel und zurück. »Ähm ja, ich denke schon.«

»Sie *denken*?« Er tänzelte von einem Bein aufs andere, warf einen Blick über die Schulter zurück ins Treppenhaus. »Soll ich's wieder mitnehmen?«

»Nein. Nein, alles gut. Ich bin Abigail.«

»Dann hier unterschreiben!« Er stieß mir ein Klemmbrett vor die Brust und ich balancierte Sack und Brett unbeholfen, während er mir auch noch unerbittlich einen Kugelschreiber zuschob. »Und hier.«

»Solange Sie nicht anfangen zu singen«, versuchte ich mich an einem Scherz.

Sein Gesicht schlief restlos ein. »Lady, ernsthaft? Sehe ich aus wie einer, der singt? Bei dem Gehalt können Sie froh sein, dass ich mich überhaupt die Treppen hochgequält habe.«

»Hätte ja sein können.« Ich unterschrieb und er verschwand wie der Blitz wieder die Treppe hinunter, während ich ratlos mit meiner unerwarteten Post im Türrahmen zurückblieb.

Kein Absender, nichts.

Ich hasste Überraschungen.

Misstrauisch machte ich drei Schritte zurück, stieß die Tür mit dem Fuß ins Schloss und zog den Reißverschluss an der Hülle in einer Bewegung auf. Als erstes flatterte ein Zettel zu Boden.

Willkommen im Team! J B

Ich stieß kopfschüttelnd ein Lachen durch die Zähne.

Ganz eindeutig kein Mann für flauschige Willkommensreden.

Bewundernd betrachtete ich das Kleidungsstück, das in dem Sack steckte. Ein burgunderrotes altertümliches Kleid aus grobem Stoff, knielang mit Kapuze und schwarzem Lederriemen unter der Brust. Das Gewand einer Kriegerin. Genau so ein Kleid hätte jemand wie Sereina getragen. Der dicke Stoff zwischen meinen Fingern erweckte die Zeilen auf dem Papier zum Leben. Das Drama um Sereina und die Horrorgeschichte von Oswin. Wenn die beiden aufeinanderträfen, würde es böse werden und wahrscheinlich noch viel böser enden.

Liebevoll hängte ich das Kleid an die Garderobe, das ich bald am eigenen Körper tragen würde, und ging hinüber zum Tisch.

Würde ich ihr gewachsen sein?

Scheiß drauf! Vergiss all den Unsinn und spring!

Ich unterschrieb unter den wachsamen Augen der Rosen. Und mein Herz flatterte wie besagter Vogel in Rays Käfig. Jetzt war es offiziell. In sieben Tagen begann der Dreh ... Ich musste vollkommen wahnsinnig sein. Nicht nur, dass ich seit zehn Jahren keine Rolle mehr gelernt hatte, ich hatte auch noch nie zuvor eine in nur sieben Tagen gelernt. Mein alter Professor an der Filmschule mit der großen Hakennase würde in schallendes Gelächter ausbrechen, wenn er mich so sehen könnte. *Du, Summers?! In sieben Tagen? Eher tanzt meine Hose ohne mich bei Riverdance.*

Als ich durch das Appartement tigerte und versuchte, mein inneres Chaos zu ordnen, fiel mir ein dunkler Umhang aus grobem Leinen am Garderobenhaken im Flur auf, den ich vorher nicht gesehen hatte. Hatte Ray ihn hiergelassen?

An der schmalen Silberbrosche unter der Kapuze baumelte eine weitere Botschaft:

Für die Schatten. J B

Doppeldeutig. Das könnte ihm so passen. Mich in den Schatten zurückzuzerren, das würde nicht einmal einem James Bolden gelingen. Wenn ich im Leben bisher eins gelernt hatte, dann, dass ich ein Mensch für das Licht war. Und nur für das Licht.

ACHTZEHN

Als ich am frühen Abend in mein Taxi stieg, beäugte mich der adrette, grauhaarige Fahrer neugierig. »Wusste nicht, dass ich eine Zeitkapsel fahre, die Dame.«

»Einmal 1664 bitte«, erwiderte ich und schob mir die breite Kapuze des Umhangs vom Kopf.

»Oha. Ein ereignisreiches Jahr.« Er zog die buschigen Brauen zusammen. »Ich kenne London wie meine Westentasche, aber ich glaube nicht, dass es damals wusste, was ihm blühte. Sie sehen zwar sehr hübsch aus, aber wir sollten trotzdem besser froh sein, dass wir das hinter uns haben.«

»Na ja, mir steht es gerade erst bevor.« Ich zupfte an den breiten Ärmeln des roten Kleides. Es war mir wie auf den Leib geschneidert. Langsam kam Ordnung in mein Chaos, aber ich war trotzdem aufgeregt. Hölle, war ich aufgeregt.

»Dann empfehle ich Ihnen, nicht in der Stadt festzusitzen, wenn der Schwarze Tod sie einnimmt. Nutzen

Sie den Luxus des Wissens.« Verschmitzt drehte er den Rückspiegel und suchte meinen Blick darin.

Ich lächelte nervös. »Ich geb mir Mühe.«

»Wo darf die Kutsche Mylady denn heute absetzen?« Er straffte die Schultern und zwinkerte.

»Am Tower, denke ich.« Ich hoffte inständig, Ray hatte mich nicht übers Ohr gehauen. Durften im Tower of London überhaupt Fremdveranstaltungen stattfinden? Ich konnte mir nicht vorstellen, dass die Stadt Hinz und Kunz direkt neben dem Wertvollsten, was London besaß, einfach so ausgelassen feiern ließ. Das erschien mir leichtsinnig und befremdlich.

Schon als wir noch auf der Tower Bridge im Stau standen, konnte ich sehen, dass drüben am Tower einiges los war.

Eine kleine Menschentraube hatte sich vor den Mauern versammelt und zu der hellen Beleuchtung der altehrwürdigen Burg kamen zwei Spots, die den Eingang markierten und aussahen wie lange Flammen an den Kanten des Gesteins. Sie gaben der Anlage einen Gala-artigen Touch.

»Versuchen Sie auch, ein paar Promis zu erwischen?«, fragte der Taxifahrer, während wir hinter einem Doppelstock-Bus herkrochen.

»Promis?«

»Ja. Ich habe vorhin schon ein paar junge Frauen zum Tower gefahren. Es sickert zwar nicht viel durch, aber man munkelt, dort würde eine Film-Feier stattfinden. Sie hofften auf Chris Hemsworth. Am Ende weiß man ja nie. Bevor die Tore sich schließen, kann man ja mal einen Blick darauf werfen.«

»Dass Chris Hemsworth da drüben ist, kann ich mir nicht vorstellen.«

Wenn er in unserem Team wäre, hätte Ray mir doch sicher davon erzählt. Außerdem setzte James, soweit ich wusste, auf einen weniger bekannten Cast und das konnte ich verstehen. Berühmte Schauspieler besetzten Rollen immer auch mit einer bestimmten Erwartung.

»Ach, warten Sie. Ich Tölpel.« Wieder blickte er in den Rückspiegel. »Das hübsche Kleid, unser Gespräch vorhin. Sie gehören zur Besetzung, richtig?«

»Gott, wenn Sie das so aussprechen, hört es sich noch viel gruseliger an.«

»Ach Mädchen.« Er lachte. »Sie sehen ganz entzückend aus, Sie werden das schon schaffen. Verzeihen Sie mir die späte Erkenntnis, aber Sie kamen mir zu Beginn gar nicht wie eine Schauspielerin vor.«

»Ach nein?« Das beruhigte mich ungemein … nicht!

»Nein. Ich meine, Sie fahren mit dem Taxi zu einem Event und Sie tragen die Nase noch dort, wo sie hingehört.«

Ich musste lachen. »Ich fürchte, deshalb wurde ich ausgesucht.«

Wir hatten die Brücke bereits verlassen und fuhren einen Bogen um die Festung.

»Dann haben Sie Vertrauen in sich. Tragen Sie das Kleid mit Stolz und denken Sie auch in der schlimmsten Zeit immer daran: Eines Tages kommt das Feuer und räumt all den Schmutz wieder auf.«

Eine befremdliche Aussage. Das Great Fire 1666 hatte zwar die Pest aus der Stadt gefegt, aber dafür auch fast ganz London zerstört. Trotzdem hatte er irgendwo auch recht. Was wäre geschehen, wenn die Seuche nicht gestoppt worden wäre? Für mich klang das nach einer Wahl zwischen Pest und Cholera.

»Oh, und junge Dame …« Er stoppte den Wagen und drehte sich zu mir um. »Im Tate findet gerade eine Ausstellung über die Pest in London statt. Vielleicht ist das ja etwas für Sie.«

Als ich an den Mauern entlanglief, kam mein Herzklopfen zurück. Ein paar Leute mit Kameras spähten neugierig nach mir. Einige schossen Fotos, aber sie hielten Abstand.

Sicher auch, weil mich keiner von ihnen als sehenswerten Star identifizierte. Mir sollte es recht sein.

»Schätzchen!« Ray kam mir entgegengeeilt. Sie war wieder die Frau, als die ich sie kennengelernt hatte. Trug ein bodenlanges schwarzes Kleid mit Stehkragen, auf dem Lilien aus roter Seide aufgedruckt waren. Sie erinnerte mich an die böse Königin aus Dornröschen.

»Wie du aussiehst.« Sie betrachtete mich mit glänzenden Augen. »Ich hatte recht. Du bist sie!« Sie drückte mir einen Kuss auf jede Wangen und musterte mich erneut begeistert von oben bis unten. »Komm schnell rein. Wir wollen die Tore schließen.«

Ich lachte verlegen und mein Körper fühlte sich steif an wie ein gespannter Bogen.

»Ach Häschen.« Ray legte freundschaftlich den

Arm um mich und zog mich an ihre Seite. »Komm, du brauchst dringend ein bisschen Blubberwasser.«

Neben uns auf der Themse fuhr ein beleuchtetes Boot vorbei und Ray winkte in die Blitzlichter der Leute, die sich spürbar vermehrt hatten, seit sie aufgetaucht war. Sie war einfach eine Rampensau, so viel stand fest.

Ihr großer Körper schob mich auf den prächtigen Eingang der Anlage zu. Zu meiner Aufregung kam Ehrfurcht. Ich durfte wirklich diese Mauern betreten, an denen so viel Geschichte klebte, dass mir die Knie ganz weich wurden. So viele Atemzüge Londons steckten in diesem Gestein.

»Bist du bereit?«, fragte Ray und winkte einem Security-Mann im schwarzen Anzug und mit Knopf im Ohr zu.

»Nein«, wimmerte ich mit dünner Stimme.

»Perfekt.« Ray küsste mich auf den Haaransatz und zog mich durch das Tor.

Im Inneren der Anlage wiesen uns Fackeln den Weg. Schon nach wenigen Schritten kam ich mir vor wie in eine andere Zeit versetzt. Die Festung wirkte nun sogar noch größer als von außen. Aus angebrachten Lautsprechern säuselte alte Barock-Musik und verschlungene, mittelalterliche Steingassen ließen mich alles vergessen, was außerhalb dieser Mauern lag. Ray schnappte sich zwei Gläser Sekt von einem festlich dekorierten Stehtisch und hielt mir eines hin.

»Na? Bist du schon in seinem Bann?«, fragte sie amüsiert, als ich nicht auf ihr Angebot reagierte.

»Bitte? Entschuldige, sagtest du etwas?«

Fasziniert betrachtete ich einen eisernen Löwen, der uns von der Burgmauer aus mit seinen leblosen, silberfarbenen Augen beobachtete. Und eine Löwin gab es auch. Soweit ich mich erinnerte, hatte der Tower einst nicht nur als Gefängnis, sondern zeitweise auch als Zoo gedient.

»Das ist dann wohl ein Ja. Oh, sieh mal, wer da kommt.« Ray reckte den Hals und nahm einen großen Schluck ihres Willkommensdrinks. »Tooony, Darling. Hier rüber!«

Der Name ließ mich aus meiner Trance erwachen. Tony? Fragend drehte ich mich um. Und da war er tatsächlich. Der Kleine, der mich hier in London so herzlich aufgenommen hatte.

»Abbie aus New York?« Er blieb ein paar Schritte entfernt von uns stehen und starrte mich an wie vom Donner gerührt.

»Tony, was machst du denn hier?« Ich wollte auf ihn zugehen, aber etwas in seinem Blick hielt mich davon ab.

»Er ist unser Set-Assistent«, erklärte Ray. »Ich hatte dir doch gesagt, dass ich ihn kenne. Ist alles in Ordnung mit dir, Kleiner? Steht da irgendwo der geköpfte Henry the 8th hinter uns?«

»Nein.« Tony blickte mich aus großen, leeren Augen an. »Was hast du hier verloren? Das ist nicht richtig.«

»Wie bitte?« Ich blickte verwirrt von Ray zu ihm und wieder zurück. »Wie meinst du das?«

»Ich meine ... Ich hab das nicht erwartet.« Er ließ die Schultern in seinem verbeulten, zu weiten Pullover fallen.

»Tony, würdest du uns bitte sagen, was da gerade mit dir passiert.« Ray schien ebenso verstört zu sein wie ich.

»Ich ...« Tony schien sich zu fangen. Es war, als fände er ganz plötzlich wieder zu sich. »Ich meine, schön dich zu sehen, Abbie. Die Welt ist klein, stimmt's?« Seine Lippen lächelten, aber seine Augen taten es nicht. »Ich wollte sowieso gerade gehen. Bin hier fertig für heute. Viel Spaß euch.« Er winkte uns hektisch zu und schob die Hände in die Hosentaschen, um eilig um die Ecke zu verschwinden.

»Was war das denn bitte?« Jetzt griff ich doch nach dem Glas Sekt und nahm einen großen Schluck.

»Frag mich etwas Leichteres.« Ray presste die geschminkten Lippen zusammen. »Der Kleine ist merkwürdig. Aber das ist nicht das erste Mal. Manchmal steht er einfach nur irgendwo herum und starrt ins Leere. Wie eines dieser Gruselkinder aus *Dorf der Verdammten*. Mir macht er ja Angst, aber James meint, der Junge braucht die Kohle und das hier ist bedauerlicherweise sein Set. Hey, vielleicht hat sich das kleine Monster ja heimlich in dich verguckt, hm?« Kichernd stieß sie mir den Ellbogen in die Seite.

»Quatsch!« Ich strafte sie mit einem Blick aus Stahl.

»Warum denn nicht?« Sie hakte sich bei mir unter. »Sieh dich an. Du bist eine Königin.«

»Lass das, Ray! Er ist einfach nur ein Junge. Die haben doch immer irgendein Drama in petto.« Ihre Komplimente waren mir unangenehm.

»Kommt, schüchterne Majestät, ich stelle Euch die

anderen vor«, ignorierte sie mein Gejammer und zog mich weiter.

Wir erreichten den weißen Turm. Das Bauwerk, das den Tower so einzigartig machte, und mir blieb fast die Luft weg. Die Wiese, die ihn umgab war von Fackeln und Kerzen beleuchtet. Genau hier im Schutz der Mauern fand ein Fest statt, bei dem ich mich fühlte wie in der Zeit weit zurückkatapultiert. Alle trugen barocke und mittelalterliche Gewänder, neben dem Turm jonglierte ein Gaukler mit Feuerbällen und jeder Eingang war von den Wachen Ihrer Majestät bewacht, den schwarz-rot gekleideten *Beafeaters*.

Unter einem großen Baum direkt vor dem White Tower waren runde Holztische aufgestellt, an denen man sich niederlassen konnte, und direkt vor dem hellen Stein des Turmes befand sich eine kleine Bühne, auf der eine altertümliche Band spielte.

»Ray, oh Gott, das ist sowas von schön.« Verblüfft sah ich mich um und traf auf einige neugierige Blicke.

»Das da drüben.« Ray zeigte auf ein Mädchen um die Fünfzehn in einem grauen, abgewetzten Kleid, wie es damals eher die einfache Bevölkerung getragen hatte. »Ist die junge Sereina.«

»Also *ich*?« Ich starrte sie fasziniert an. Sie sah mir tatsächlich ein bisschen ähnlich. Wie eine kindlichere Version von mir.

»Wenn du es so willst, ja.« Ray deutete eine Verbeugung an, als das Mädchen uns zulächelte, und sie knickste kichernd.

»Das dort drüben ist Miley, sie spielt Oswins Hure.« Rays Unterton verhieß nichts Gutes.

»Ach, sieh mal einer an.« Miley kam mit resoluten Schritten zu uns herüber, als sie Ray erblickte. Sie war vollbusig, blond gelockt und hatte einen durchtriebenen Zug um die großen Augen.

»Du bist also diejenige, die nicht einmal in einem Casting bestehen musste, um hier antanzen zu dürfen, ja?« Sie musterte mich streitlustig. »Du weißt schon, dass das die Erwartungen ganz schön hochschraubt, oder?« Sie sprach so laut, dass sich gleich noch der ganze Tisch, an dem sie gestanden hatte, umdrehte und mich abwertend musterte.

Mir wurde flau im Magen.

Ray stöhnte demonstrativ. »Ach, Madame fährt gleich wieder die Krallen aus. Abbie, das ist Miley. Miley, Abbie.«

»Freut mich.« Ihre Augen wurden schmal und es war mehr als offensichtlich, dass sie sich kein bisschen freute. Ich war Zickenkrieg nicht gewohnt und hasste dieses Theater jetzt schon.

»Nimm es nicht so schwer.« Ray zog mich weiter die Runde herum und grüßte eine ältere Dame bei der Bühne. »Sie steht auf James und will jedem die Augen auskratzen, der ihm zu nahe kommt.«

»Ich werde ihm ganz sicher nicht zu nahe kommen.« Murrend nahm ich noch einen Schluck.

Ray lachte. »Schätzchen, hast du je James' Filme gesehen? Du wirst verrucht sein müssen. Düster und ab und zu vielleicht auch nackt.«

Die Kohlensäure meines Sektes stieg mir in die Nase und ich musste husten. Ich hatte hier ganz sicher nicht für ein schmutziges Schmuddelfilmchen unterschrieben.

»Auf eine stilvolle Art«, fügte Ray mit Nachdruck hinzu. »Und wenn es zwischen euch nicht knistern würde, hätte James dich gar nicht für die Rolle ausgesucht, also genieß es einfach.«

»Ray!« Ich fand vor Empörung kaum die richtigen Worte. »Ich werde bald heiraten. Und ich bin bestimmt nicht hier, um zu flirten oder mich nackt vor der Kamera zu rekeln. Das überlassen wir doch lieber dieser Miley. Immerhin ist sie die Hure, wie du sagtest. Ich bin jedenfalls keine, das kann ich dir versprechen!«

Etwas blitzte hinter ihren getuschten Wimpern und sie legte den Kopf schief. »Ich schlage vor, du amüsierst dich jetzt ein bisschen. Der komische Kauz dort, der dich gleich ansprechen wird, ist übrigens Thomas, unser fähigster Kameramann. Sei vorsichtig. Bei ihm weiß man nie so genau. Aber du bist erwachsen, du wirst das selbst herausfinden. Wir sehen uns, Schätzchen.« Sie verschwand in einer der Menschentrauben auf der Wiese.

In mir brodelte es noch immer, als ich mich umdrehte und dem interessierten Blick von Thomas begegnete, der mich umschlich wie eine Raubkatze. Dunkles Haar, die Augen schwarz wie die Kohlestücke eines Schneemannes.

»Freut mich ungemein.« Seine schmale Hand griff nach meiner, um ihr die Andeutung eines Kusses aufzuhauchen.

»Ebenfalls«, murmelte ich. »Ich bin Abigail.«

»Die letzte Sereina.« Er nickte lächelnd und stieß

sein Glas gegen meines. »Und ganz ohne Frage die Schönste. Du wurdest uns bereits angekündigt. Er hat uns ein rauschendes Fest prophezeit, sobald der Cast komplett ist. Und jetzt sieh dich um. Wie immer hat er nicht zu viel versprochen, der alte Schwerenöter.«

»Das kann man wohl sagen.«

»Ich kann es kaum erwarten, dich ins rechte Licht zu rücken. Und keine Angst, ich bin schon eine Weile dabei. Es wird keiner irgendetwas tun, das du nicht willst. Neu zu sein, ist nie leicht, und mitten in den Dreh zu platzen, noch weniger. Aber ich vermute, es gibt Gründe, warum du hier bist, und wir werden dich alle unterstützen, wo wir nur können, okay?« Er streichelte mir über die Hand. Die Geste war so nett, dass sogar meine Berührungsphobie sich für eine Sekunde zurückhielt.

»Danke. Das weiß ich zu schätzen.« Ich mochte Thomas auf Anhieb. Er gab sich Mühe, mir ein gutes Gefühl zu geben, und das konnte ich im Moment wirklich gebrauchen.

»Amüsierst du dich?«, fragte eine tiefe Stimme nahe meinem Ohr und eine Berührung am Rücken ließ mein Herz einen Schlag aussetzen. James sah unfassbar gut aus. Er trug sein Haar kürzer. An den Seiten ausrasiert und oben nur unwesentlich länger. Das weiße Leinenhemd und die dunklen Hosen mit den Stiefeln standen ihm perfekt.

»Da fragst du noch?« Gerade wollte ich zu einer überschäumenden Lobeshymne auf die Location ansetzen, da legte sich ein kleines Lächeln über sein Gesicht.

»Unglaublich.«

»Was ist unglaublich?« Ich zog eine Braue nach oben.

»Du«, sagte er nur. »Du siehst unglaublich aus.«

»Junge! Amüsieren ist komplett untertrieben«, warf Thomas ein und James' Blick ließ meinen los, um sich ihm zuzuwenden.

Thomas kriegte sich gar nicht mehr ein. »Eine Feier im Tower. Das ist ja wohl das Verrückteste, das du je für uns organisiert hast. Der Hammer!«

»Freut mich, wenn es euch gefällt.« James nickte ihm zu und wollte gerade gehen, da griffen meine Finger nach seinem Arm und er verharrte in der Bewegung.

»Eines muss ich noch wissen«, sagte ich gedämpft und er drehte sich um und kam mit seinem Ohr näher an meine Lippen.

»Ist sie wirklich eine Hexe?«, flüsterte ich und meine Worte trafen auf die Wärme seiner Haut.

Er sah mich für ein paar Atemzüge nur an. Als hätte er mich jetzt da, wo er mich schon immer hatte haben wollen. Aber auf eine gute Art. Auf eine Art, die auch mir gefiel. Er nahm den Kopf zurück und berührte mit den Lippen beinahe mein Ohr, als er leise erwiderte: »Sag du es mir!«

Dann verschwand er in Richtung Bühne und ging auf Miley zu, die ihm schon sehnsüchtig die Arme entgegenstreckte.

»Na ja, den großen Macker markieren kann er jedenfalls«, knurrte Thomas und ich kämpfte mit Macht das warme Kribbeln in meinem Nacken nieder, während ich mich abwendete.

»Was jetzt? Tanzt du mit mir?« Er verbeugte sich so tief, dass sein dunkles Haar ihm in die Stirn fiel.

Gerade wollte ich seine Aufforderung annehmen, da vibrierte mein Telefon in der Tasche meines Kleides. Marc.

»Entschuldige mich kurz, ja?«

Thomas war das Abbild der Enttäuschung, aber das konnte ich im Moment nicht ändern. Ich verschwand unter den aufmerksamen Augen der Wächter des Tower aus dem Trubel und erklomm die Burgmauer, um meine Ruhe zu haben.

Unter mir lag die Themse und die klobige Tower Bridge mit ihren glimmenden Kronen war der beleuchtete Mittelpunkt der Nacht. Auf der anderen Seite des Flusses jubelte eine große Gruppe Menschen.

»Marc.« Meine Stimme klang erstickt und ich musste feststellen, dass meine Hand zitterte.

»Ich habe mit unserem Wedding Planner telefoniert.« Es war einfach wundervoll, ihn zu hören, aber ich konnte seine Worte nicht deuten. Er sprach sie ohne jede Betonung oder Emotion.

»Marc, ich ...«

»... und unsere Hochzeit um zwölf Monate verschoben. Das heißt, wenn das auch für dich in Ordnung ist.« Emotionen sickerten in seine Worte. Er klang verlegen, vertraut, warm.

Ein heißes Gefühl füllte meinen Bauch aus und ich kämpfte mit den Tränen. »Hat Lilith dich gezwungen, mich anzurufen?«

Auf der Südseite der Themse fiel eine Frau im

weißen Kleid einem Mann in den Arm. Trug sie einen Schleier? War das etwa eine Hochzeit?

»Nur ein bisschen«, sagte er leise. »Mein Schmetterling, du fehlst mir. Ich weiß, was für eine große Sache eine Hochzeit ist. Unser Leben wird sich verändern und ich verstehe, dass das in dir arbeitet, okay? Ich verstehe, dass du sehen willst, ob du auf dem Weg etwas von dir verloren hast, und ich vertraue darauf, dass du zu mir zurückfinden wirst. Du bist verwirrt, das bin ich auch, und es tut mir leid, falls ich ein arroganter Idiot war. Das hier ist unsere Zukunft, und wenn du noch eine kleine Kurve machen möchtest, bevor wir gemeinsam weitergehen, ist das für mich auch in Ordnung.«

Eine Träne rollte über meine Wange. Ich war so unglaublich erleichtert und stolz auf ihn, dass er endlich verstand. »Meinst du das auch wirklich ernst?«

»Wenn du es erlaubst, werde ich dich da drüben besuchen, sobald mein Prozess geschafft ist. Und ich würde mich freuen, wenn du ab und zu von dir hören lässt. Ansonsten versuche ich in Zukunft, ein nicht ganz so furchtbarer Verlobter zu sein, okay?«

»Okay«, erwiderte ich erstickt und hätte ihn am liebsten so fest in den Arm genommen, dass er sich nie wieder würde befreien können.

»Es war schön, dich zu hören, Abigail«, sagte er. »Ich liebe dich.«

»Ich dich auch.«

»Das Biest möchte noch mal mit dir sprechen.« Er meinte Lilith. Und er liebte sie, aber sie konnten es nicht lassen, einander zu ärgern.

»Mein Schatz«, schrie Lilith in der nächsten Sekunde ins Telefon und über der Themse startete ein Feuerwerk, dessen bunte Farben sich im dunklen Wasser widerspiegelten. Es hätte nicht besser beschreiben können, was im Moment in mir vorging.

»Ich bin so stolz auf dich! Du tust es also tatsächlich.«

»Ja, irgendwie muss ich«, erwiderte ich achselzuckend. »Und du alte Jetsetterin? Schon wieder in New York? Das ging ja fix.« Sie verbrachte einen Großteil ihres Lebens auf Reisen. Wahnsinn, wie locker sie das wegsteckte.

»Oh ja, aber nur auf einen Abstecher. Und ich werde dich auch da drüben besuchen kommen, dass das klar ist, ja? Ich will nicht irgendwann die Radieschen von unten sehen, ohne vorher James Bolden kennengelernt zu haben, verstanden?«

»Bekommen wir bestimmt hin.« Ich blickte lächelnd hinauf zu den Lichtfetzen, die über den Fluss regneten wie die Funken eines Himmelbrandes.

»Nicht bestimmt! *Ganz sicher*! Und tu mir noch einen Gefallen, ja?« Sie wurde leiser, damit Marc sie nicht hören konnte. »Nimm diesen Mann, dieses Genie, pack ihn, schließ ihn fest in deine Arme und ruf laut *Danke für alles*! Tu es für mich, okay?«

Ich musste lachen. »Er kommt mir nicht vor, als würde er auf Kuscheln stehen, Lil.«

»Tja, aber wen kümmert das? Dann muss ich es also selbst tun, ja?«

»Klingt spaßig. So oder so, er wird dir gefallen. Und jetzt muss ich erst mal Schluss machen, ja? Ich melde mich wieder.« Aus dem Augenwinkel sah ich, wie James die Treppen hinaufstieg und auf mich zukam. Schnell wischte ich mir die Tränen vom Gesicht und hielt den Blick auf das Feuerwerk gerichtet, bis er sich neben mir auf die Mauer lehnte.

»Du hast meine Ansprache verpasst«, sagte er vollkommen wertungsfrei.

»Ansprache? Oh Gott, das tut mir leid. Ich hatte einen Anruf. Es war wichtig.«

»Dein Zukünftiger, hm?«

Sein Blick war verschmitzt und das Feuerwerk schimmerte in seinen Augen.

»Ähm, ja. Genau der. Und dann die Hochzeit da drüben. Irgendwie passt das alles gerade zusammen«, stammelte ich mich mal wieder stumpf um Kopf und Kragen.

»Wird er ein guter Mann für dich sein?« James drehte den Kopf weg von mir in Richtung Tower Bridge.

»Ja, natürlich«, erwiderte ich. »Ist er schon.«

»Hmmm«, brummte er nur als Antwort.

»Und du? Bist du verheiratet?«, fragte ich und er drehte das Gesicht ein Stück in meine Richtung, ohne mich anzusehen. Mit der Antwort ließ er sich so viel Zeit, dass ich schon dachte, er würde gar nichts mehr sagen, aber dann tat er es doch.

»Ja.« Sein starrer Blick auf den Fluss verbarg etwas. »Ja, ich bin verheiratet.«

Eine ganze Weile standen wir nur nebeneinander an der Burgmauer und sahen dem Feuerwerk zu, wie es sacht die letzten bunten Funken auf dem seichten Wasser der Themse verteilte.

»Der Komet«, sagte ich schließlich in einem plötzlichen Geistesblitz.

James blickte fragend auf.

»Der Komet«, wiederholte ich. »Ende 1664 gab es diesen Kometen über London. Die Menschen sahen ihn als böses Omen. Es könnte eine Art Einleitung werden für Oswin und Sereina. Sie sieht ihn vom Hügel aus über der Stadt, wenn sie die Höhle verlässt, und er zeitgleich direkt über sich. Und dadurch weiß sie, dass es Zeit ist. Wie findest du das?«

»Ein starkes Bild.« Er verengte die Augen. »Für sie ist er die Wut und für ihn die Furcht.«

»Ja, genau so meinte ich das. Sie sieht das Signal am Himmel und es ist für sie ein Zeichen für den Aufbruch. Für ihn ist es ein schlechtes Omen. Der Glaube war ja weit verbreitet. Das zeigt dann auch gleich, wie verschieden sie sind, richtig? Ich meine, wie sie sind, wissen wir ja noch nicht genau, stimmt's?«

James sah mich an. Sein Blick war prüfend. Behutsam. Nachtsichtig. »Du stehst nicht wirklich auf Improvisieren, oder?«

Ich nahm einen tiefen Atemzug, der fast einem Seufzen gleichkam. »Gott, nein. Wenigstens für den Anfang brauche ich eine klare Linie. Wie wird der erste Drehtag aussehen?

Was tun wir? Was tun sie? Ray hat mich so verrückt gemacht, ich bin ganz durcheinander.«

»Also machen wir es lieber auf meine Art?«

»Ja, bitte! Du hast versprochen, mich zu führen. Für den Anfang ist mir das tatsächlich lieber, denke ich.«

»Gut, ich führe.« Sein Blick nagelte meinen fest. »Wann immer du mich brauchst. Das Wichtigste ist, dass du dich sicher fühlst. Und sollte irgendetwas oder -jemand dich zum Zweifeln bringen, lass es mich wissen.« Er richtete sich auf und blickte ein letztes Mal hinüber zum anderen Ufer, wo die Hochzeitsgesellschaft sich langsam auflöste.

»Du bist gut, wie du bist. Das Geheimnis liegt nicht darin, jemand anders zu sein, sondern etwas in sich wieder zu wecken, das nie hätte einschlafen dürfen.«

In dieser Nacht träumte ich von Feuer. Der Himmel über mir war dunkel und etwas rieselte auf mich herunter. Rosenblätter. Glühende Rosenblätter.

Sie segelten einfach so vom Nachthimmel hinunter wie Aschefetzen während eines Brandes. Und sie glitten über mein Gesicht. Die Glut brannte auf meiner Haut. Sie landeten auf meinem Bauch. Ich lag ausgestreckt auf dem Boden und merkte plötzlich, dass ich vollkommen nackt war. Ein Blatt zerbröselte auf meinem Busen zu Staub und der heiße Schmerz gefiel mir. Brennende Glut rutschte von meinem Bauch in meinen Schritt. Es schmerzte. Ein wundervoller Schmerz und ich wollte mehr davon. Bäumte mich auf unter dem feurigen Regen toter Rosen und stellte erst jetzt fest, dass meine Handgelenke gefesselt waren. Dornenranken wuchsen aus dem Boden, zerschnitten mir die Haut, fixierten mich auf der kühlen Erde und unter meinem Körper tat sich ein Riss auf. Ich bekam Angst, fühlte mich großartig, wollte dort hinein und hier weg, alles gleichzeitig. Und kurz bevor die Dornenranken mich in eine unbekannte Tiefe zerren konnten, wachte ich auf.

NEUNZEHN

09:10 am
Noch sechs Tage, dann gehöre ich endgültig dir und deinen dunkelsten Rache-Fantasien.
Hier der Production Breakdown/Tag 1 gegen das Durcheinander in dir:
Sereina kommt in die Stadt, findet Oswin in seinem Lieblings-Bordell, behält ihn im Auge, erfährt, dass seine Truppe Zuwachs sucht. Das sieht sie als Chance, selbst bei ihm anzuheuern, um sein Vertrauen zu gewinnen. Von ihrer Großmutter hat sie das Rezept für einen Liebestrank überliefert bekommen und nutzt ihn für Oswin. Er ist gleich verzaubert von ihrer Stärke und sie will nichts weiter, als ihm so nahe wie möglich zu kommen, denn aus nächster Nähe kann sie ihn am besten zur Strecke bringen, wenn die Zeit reif ist.
Gib mir Bescheid, ob das für dich in Ordnung ist. Tag 1 wird ein Studio-Dreh, Tag 2 dann on location, aber darüber reden wir noch in Ruhe. Ruf an, wenn du etwas brauchst. Oder einfach den besten Kaffee der Stadt trinken willst.
J B

09:30 am
Guten Morgen, James.
Liebestrank? Also doch eine Hexe?

09:56 am
Wer sagt denn, dass er wirken muss? Brauchst du immer einen Trank, um jemanden hungrig auf dich zu machen?
J B

10:11 am
Hallo, James,
schick mir bitte das Rezept.
Am besten mit einem Becher des besten Kaffees der Stadt.
PS: Das mit den dunkelsten Fantasien solltest du dir besser noch mal überlegen.

10:15 am
Bin am Set. Melde mich später.
J B

07:03 pm
Guten Abend, James, ich sehe mir gerade alle deine Filme am Stück an. Wird sicher etwas dauern. Mal sehen, ob ich den Drehstart in fünf Tagen schaffe.

09:58 pm
Danke für den Kaffee! Sehr aufmerksam von dir. So kann ich die Nacht durchmachen und schaffe es vielleicht doch noch bis zum Drehstart.

10:05 pm

Genau so hab ich mir das gedacht. Ich hoffe, du bereust bei all der finsteren Kost nicht, dass du mir für die nächsten sechs Monate deine Seele überschrieben hast.
J B

09:38 am

Guten Morgen, James,
ziemlicher Sin City-Abklatsch, deine Produktionen. Bin ich dann eigentlich auch in Schwarz-Weiß?

04:49 pm

Entschuldige! Das war natürlich nur Spaß. Du musst nicht schmollen. Unterschrieben ist unterschrieben.

07:01 pm

Du vergisst, dass du mich angebettelt hast, das Kommando zu übernehmen. Keine gute Idee.
J B

07:05 pm

Ich zittere jetzt schon.

08:47 pm

Vier Tage!
J B

ZWANZIG

Die restlichen Filme sah ich mir mit Lilith zusammen über *FaceTime* an. Sie war wieder ganz verzückt von ihren Lieblingen und auch ich musste gestehen, dass James mir immer mehr imponierte. Er hatte so viel Talent, dass ich aufpassen musste, mich davon nicht einschüchtern zu lassen. Seine Aufnahmen berührten mich, die Storys rissen mich mit. Aber Ray behielt recht. Sie waren zum Teil ziemlich verrucht und offenherzig. Wenn ich mir vorstellte, so etwas mit James drehen zu müssen, rutschte mir nahtlos das Herz hinunter auf den Hosenboden, und ich konnte nicht einmal erklären, warum.

Auf jeden Fall wären solche Szenen unangemessen für eine verlobte Frau, da konnte Lilith mich noch so oft anschreien, was ich eigentlich für ein Problem hätte und dass ich gefälligst professionell sein und tun solle, was der Regisseur verlange. *Selbst wenn dein kleines unschuldiges Herz daran zerbricht*, wie sie so schön sagte.

Sie schickte mir ein paar Sachen von zu Hause. Viel brauchte ich nicht, weil mein Appartement vollständig eingerichtet war, aber etwas Kleidung konnte trotzdem nicht schaden. Ich schickte ihr im Gegenzug das Glas mit der Unterschrift von James und sie versprach, es wie einen Schatz zu hüten. Die Aktion im *Don't you Dare* fühlte sich inzwischen an, als wäre sie zehn Jahre her.

Ich besuchte die Ausstellung im Tate, von der mein Taxifahrer gesprochen hatte, und sah mir alte Aufzeichnungen über die Zustände in der Stadt während der Pest und des Great Fire an.

Lilith buchte mir über *Airbnb* eine Session bei einer Spirituellen, die mit einer alten Seele aus einem früheren Leben in mir kommunizieren sollte. Sie fand tatsächlich heraus, dass ich wohl ein früheres Leben im Barock hinter mir hatte. Nach dieser Erkenntnis hielt sie nur noch bebend meine Hände und schrie voller Inbrunst Dinge ins Universum, die ich nicht verstand. Und sie selbst wahrscheinlich auch nicht.

Ich dankte Lilith die Aktion, indem ich ihr Festnetztelefon zu einer unchristlichen Nachtzeit in New York einfach so lange klingeln ließ, bis sie völlig entnervt abnahm, und dann legte ich einfach auf und fühlte mich fantastisch gemein dabei.

Außerdem lieh ich mir in der Bibliothek einen ganzen Stapel Bücher über den Barock, die Geschichte Londons und die Hexenverfolgung und las entweder in meinen vier Wänden oder unten im Hyde Park auf der Bank, bis die Sonne unterging und mir die grauen Eichhörnchen keine Gesellschaft mehr leisteten.

Einen Tag vor Drehbeginn war ich so aufgeregt, dass ich eine Yoga-Session im Jubilee Park unter dem London Eye buchte und mich kein Stück dabei konzentrieren konnte.

Dann spazierte ich den ganzen Tag wie eine eingesperrte Tigerin an der Themse auf und ab, aß gebrannte Mandeln, dachte an Tonys merkwürdigen Auftritt bei der Feier und spann mir im Kopf jegliche Horror-Szenarien zusammen, wie ich mich bei meiner ersten Amtshandlung so richtig zum Affen machen könnte.

Du weißt schon, dass das die Erwartungen ganz schön hochschraubt, oder?

Diese Miley war eine schreckliche Kuh. Eine ganz furchtbare Kuh!

Als ich schließlich im Bett lag, wälzte ich mich herum und bekam kein Auge zu. Die verbrannten Rosen wollten wieder in meinen Kopf, aber ich verstand sie nicht und ich wollte nicht gefesselt sein.

11:52 pm
Nicht nervös sein! Ich fange dich auf.
J B

Wie konnte jemand nur so sein? Er musste das nicht tun. Keiner verlangte es von ihm. Ich war nichts weiter als sein Cast. Und ich war erwachsen und müsste eigentlich allein mit meinen Ängsten umgehen können.

Mir fiel der Satz von Ray wieder ein.

James kennt die Menschen, bevor sie sich selbst kennen.

In dieser Nacht musste ich ihm recht geben. Und ich begann zu verstehen, warum er ihn so schätzte.

EINUNDZWANZIG

»Wie siehst du denn aus?« Ray starrte mich an wie vom Donner gerührt, als ich ihm am nächsten Morgen die Tür öffnete. »Da wird die Maske aber hart an dir arbeiten müssen.« Er war das komplette Gegenteil von mir. Frisch gelegtes Haar, Haut wie ein Babypopo und ein minziger Duft von Rasierwasser, der mich gleich etwas wacher werden ließ.

»Hab kaum geschlafen«, brummte ich.

»So wie du durchhängst, könntest du eher den Geist der verlorenen Weihnacht verkörpern als eine Frau, die in voller Blüte aus einer Höhle aufersteht und die Rache ihres Lebens schwört. Schätzchen, du musst besser auf dich achten. Komm, husch, husch, ab ins Auto. Wir müssen los.«

Als wir in Rays Oldtimer auf dem Parkplatz der Pinewood Studios in Buckinghamshire einrollten und er mir die Tür öffnete wie ein tadelloser Gentleman, verklumpten sich die Steine in meinem Magen zu einem Felsbrocken.

»Liebes«, Ray nahm mir den Bügel ab, über dem mein Kostüm hing, »es ist gar nicht groß anders als ein Bühnen-Dreh. Komm, sprich mir nach: *Ich bin schön und stark.*«

»Ray, ich brauche keine Therapiestu-«

»SAG ES!« Er strahlte mich an und hob die Brust. »Ich bin schön und stark!«

»Ich bin schön und ... stark?« Es war mehr eine Frage als das eingeforderte Motivations-Gebrüll, aber ich war übermüdet, ungeschminkt und hing in meinem schlabberigsten Hoodie wie eine Marionette am letzten Faden. Vielleicht konnte ich ja in einer der Nachbarhallen als *Gespenst von Canterville* anheuern.

»Hoffnungslos.« Ray schloss seinen Wagen ab und betrachtete mich wie ein Fitnesstrainer seinen buckligen, lustlosen Schützling. »Na komm. Ich hab versprochen, dich hier pünktlich abzuliefern, und jetzt stehen wir das gemeinsam durch.«

Ich erkannte unser Set sofort. Vor dem flachen Gebäude waren Wohnmobile aufgereiht und es wimmelte nur so von Menschen mit Headsets und wichtig wirkenden Pässen um den Hals.

»Aufregend, oder?«, startete Ray einen weiteren Animationsversuch. »Das da drüben ist Sam, unser Regie-Assistent und Aufnahmeleiter.«

»Hallo.« Ich winkte freundlich und straffte mit

Mühe die Schultern. Auf keinen Fall würde ich Ray heute Schande bereiten.

Sam war untersetzt, trug ein kariertes Holzfällerhemd und einen Coffee-To-Go-Becher in der Hand.

»Hey.« Er kam zu uns herüber und musterte mich gespannt. »Unsere Sereina Senior, richtig? Ähm, nicht dass du alt wärst, aber du spielst nun mal die Erwachsene im Bunde.« Er reichte mir seine knubblige Hand und ich griff danach.

»Schon okay. Ich bin nicht eitel.«

»Nein, das ist sie nicht«, bestätigte Ray stolz.

»Erfrischende Abwechslung.« Sam lachte. »Oh, das da drüben ist Thomas, mein Kamera-Chef und heimlicher Licht-Fetischist. Thomas, komm mal hier rüber!«

Thomas trug ein dunkles Hemd und wirkte mit seiner blassen Haut und schlanken Statur, als wollte er heute den Dracula mimen. Seine kantigen Gesichtszüge erhellten sich, als er mich erblickte.

»Oh, die schönste aller Sereinas.« Er hauchte mir wieder einen Handkuss auf.

Sam lachte brummend in seinen Bierbauch. »Na, den hast du offenbar bereits im Kasten. Guter Zug. Er kann dich aussehen lassen wie Marilyn Monroe und Audrey Hepburn zusammen. Nicht, dass du das nötig hättest ...«

»Hat sie nicht.« Thomas zwinkerte mir zu. »Darf ich dir die Lady abnehmen, Ray?« Er hielt mir den Arm hin und lächelte charmant.

»Hört, hört«, brummte Sam und schlürfte aus seinem Becher.

Ray warf mir einen abschätzenden Blick zu. »Extrem ungern.«

»Habe ich bisher je einen deiner Schützlinge kaputt gemacht?«, empörte sich sein Gegenüber.

Ich hakte mich bei ihm unter. »Der Schützling sagt ja. Danke fürs Herbringen, Ray.«

»Jungs, sie ist Jungfrau, verstanden? Sie braucht noch die Samthandschuhe, falls ihr versteht.«

»Dein erster Film?« Sam plusterte überrascht die Wangen auf. »Und dann gleich ein Bolden. Jackpot. Glückwunsch!«

»Was zu beweisen wäre«, murmelte ich.

»Ach, du wirst das wundervoll machen.« Thomas' Parfum roch nach Moschus und Blumen. Wie ein pubertärer Stier, der sich ein Lavendelfeld einverleibt hatte. »Oh, schau mal, da drüben ist Liza, unsere Maske des Zorns.«

»Leck mich, Thomas.« Liza stand rauchend am Eingang der Halle und verdrehte die Augen. Maske des Zorns war offensichtlich nicht ihr liebster Spitzname. Über ihren schmalen Schultern baumelten rote, geflochtene Zöpfe und ihr zerknittertes Männerhemd voller Farbflecken war bis zum Ausschnitt aufgeknöpft. »Hi Süße, ich bin Liza, deine Zauberkugel.« Sie lachte und zwinkerte mir zu, während Thomas mich weiterzog.

»Sie ist die Schmink-Fee für die Hauptrollen«, raunte Thomas mir zu. »Und sie hat Chili im Hintern.«

»Du mich auch, Spot«, rief sie und er seufzte.

»Spot?«, fragte ich, während ich mich in der Halle

umsah. Das Licht wurde gerade ausgerichtet und beleuchtete ein schmutziges Fenster in einer grünen Kulissenwand. Dahinter konnte ich eine alte Bar erkennen und ein paar Komparsen in barocker Mittelstandskleidung. Direkt hinter dem Fenster befand sich ein Raum mit einem großen Holzbett und etlichen Kissen und Decken.

»Ja, ich wünsche mir immer einen Scheinwerfer mehr. Nur wenn ein Gesicht perfekt ausgeleuchtet ist, transportiert es alle Gefühle, die wir brauchen. Und das macht mich hier seit Jahren zum Mobbing-Opfer dieser Banausen. *Spot* wie Scheinwerfer, du weißt schon.«

»Tut mir echt leid für dich. Oh, warte mal, Tony! Hey, Tony!«

Noch bevor ich einen Schritt in seine Richtung machen konnte, verschwand Tony hastig aus der Tür und rannte dabei fast Liza um. Kopfschüttelnd sah ich ihm nach. Was stimmte nur nicht mit dem Knilch? Hatte ich irgendetwas Falsches gesagt? Er hatte mich doch gerade eindeutig gesehen.

»Alles okay? Tony ist unser neues Mädchen für alles, aber ihr scheint euch schon zu kennen?« Thomas hielt meinen Arm etwas fester.

»Ja, ich meine nein. Nicht wirklich. Ist auch egal.«

»Gut, dann können wir ja weitermachen. Willkommen am Set, schöne Sereina. Hier werden Blut und Tränen fließen. Ausschließlich Lachtränen, versteht sich.«

»Blut, aha.« Ich spähte neugierig um die Ecke und

erblickte Miley, angeregt diskutierend mit James neben einer der Kameras. Sie trug eine knallenge Jeans und ein Shirt, das aussah, als hätte sie es falsch herum angezogen. Oder seit wann befanden sich tiefe Rückenausschnitte vorn, wo sie bis an den Bauchnabel reichten?

»Da drüben gibt es immer ein paar Snacks, falls du Hunger bekommst. Obst, Schnittchen, Kuchen, alles da. Selbstgebacken von ...« Thomas zeigte in die entgegengesetzte Richtung und bemerkte im gleichen Moment, dass ich abgelenkt war. »Hallo? Interessiert dich meine kostenfreie Führung etwa nicht?«

»Doch, doch.« Ich kam nicht umhin, zu bemerken, dass James sogar aus der Ferne eine Wirkung auf mich hatte. Es war nichts, was ich greifen konnte, und das beunruhigte mich.

»Oh, deine spezielle Freundin«, bemerkte Thomas scharfsinnig. »Sie schwärmt seit Wochen von diesem Tag.«

»Von heute?« Ich drehte den Kopf und blickte fragend in Thomas' dunkle Augen.

»Ja, klar. *Dieser Tag* bedeutet in unserer Sprache *Heute*. Jetzt sag mir nicht, du tust nur so, als seist du schön *und* klug! Das würde mich sehr verletzen.«

»Was ist denn heute?«

»*Ihre* Szene.« Er starrte mich vielsagend an. »Die Bordell-Szene. Heute kann sie sich endlich nehmen, wovon sie schon so lange feucht träumt.«

Oswins Hure ...

Ich dachte an den Production Breakdown, den James mir geschickt hatte. Keine Ahnung, wie weit sie gehen durfte, aber James ließ seinem Cast ja alle Freiheiten und sie würde sich ihn mit Sicherheit nehmen wie ein willenloses Stück Fleisch. So wie sie sich in seine Richtung lehnte und sich über die vollen Lippen leckte.

»Ah ja.« Mein Hals fühlte sich rau an und ich wendete mich ab, um mich zu räuspern. »Wie war das mit dem selbst gebackenen Kuchen noch mal?«

»*Stellprobe!*«, brüllte jemand über das Gemurmel wie einen Donner, den Zeus persönlich aus den Wolken geworfen hatte, und alles setzte sich eilig in Bewegung.

»Das gilt auch für uns«, ließ Thomas mich seufzend wissen. »Ich hab wirklich lieber James in dieser Position, aber der macht ja neuerdings einen auf Schauspieler.«

»Er ist dir lieber? Interessant.«

»Er brüllt wenigstens nicht herum wie ein wild gewordener Berserker. James ist der nachdenkliche, rationale Typ. Gefällt mir wesentlich besser. Zu schade, dass das hier sein letzter Film sein wird.«

»Wie bitte?« Davon hatte er mir aber noch nichts gesagt.

»STELLPROBE!« Jetzt sah ich den brüllenden Zeus auch. Er hockte auf einem erhöhten Klappstuhl und starrte streng über das Geschehen. Graues Haar, Brille und kalte Flammen im Blick.

»Was hast du gerade gesagt?«, fragte ich Thomas erneut. James' letzter Film? Warum?

»Abbie. Wie fühlst du dich? Wie war deine Nacht?« Wenn man vom Teufel sprach. James hatte sich uns lautlos genähert und nahm mit seiner Energie sofort das ganze Areal ein.

Ich lächelte, während ich mich zu ihm umdrehte, aber der Knoten in meinem Bauch schnürte sich wieder enger zusammen. »Alles okay. Ich bin in guten Händen.«

James warf Thomas einen warnenden Blick zu.

»Wehe, wenn nicht!«

»James Bolden und seine neue Sereina brauchen offenbar eine Extra-Einladung«, brüllte Zeus und ein kleines Grinsen wehte über James' Gesicht.

»Er ist streng. Guter Mann!«

Schon die Stellprobe zeigte mir, wie glücklich meine Freundin Miley mit diesem Tag war. Sie begrüßte mich mit: »Hach, sieh an, die Neue hat es auch schon geschafft. Schau zu und lerne, Kleines!« Sie starrte James so lüstern an, dass es selbst mir unangenehm war.

Wir probten die Positionen und Beleuchtung in Alltagskleidung, und als Thomas rief »Zwei Scheinwerfer brauche ich aber schon noch« und einen Streit mit der Licht-Frau vom Zaun brach, löste das allgemeines Gelächter aus.

Als Zeus alle anwies, sich drehfertig zu machen, und ich in der Maske bei Liza saß, begann ich langsam, mich besser zu fühlen. Ich musste professionell sein. Das hier war ein grandios bezahlter Job und ich würde unsere Hochzeit davon nach meinen Vorstellungen mitfinanzieren können, jetzt, wo Marc sich zu Butter in meinen Händen verwandelt hatte. Liza fragte mich über mein bisheriges Leben aus, schwärmte von meinem Verlobungsring, nahm ihn mir aber trotzdem für den Dreh ab und gab meinem Gesicht schmutzige, harte Konturen, wie sie das Gesicht einer markigen Frau mit Rachedurst im Herzen eben hatte.

»Deine Augen sind der Hammer«, ließ sie mich wissen. »Wie die einer Katze. Vielleicht steckt ja tatsächlich eine Hexe in dir, hm?«

Ich bin schön und stark!

Ray wäre stolz auf mich.

»Entschuldige«, sagte Liza und lachte, während sie mein langes Haar durcheinanderbrachte, »ist so ein Fetisch von mir. Mit Augen bekommt man mich immer.«

Ich trug das rote Kleid, welches James mir hatte zukommen lassen. Es wurde für den Dreh nur noch etwas dreckiger gemacht. Die Feier im Tower hatte nicht ausgereicht.

»Eine Augenweide«, flüsterte Thomas mir zu, als ich fertig am Set stand und er seine Kamera ausrichtete.

»Drehbereit machen«, hörte ich Sam rufen.

All die Komplimente streichelten mein Ego und machten mich stärker. Und das musste ich auch sein, denn ab sofort war ich nicht mehr Abbie.

In den Kissen lagen zwei Frauen. Eine trug Strapse, hüllte sich in eine Decke, die andere hielt ein Kissen vor ihren Oberkörper. Die Zweite erkannte ich sofort. Es war die vollbusige Blonde aus dem Club, mit der James von dannen gezogen war an meinem fatalen Tanzabend der Peinlichkeiten.

»Ruhe, bitte!«

Ich nahm meinen Platz an der aufgebauten Scheibe ein. Musste vorerst einfach nur stumm beobachten. Nicht mehr. Das Licht wurde gedämpft.

»Fertig«, sagte Zeus souverän und man hätte eine Feder fallen hören können.

»Ton ab!«

»Läuft.«

»Kamera ab.«

»Kamera läuft.«

»Sieben-Drei, Freudenhaus, die Erste.«

Die Klappe wurde direkt vor mir geschlagen. Ich blickte konzentriert auf die flackernden Kerzen, die überall auf dem Boden des künstlichen Bordells brannten. Wasser aus der Regenmaschine über mir sprühte mir kühl ins Gesicht. Konzentration. Ich war Sereina und nur sie.

»Bitte«, sagte Zeus und fast im gleichen Moment sprang hinter der aufgebauten Wand die Tür auf.

James stolperte rückwärts hinein, wurde auf das Bett geworfen, von dem die beiden Frauen aufsprangen, Kissen und Decken fallen ließen, ihre blanken Brüste entblößten und sich in einer Zimmerecke hemmungslos befummelten.

Miley kam hinter James her wie eine verdorbene griechische Göttin. Ihr wogender Busen zeichnete sich deutlich unter dem dünnen, weißen Unterkleid ab.

»Macht, dass ihr wegkommt«, herrschte sie die leichten Mädchen an und warf James einen Blick zu wie eine Löwin ihrem Zebra. Die nackten Mädchen verschwanden kichernd und ließen sie mit James allein.

Ich spürte, wie die Kameras auf mich gerichtet wurden, und stellte mit Schrecken fest, dass die Wut, die ich spielen sollte, tatsächlich in meiner Magengrube aufbrodelte. Miley glitt wendig wie eine Echse auf ihn und riss ihm das weiße Hemd von der Brust. Für den Dreh hatte man seine Tattoos verschwinden lassen, aber das machte seinen nackten Oberkörper nicht weniger ansehnlich.

Sein Blick glomm wie Lava, als ihre perfekten Beine sich um seine Hüften legten. Sie glitt seufzend auf seinen Schoß.

»Das übliche, Oswin? Oder wollt Ihr diesmal mehr?«, hauchte sie, während das Unterkleid von ihren vollen Brüsten glitt.

»Tu, was nötig ist«, knurrte James, griff nach ihrem nackten Hintern und zog sie noch enger an sich. »Aber sei still dabei!«

»Was immer Ihr wünscht.« Sie löste ihr Haar und griff nach seinem Gesicht, um mit ihren Lippen seine zu verschlingen.

»Danke«, kam der erlösende Ruf des Ersatz-Regisseurs, aber Miley ließ James nicht los. Sie kostete den Kuss bis zum Ende aus und James hatte offenbar nichts dagegen einzuwenden.

In mir brodelte es und das war gut so. Diese Klingen in meinem Inneren hatten uns mit Sicherheit ein paar gute Aufnahmen beschert.

»Respekt an den Frischling Summers«, ließ Zeus

verlauten, »so neu und schon hat sie mich emotional überzeugt. Das wird keinen zweiten Take brauchen.«

Während die anderen für mich applaudierten, hob Miley ihre feuchten Lippen von James' und sah mich aus schmalen Augen an, wie es nur eine Frau konnte, die einer anderen schaden wollte. Ich erwiderte ihren Blick fest, atmete tief ein und zwang mich zu einem Lächeln.

Du kannst mich mal kreuzweise, Püppchen. Ich bin verlobt, falls du es noch nicht mitbekommen hast. Also leck mich!

Sie ließ sich alle Zeit der Welt dabei, ihre Brüste wieder einzupacken, und ich stellte missmutig fest, wie die meisten Männer am Set sich lüstern wünschten, sie würde es gar nicht mehr tun.

James setzte sich im Bett auf und nickte mir respektvoll zu. Ich wich seinem Blick aus.

Es folgte der Liebestrank von Sereinas Großmutter, der Oswin serviert wurde, und dann traf Sereina auf ihn. Ich musste James also näher kommen als mir lieb war.

»Viel Erfolg«, zischte Miley mir in ihrem Bademantel schadenfroh zu, bevor unsere Szene begann.

»Bitte!« Zeus hielt offenbar schon jetzt große Stücke auf mich. Wir drehten diesmal im Bar-Bereich. Lachende und trinkende Komparsen umgaben uns. James' Hemd war noch offen, weil einer seiner Männer die schlüpfrige Szene zwischen Oswin und seiner Stamm-Hure gerade unterbrochen hatte, um Sereina anzukündigen. Ich wartete am Tresen auf ihn.

»Was willst du?« Er nahm einen großen Schluck

von dem Wein, der mit dem Trank durchsetzt war. Mürrisch, weil er seinen Fick nicht bekommen hatte, trank er auf einen Schlag den Rest des Bechers aus. »Das ersetzen, was du mir gerade verwehrt hast?«

»Vielleicht.« Ich sollte taff sein, sollte ihn heiß kochen und wieder fallen lassen, nur damit ich als Sereina schließlich in seiner Truppe anheuern konnte.

Bei uns anheuern? Warum solltest du das wollen?, hörte ich ihn schon fragen.

Weil Frauen durchtriebener sind als Männer, hörte ich mich antworten. *Weil Frauen alles können, wenn sie wollen. Ich kann dir jede Information bringen, nach der du verlangst.*

Aber ich war noch zu sehr Abbie und zu wenig Sereina.

Ich spürte all die Blicke im Rücken. Den von Miley. Überheblich. Schadenfroh. Den von Zeus. Genervt. Ungeduldig. Ich konnte Sereina nicht greifen. Meine Rolle waren nur Worte auf Papier, nicht mehr.

»Stopp«, brüllte Zeus. »Noch mal ab *Was willst du*!«

Die Szene begann von Neuem, die Anweisungen erfüllten die Halle von überallher. James sah mich an, als könnte sein Blick etwas ändern. Er hatte versprochen, da zu sein, mich aufzufangen, und er war da. Aber das machte es nur schlimmer.

Ich wusste, was ich zu tun hatte. Meine Lippen sollten seine fast berühren, er würde mir näher kommen und ich ihn fallen lassen. Aber sobald er mich berührte, wurden meine Muskeln zu Stahl und jeder Gedanke wurde in meinem Kopf zu schneidendem Eis.

Wie ein hoffnungsloser Amateur versaute ich Take um Take.

Und kurz bevor Zeus mich vom Set verbannen konnte, wies James ihn an, vorerst eine andere Szene zu drehen, und rettete damit den letzten kümmerlichen Rest meines Stolzes.

ZWEIUNDZWANZIG

Ich wollte all das nicht mehr hören. Weder leere Komplimente noch Drehanweisungen und vor allem keine schnippischen Kommentare mehr. Wollte keine Miley mehr sehen, keinen Thomas und auch keinen Tony.

Ich schämte mich zu sehr, um Ray anzurufen, wollte mir weder vor Lilith noch vor Marc eingestehen, dass ich eine komplett falsche Entscheidung getroffen hatte. Ich war keine Schauspielerin. War nichts als unprofessionell und feige. Schaffte es nicht, eine einfache Szene zur Zufriedenheit aller abzuliefern. Und noch schlimmer war: Ich hatte keinen Schimmer, warum. Wusste nicht, warum ich plötzlich zu einem unbeweglichen Klotz wurde, sobald ich die einfachsten Anweisungen bekam.

Also saß ich einfach zwischen den Kiefern, warm gehalten von meinem weiten Pullover und der zerrissenen Jeans, und hatte absolut keine Ahnung, wohin mit mir. Mit meinem Hunger, meiner Wut auf mich selbst und diesen Tag. Und auf alles, das mir vorgegaukelt hatte, ich könnte das schaffen. Das hier enttäuschte so ziemlich alle, die für mich eingestanden waren. Ray. Lilith. James ... Sicher war er bereits auf der Suche nach einer besseren Sereina. Verdenken konnte ich es ihm nicht.

»Kommst du?« Ein Motorradhelm fiel unsanft in meinen Schoß.

Erschrocken blickte ich auf.

James erwiderte meinen Blick entschieden. »Selbstmitleid ist falsch. Immer!«

Es fühlte sich grässlich an, ihn zu sehen. »James, ich weiß nicht, wie das ... Ich meine, ich kann mir nicht erklären, wie ... Ich möchte mich inständig bei dir ...«, stammelte ich hilflos, aber er unterbrach mich einfach:

»Wir müssen los.«

»Was? Aber wohin? Es ist mitten am Tag. Musst du nicht weiterdrehen?«

»Schon vergessen, dass das mein Scheißfilm ist?« Sein Ton erlaubte keine weitere Diskussion. Ich griff nach dem Helm und folgte ihm schuldbewusst zurück zu den Parkplätzen.

Als ich mit ihm auf dem Motorrad zurück Richtung London City fuhr, fühlte ich mich furchtbar. In Gedanken zog ich bereits aus meinem Hyde Park-Appartement aus und kam erst einmal bei Lilith unter. Die Blöße vor Marc, dass der Riss in meiner Seele doch nicht so zu stopfen war, wie ich dachte, konnte ich mir noch nicht geben.

James' Maschine heulte unter uns auf, wir bogen in die Stadtautobahn M25 ein, die uns wie auf einer Perlenkette in das pulsierende Herz der Stadt fädelte. Die Nachmittagssonne war angenehm warm für den jungen Sommer und die Glasfassaden der Hochhäuser glitzerten, hießen uns mit offenen Armen willkommen.

Wir glitten widerstandslos in das Innere Londons hinein, ich beobachtete ein paar lachende Studenten mit Ordnern unter den Armen, Touristen, die sich ehrfürchtig umsahen und die Stadt in diesem Moment lieben lernten, und James' Tätowierungen, die unter seinen Armbändern hervorblitzten, wenn wir ab und zu an einer Ampel hielten.

Er machte schlussendlich Halt in einem gut besuchten Viertel mit engen Gassen, die nicht mehr nach einer Mega-Stadt wie London aussahen. In einer Bewegung stieg ich ab, damit er es mir gleichtun konnte und begann sofort wieder, mich grässlich zu fühlen. Langsam zog ich mir den Helm vom Kopf. »Bis wann muss ich das Appartement verlassen haben, James?«

Er sicherte das Motorrad und blickte zu mir auf, als hätte ich etwas Lustiges gesagt. »Stehst du auf Brass?«

»Auf was?«

Wollte er mich jetzt komplett verwirren? In einer ruppigen Bewegung zog er die Bremsen fest, und bevor er etwas erwidern konnte, tanzte eine üppige, dunkelhäutige Frau in einem bunt gemusterten Kleid auf uns zu.

»James! Süßer. Wie schön, dass du gekommen bist!« Sie fiel ihm um den Hals, dass ihre großen Creolen klimperten, drückte ihm einen Kuss auf die Wange und wendete sich dann mir zu. »Wen hast du uns denn hier mitgebracht?« Kokett tippte sie sich an ihren Havanna-Hut, unter dem dicke geflochtene Zöpfe hervorquollen.

»Das ist Abbie«, stellte James mich vor und grinste jungenhaft. »Meine neue Hauptrolle.«

Fragend starrte ich ihn an. Was sollte das alles hier bedeuten? Er stellte mich dieser Frau als seine Hauptrolle vor? Nach dieser Katastrophe? Unmöglich, dass er mich jetzt noch behalten wollte.

»Leise, Schätzchen«, mahnte die Fremde. »Muss doch keiner hier wissen, wer du bist.«

»Es reicht, wenn du das weißt.« James zwinkerte ihr zu wie einer alten Freundin und sie verpasste ihm einen kecken Klaps auf den Hintern. »Ganz genau, du kleines Schnittchen. Und jetzt amüsiert euch, ihr Zuckerschnuten! Wie immer in allerletzter Minute, James.« Sie musterte mich mit schief gelegtem Kopf und nahm mein Gesicht in ihre Hände. »Und wenn du etwas brauchst, neue Hauptrolle von James, frag nach Mama Bonita, klar?« Dann verschwand sie mit wehendem Stoff.

»James, ich verstehe rein gar nichts. Wo sind wir hier?«, stammelte ich, während ich ihm in einen Menschenstrom folgte, in dem so gut wie alle komplett verrückt gekleidet waren. Viele trugen Sonnenbrillen in den wildesten Formen. Einige weite Schlaghosen und bunte Hemden, von denen ich nicht gewusst hatte, dass es sie überhaupt noch gab. Zwei Männer hatten sich riesige Regenbögen übers Gesicht gemalt und tanzten lachend zu irgendeiner nicht vorhandenen Musik. Eine Frau schob sich an uns vorbei, die aussah wie einer von den Blues Brothers. Ein schlaksiger Kerl mit Bier-Helm und Fransen-Hemd zwinkerte mir zu. Die Stimmung war ausgelassen und flimmerte vor Erwartung.

»Ist das eine Gay Parade?«, fragte ich, während ich mich bemühte, nahe bei James zu bleiben.

»Nicht wirklich«, erwiderte er. »Hier kann einfach jeder sein, wie er sein will.«

Ein großes Banner war über die Straße gespannt und ich schirmte mit der Hand die Sonne ab, um lesen zu können, was darauf geschrieben stand. *15th Camden Brass Day*.

»Was ist denn dieses Brass?«, fragte ich und er drehte sich zu mir um und grinste, als plötzlich von irgendwoher Trompetenmusik losschmetterte. Ich erschrak mich halb zu Tode, aber die Meute brüllte, schrie und applaudierte, als wäre gerade die Queen persönlich vorgefahren.

Die ersten Klänge aus den Lautsprechern, die überall in den Gassen angebracht waren, hielten sich noch zurück. Langgezogene Trompeten- und Tuba-Töne. Ich reckte den Hals, um die Musiker sehen zu können. Irgendwo am Horizont zog eine riesige Gruppe vor uns her, eine gewaltige Big Band. Sie führte uns an und wir folgten.

Von überall her aus den Gassen zwischen den bunten Pubs kamen mehr Menschen hervor und schlossen sich uns tanzend an. Neben mir stieß jemand einen heiseren Jubelschrei aus, und als ich den Kopf drehte, sah ich einen älteren, dunkelhäutigen Herrn, vollkommen adrett im Gehrock und mit Melone und Stock, der mit seinem Hüftschwung der Jugend hart Konkurrenz machte.

Der beschwingende Einstiegssong der Band stellte sich als Blasmusik-Version von *Funky Town* heraus, und als die Menge das mitbekam, wurde das Geschrei noch lauter. Alles tanzte und lachte.

Ich konnte nicht leugnen, dass mich die Stimmung faszinierte, aber ich war überfordert und wehrte eine Annäherung nach der anderen ab. In Discos oder Clubs war ich nie diejenige auf der Tanzfläche, sondern die, die auf die Getränke der anderen aufpasste. Und James hatte mich überrumpelt. Ich war überhaupt nicht passend angezogen. Ein Kerl tanzte an mir vorbei, der aussah wie Snoop Dogg und ein Hemd trug wie Meat Loaf. Okay, vielleicht konnte man für so etwas nicht passend gekleidet sein. Trotzdem war das alles etwas viel. Und ich fühlte mich fehl am Platz. Mein Tag war beschissen und mir war nach vielem, aber feiern stand so absolut nicht auf der Liste.

»Was geht denn da schon wieder vor sich, hm?« James legte seinen Arm um mich und meine Muskeln wurden augenblicklich hart wie Zement. *Zu nahe!* Er neigte den Kopf und tippte mir sanft gegen die Stirn, während er mich so wissend ansah, dass mir ganz anders wurde. »Da drin, meine ich«, brummte er lächelnd und zog eine Braue nach oben. »Zu viel, nehme ich an. Wie üblich.«

Ich erwiderte seinen Blick hilflos. »James, ich …«

»Ich werde dich jetzt allein lassen.« Seine Augen funkelten wölfisch.

»Du wirst dich hüten!« Allein in dieser Menge? Bei dem Gedanken machte sich explosionsartig Panik in mir breit.

»Keine Angst, ich bin nicht weg.«

Er ließ sich in die Menge gleiten, ohne unseren Blickkontakt zu unterbrechen.

»James! Nicht! James!!!« Meine Hand grabschte nach seiner und er griff kurz danach, tanzte aber trotzdem kurze Zeit später rückwärts aus meinem Blickfeld. »James! Mann ...«

Ich war wütend. Gott, war ich wütend! Wie konnte er mich hierherschleppen und dann einfach in der Meute allein lassen? Wie konnte er es nur wagen? Schnaubend kämpfte ich mich zur anderen Seite durch die Menschen. Ich würde einfach gehen. Das hatte er von seiner blöden Aktion. Ich war Abigail Summers. Mich verarschte man nicht einfach.

Als ich mich gerade an einem Auto mit Anhänger vorbeigedrängelt hatte, auf dem die Leute wild tanzten, spielte die Band so intensiv *Higher and Higher* an, dass ich automatisch langsamer wurde. Einer meiner Lieblingssongs. Und in einer so funky scheppernden Version, dass ich noch wütender wurde und die Lippen aufeinanderpresste, während ich mit dem nächsten Schritt kämpfte. Meine Füße wollten nicht weitergehen. Meine Hüften wippten ein wenig. Die Menschen, die die Straße einnahmen, schrien begeistert und grölten den zugehörigen Text.

»Würden Sie mir diesen Tanz schenken, junge Dame?« Eine kleine Omi mit einer Perlenkette um den faltigen Hals und in ihrem Ausgehblazer streckte ihre Hand nach mir aus. Der Lippenstift war etwas zittrig aufgetragen und ihr Buckel sollte sie eigentlich am Tanzen hindern, aber offensichtlich hatte sie es trotzdem vor. »Mein Mann ging jedes Mal mit mir aufs Parkett, wenn Jackie Wilson lief.«

Seufzend blickte ich mich um. James musste das ja nicht erfahren. Er sollte ruhig denken, ich hätte meinen Entschluss durchgesetzt und den Abgang gemacht. Aber so war das eben mit Entschlüssen. Zum Umwerfen waren sie da ...

»Na dann, kommen Sie!«

Ich griff behutsam nach ihrer Hand, die sich dünn wie Pergament anfühlte, und zog sie zurück zwischen die singenden Menschen. Ein bisschen Standardtanz beherrschte ich noch und sie sah so glücklich aus, während ich sie reichlich steif über den Platz bugsierte, dass auch mein Herz wieder wärmer wurde.

»Sie machen das ganz toll«, freute sie sich ausgelassen und ich konnte sehen, dass ihr Mann in diesem Moment mittanzte. Als der Song zu Ende war und in *I'm gonna be* von den Proclaimers umschwenkte, verabschiedete sich die alte Dame mit einem Luftkuss, und ich wurde von einem Mädchen neben mir in eine Reihe gezogen, ohne die leiseste Chance auf Widerworte zu haben. Auf dem Platz begann eine Art schottischer Volkstanz, bei dem ich von einer Tänzerin zur nächsten gereicht wurde und mich so schnell drehte, dass die Welt verschwamm. Alle klatschten und jubelten, während sie uns zusahen, und ich kam gar nicht mehr zu meiner Flucht, die ich mir so fest vorgenommen hatte. Ich ertappte mich dabei, wie auch ich lachte und jubelte. Wie meine kühlen Muskeln brannten und plötzlich geschmeidig wurden. Etwas in mir ließ in diesem Moment los wie eine gelockerte Wegfahrbremse und es fühlte sich so befreiend an.

Die Brass-Band spielte Coldplay, Mumford and Sons und Aretha Franklin und wir zogen quer durch London. Der Himmel wurde rot und später blau. Die Straßen waren für uns mit bunten Lichtern geschmückt und die meisten sogar für die Autos gesperrt.

Mir wurde so warm, dass ich den Pullover um den Bauch band und nur noch im Top tanzte. Ich tanzte mit Frauen, die aussahen wie Männer, und mit Männern, die ich noch nie gesehen hatte und auch nie wieder sehen würde. Es war herrlich! Alles fiel für die paar Stunden von mir ab.

Als die ersten Sterne am Himmel über der Stadt sichtbar wurden, wechselte die Musik in einen ruhigeren Blues und die ersten Leute begannen, unsere große Gemeinschaft zu verlassen. Die Band blies den schweren Klassiker *I can't quit you Baby*, ein grandioser Sänger setzte ein und ich wiegte die Hüften im Takt, war verschwitzt, aber glücklich.

Als ich die Augen schloss, um den Rest der wunderbaren Stimmung zu genießen, und die Arme über dem Kopf zum Klang der Musik bewegte, griff jemand ohne Umschweife nach meinen Händen, um sie sich um den Hals zu legen. Erschrocken wollte ich einen Satz nach hinten machen, aber James hielt meine Arme fest.

»Ein guter Tag, hab ich recht?«

Ich brauchte einen Moment, um mich wieder zu beruhigen, und meine Bewegungen waren nicht mehr so flüssig wie zuvor, aber ich würde mich an seine Nähe gewöhnen müssen, also ließ ich meine Finger, wo sie waren. Auf dem weichen Stoff des Shirts, durch das ich die warme Haut seiner Schultern spüren konnte.

»Ein wundervoller Tag.« Mein Gesicht wurde von einem ganzheitlichen Lächeln ausgefüllt. »Ich glaube, ich habe mich heute in diesen Brass verliebt.«

Sein Blick war warm und zufrieden, sein Gesicht nahe bei meinem und es schien ihn kein bisschen verlegen zu machen. »Sehr schön!« Seine Hände griffen nach meiner Hüfte und er zog meinen Körper näher an seinen.

Mein Herz raste und ich hoffte so sehr, er würde nichts davon mitbekommen. Wir bewegten uns rhythmisch im Takt des Songs. Seine Brust fühlte sich warm an, seine Haut duftete nach etwas, das ich nicht genießen durfte.

Hände wie Glut an meiner Taille. Heißer Atem wie Feuer an meinem Hals. Ich versuchte, etwas Abstand zwischen uns zu bringen, aber er ließ es nicht zu. Sobald ich mich einen Zentimeter wegbewegte, kam er nach. Unsere Körper wiegten sich in einem fast unerträglichen Gleichklang. Und es durfte mir nicht gefallen, denn schon dieser Tanz war mir verboten. Und trotzdem mochte ich ihn. Ich mochte ihn sehr. Viel zu sehr.

»Das ist das ganze Geheimnis«, raunte er dunkel und berührte dabei mein Ohr fast unmerklich mit seinen Lippen. »Du musst einfach nur loslassen.«

Sein warmer Atem auf der Seite meines Halses bewirkte ein drängendes Ziehen in meiner Lendengegend und ich hob den Blick, um ihn anzusehen.

Er musterte mein Gesicht mit gesenkten Lidern,

und als sein glühender Blick in meinen glitt, sagte er: »Du wirst nicht gehen. Wir werden das schaffen, verstanden?«

Oh Gott, die Luft zwischen uns brannte.

Es war wie eine Warnung, der Schrei einer Sirene, als der Song wechselte, und ich wachte endlich aus meiner fragwürdigen Trance auf. In einer hastigen Bewegung löste ich mich von ihm. Was war nur los mit mir?

Wenn Marc das hier mitansehen könnte, würde er komplett ausflippen. Erst konnte ich gar nicht genug Abstand zu James wahren und jetzt warf ich mich ihm an den Hals wie das letzte Flittchen?

»James, ich …«, stammelte ich und machte einen großen Schritt von ihm weg.

»Du?« Er musterte mich ruhig.

»Ich sollte jetzt gehen … Es … ist spät und … Ja.«

»Ich fahre dich.«

»Nein! Nein! Bitte. Ich schaffe das allein.« Es erschrak mich selbst, wie resolut die Erwiderung aus mir herausplatzte.

Als ich an diesem Abend im Bett lag, fand ich schon wieder keine Ruhe. Ich hatte selten vorher jemanden mit so viel Gefühl kennengelernt wie James. So viel Feingefühl für die kleinen Dinge, die versteckten Dinge. Er las mich wie ein offenes Buch, ohne dass ich viel sagen musste.

Was war da zwischen uns passiert auf diesem Fest?

Der Gedanke an unseren Tanz ließ noch immer ein prickelndes Gefühl in meiner Brust zurück. Und das war so unfair Marc gegenüber, dass ich mich am liebsten übergeben hätte. Es gab so viele Männer da draußen, die mir nahe kamen, und keiner von ihnen löste so etwas in mir aus. Also wer zur Hölle hatte sich bitte den Spaß gemacht, James Bolden und mich zusammenzuführen?!

Es war eine Farce, ein reiner Witz und daran änderte auch die ewige eiskalte Dusche nichts mehr, mit der ich mich kurz zuvor bestraft hatte.

Schimpfend und fluchend wälzte ich mich herum und versuchte, diesen Abend aus meinem Kopf zu bekommen. Aber als der Schlaf mich endlich von meinem Elend erlöste, krochen die Träume wieder in meine Gedanken.

Die Rosenblätter, die Glut, die Fesseln, die mit ihren Dornen meine Handgelenke zerschnitten. Und dieses drängende Gefühl der unbefriedigten Lust. Der Schmerz, der sich wie Erlösung anfühlte. Und diesmal stahl sich auch James in meinen Traum. Er stand einfach nur da. In der Dunkelheit. Sein Gesicht war von Schatten bedeckt und er ließ seinen kühlen Blick über meinen nackten Körper gleiten, wie um mich zu foltern.

DREIUNDZWANZIG

»Oh, komm schon, Liebes, so schlimm kann es doch gar nicht gewesen sein«, amüsierte sich Ray über meine Ausführungen des ersten Drehtages.

Wir hatten uns nach dem Dreh meiner on location-Kometen-Szene im *Don't you Dare* verabredet. Quasi zwischen meinem Feierabend und seinem Schichtbeginn im Club.

»Schlimmer«, stöhnte ich vielsagend und nahm einen großen Schluck meines Bieres. »Und du hast gut reden. Du musstest auch nicht mit ansehen, wie Miley mit ihren Titten gewedelt hat.« Nach meinem Moment mit James fühlte sich die Erinnerung an den Dreh dieser Szene noch gemeiner an als vorher.

»Liebes, bitte sei nachsichtig.« Ray legte beschwichtigend seine große Hand auf meine.

»Ihre Titten sind doch alles, was das Mädchen hat.«

Ich lachte hell auf. »Du bist grausam, Ray!«

»Was? Oh nein. Ich bin nur der Meinung, du bist

die perfekte Sereina, und wer auch immer mir etwas anderes erzählen will, bekommt Tante Rays Krallen zu spüren. So einfach ist das.«

Ich musterte liebevoll sein kantiges, hübsches Gesicht. Er war attraktiv, als Mann, der er im Moment war, genauso wie als Frau.

»Sei aber bitte nicht enttäuscht, wenn ich es nicht packe«, sagte ich und musste schlucken bei dem Gedanken, dass ich eventuell wirklich scheitern könnte.

»Keine Option.« Er zwinkerte. »Und ich bin nicht der Einzige, der das so sieht.«

»Wer denn noch? James? Ich bin ganz froh, dass wir heute an getrennten Orten gedreht haben.« Ich wischte mir seufzend über das Gesicht.

»Was ist los? Stress im Garten Eden?« Wie viele verdammte Versionen dieser Frage hatte er in petto?

»Spinnst du? Was für ein Garten Eden denn bitte?!«, pampte ich etwas zu ruppig und seufzte gleich noch einmal.

»Entschuldige! Ich bin ein bisschen durch den Wind in den letzten Tagen.«

»Ist das so?« Ray grinste vielsagend und ertränkte seinen diebischen Zug um die Lippen in einem Schluck seines Sex on the Beach.

»Ray, bitte erspar mir dein ... Was auch immer das hier werden soll, okay?«

Der schöne Barmann polierte seit Ewigkeiten ein Weinglas und beobachtete uns grinsend bei unserem Disput.

»Süßer, rubbelst du da an den königlichen Kronjuwelen oder warum bist du heute plötzlich so engagiert mit dem Poliertuch?« Ray neigte den Kopf und warf dem Bartender einen strengen Blick zu.

Der lachte nur, widmete sich aber trotzdem lieber alternativen Tätigkeiten am anderen Ende der Bar.

»Und wie war dein zweiter Tag?«, wendete Ray sich wieder mir zu.

»Oh, großartig«, antworte ich. »Keine Miley, kein Drama, keine Angst vor meiner eigenen Courage. Wir haben eine Szene gedreht, die ich mir ausgedacht habe. An der frischen Luft. Nach zwei Takes war alles im Kasten. Ein grandioses Gefühl! Lass es immer so laufen und alle sind glücklich.«

»Angst vor deiner eigenen Courage, hmmm ...« Ray presste die Lippen aufeinander und drehte sein Glas hin und her. »Wie siehst du Sereina denn?«

»Als Wahnsinns-Frau«, erwiderte ich ohne Umschweife. »Sie will Rache üben. Und das zu Recht.«

»Okay.« Rays Lippen verzogen sich zu einem listigen Lächeln. »Willst du auch wissen, was ich über sie denke?«

»Natürlich will ich.«

Ich zupfte meinen Ausschnitt dorthin zurück, wo er hingehörte. Für das Treffen mit Ray hatte ich mich gebührend in Schale geworfen. Dunkel geschminkte Augen, verruchter Lippenstift, das Haar in einer Wasserwelle, ein Mix aus Leder und Silber um den Hals und mein kleines Schwarzes am Körper, das ich bis heute in London noch nicht hatte ausführen können.

»Sie ist durchtrieben«, begann Ray und beobachtete aufmerksam meine Reaktion. »Sie würde alles tun, um ihm zu schaden. Alles! Sie geht über Leichen, Abbie. Und nur weil Rache der Grund ist, aus dem sie mordet, macht sie das nicht zu einem guten Menschen.«

»Mordet?« Ich stockte.

»Sie bumst ihn, um tief in sein Inneres vordringen zu können, und das, obwohl sie ihn mehr hasst als alles andere. Was glaubst du, wäre sie bereit, zu tun?«

»Ich kann nicht damit umgehen, wenn du so harte Worte benutzt.« Beschämt nahm ich noch einen Schluck Bier.

»Du trägst sie in dir, Abbie-Schatz, da kannst du sagen, was auch immer du willst.«

»Nie und nimmer, wenn sie so ist, wie du sie beschreibst.«

Ich ließ den Blick über die tanzenden Menschen gleiten. Im Moment spielte eine so verrückte Band auf der Bühne, dass ich nicht einmal sagen konnte, welche Musikrichtung sie vertraten. Aber dieser Brass, der hatte es mir angetan. Auf Brass stand ich.

»Oh Gott, bitte nicht«, haspelte Ray plötzlich und verschluckte sich beinahe an seinem Drink. »Sagst du bitte sofort Bobby Bescheid, dass Sara hier ist?« Das galt dem Barkeeper, der guckte wie ein Reh in zwei nahende Autoscheinwerfer.

»Jetzt sofort, bitte!«, verlieh Ray dem Ganzen Nachdruck.

Ich blickte mich fragend um, erschrocken über Rays plötzliche Panik. »Wer ist denn Sara?«

»James' Frau«, antwortete er und zückte im gleichen Atemzug sein Telefon, um eine Nummer zu wählen.

»Und das ist so schlimm, weil …?«, versuchte ich, aber Ray brachte mich mit einer Handbewegung zum Schweigen und deckte das Telefon ab, damit die Person am anderen Ende ihn bei der lauten Musik besser verstand.

»Du bist *was*? James, bitte! Du weißt, dass das nie ein gutes Ende nimmt. Dreh einfach um und verschwinde. Ich rede mit ihr. Ich werde sie …« Ray brach mitten im Satz ab und nahm fluchend das Smartphone vom Ohr. »Verdammter Idiot!«

»Kann mich vielleicht jemand aufklären, warum gerade alle ausflippen?« Ich reckte den Hals in Richtung Eingang, wo ich Sara vermutete.

»Liebes, ich bin gleich zurück. Entschuldige mich!« Mit diesen Worten war Ray verschwunden. Genau wie der Barkeeper. Und mein Anstand.

Es ging mich absolut nichts an, aber ich wollte einfach zu gern wissen, was hier vor sich ging. Und ich war schrecklich neugierig auf James' Frau. Auf eine bittere Art und Weise. Aber wenn ich sie sah, begriff ich vielleicht langsam mal wieder, dass auch ich bald eine verheiratete Frau sein würde. Es könnte mir helfen, sie zu sehen. Also umklammerte ich mein Bier und schlich mich zum Eingang, wo Bobby eine zierliche Frau an den Schultern auf Abstand hielt. Ich duckte mich in den Schatten der Garderobe und lauschte.

»Sara, ich kann dich hier nicht reinlassen, das weißt du doch«, grollte Bobby wie ein trauriger Riese.

Saras Make-up war verschmiert, sie hatte geweint. Eine hübsche Dunkelhaarige. Das kindliche Gesicht einer Puppe, aber auf schmerzlich sichtbare Art vom

Leben gezeichnet. Sie trug einen Long Bob und zog ihren roten Mantel mit der einen Hand enger zusammen, während sie sich mit der anderen gegen Bobby stemmte. »Ich muss ihn sehen, Bobby. Du warst immer mein Freund. Ich kann nicht warten.«

»Aber er ist nicht da«, verteidigte Bobby seine Tür mit weicher Stimme. Sie tat ihm leid.

»Er geht nicht ans Telefon«, sagte Sara weinend und machte versöhnlich einen Schritt zurück. »Und das seit Tagen. Ich muss mit ihm reden, Bobby. Nur mit ihm reden.« Sie wirkte müde und erschlagen.

»Ich weiß«, sagte ihr Gegenüber leise. »Ich weiß doch. Bitte hör auf, zu weinen.«

»Das ist nur Wut!« Sie wischte sich grob die Tränen vom Gesicht und schniefte.

»Ich will nicht unfair sein«, begann Bobby vorsichtig, »aber es gibt Gäste, die sich heute gern noch amüsieren möchten.« Er warf einen kurzen Blick auf die Frauen hinter Sara, die beschämt zum Fluss hinüberstierten.

Sara stieß ein freudloses Lachen durch die Zähne und stolperte einen Schritt zurück. »Schon klar! Verdien ihm sein schmutziges Geld! Das ist wichtiger.«

»Sara.« Bobby streckte die Pranken nach ihr aus, aber sie schlug seine Arme weg. »Ist okay. Ich habe verstanden.« Ihre Worte waren bitter und sie wendete sich zum Gehen.

Bobby ließ die Frauen ein, sperrte den Zugang ab und verzog sich um die Ecke. Offenbar hatte es ihn ziemlich mitgenommen, ihr zu begegnen.

»Sara.« Das war die Stimme von James und ich

konnte sehen, wie es ihr durch und durch ging. Als sie sich zu ihm zurückdrehte, war ihr Gesicht fest wie Zement und ihr Blick purer Stahl.

James trug noch seine Motorradjacke und streckte ihr versöhnlich eine schmale Dose entgegen. »Der Prosecco, den du immer so mochtest. Lass uns reden, okay?«

Für einen Moment dachte ich, sie würde lächeln. Sie machte einen Schritt auf ihn zu, nahm sein Friedensangebot entgegen und öffnete die Dose mit einem Zischen. Die beiden sahen einander an. Er wirkte merkwürdig ausgelaugt, seit er hier war, und sie vollkommen verzweifelt. Was stimmte nicht zwischen den beiden?

Wie eine glückliche Ehe kam mir das Spektakel hier aber ganz und gar nicht vor.

Sie schwenkte die Dose, betrachtete sie überlegend, dann hob sie langsam den Arm und schüttete James den kompletten Inhalt direkt über den Kopf. Er zuckte nicht einmal. Ließ es einfach über sich ergehen wie ein geschlagener Hund. Der Prosecco lief über sein Gesicht, und als die Büchse leer war, machte Sara einen Schritt zurück und schleuderte sie ihm mit so viel Wut gegen die Brust, dass sie abprallte und in Richtung Fluss rollte.

James ließ resigniert die Schultern fallen, als hätte er all das verdient. Das und noch viel mehr.

»Ich kann es kaum ertragen, dich zu sehen.« Ihre Stimme brach und sie vergrub schluchzend das Gesicht in den Händen.

James streckte den Arm nach ihr aus.

»Fass mich bloß nicht an«, keifte sie und sprang zur Seite. »*Ich* bin hier diejenige, die leidet, geht das endlich in deinen Kopf?« Ihr Gesicht war eine einzige Grimasse. »Du weißt, warum ich hier bin«, zügelte sie plötzlich widerwillig ihr Temperament und wurde so leise, dass ich Mühe hatte, sie zu verstehen. »*Unterschreib die Papiere!* Das bist du mir schuldig, James! Ich will frei sein. Frei von dir. Endlich frei.«

Für eine Weile sagte keiner der beiden etwas. Sie weinte, aber ein Funken Hoffnung klang schneidend zwischen ihren Worten.

»Du weißt, dass ich das nicht kann«, hörte ich James sagen. So gedämpft, dass ich noch mühsamer lauschen musste als zuvor.

»Du bist das Letzte!« Ich sah, wie sie sich auf ihn stürzte, ihn schlug und er tat einfach nichts. »Du egoistisches Schwein! Ich werde wiederkommen, bis du es tust, hast du verstanden? *Bis du es tust!*«

Schmerzerfüllt wendete ich den Blick ab. Ich wusste nicht, was zwischen den beiden passiert war, aber diese Selbstkasteiung konnte ich keine Sekunde länger ertragen.

So war er nicht. So hatte er nicht zu sein. Was auch immer geschehen war, das musste er sich nicht bieten lassen!

Bedrückt schlurfte ich zurück zur Bar, konnte mir nicht vorstellen, dass er ein so schlechter Mensch war, wie Sara ihn glauben machte.

»Das Elend nimmt bereits seinen Lauf«, empfing Ray mich mit dem Blick einer Drama-Queen.

»Das kann man wohl sagen.« Ich trank mein Bier aus und ließ mich zurück auf den Barhocker gleiten.

»Hast du böses Mädchen etwa gelauscht?« Ray hielt mir den Finger vor das Gesicht und ich zuckte nur die Achseln.

»Auch wenn es sich anfühlt wie ein Déjà-Vu, erlaube mir eine Frage.« Ray stellte sein Glas ab und sah mich direkt an. »Magst du ihn?«

»Was soll das, Ray?« Ich blitzte ihn an. Mich würde er nicht aufs Glatteis führen mit seinen Bauernfänger-Fragen.

»Ich bin nur der Meinung, er sollte sich nicht so behandeln lassen. Nicht von einer Sara oder irgendjemandem sonst.«

In dem Moment sah ich James durch den Gang auf uns zukommen. Sein Blick war leer und verschlossen, als er auf meinen traf. Seine Gedanken waren weit weg. Er wischte sich den Prosecco aus dem Gesicht und ging einfach an uns vorbei. Ray senkte den Kopf, der Barkeeper presste die Lippen zusammen. Keiner sagte einen Ton. Sogar die Musik schien für einen Wimpernschlag verstummt zu sein.

Mein Blick folgte ihm. Er ging zu einer dunklen Tür aus Metall, hinter einem Vorhang geschützt vor den Blicken der Gäste, und verschwand hindurch.

»Das ist privat«, bemerkte Ray, als er meinen Blick registrierte.

»Ich scheiße auf Schilder und Sticker und Aufschriften oder was auch immer es sonst noch so gibt«, murrte ich unzufrieden. »Was ist das für eine Tür? Was tut er da?«

Als ich den mitleidigen Blick des schönen Barmannes bemerkte, fügte ich noch hinzu: »Whisky, bitte! Doppelt. Geschüttelt, gerührt, mir egal. Nur kein on the rocks, das ist die blanke Sünde.«

Rays Blick ruhte auf dem Holz der Bar, als die neugierigen Ohren mit dem Poliertuch sich dem nächsten Drink widmeten.

»Ray.« Ich griff nach seinem Arm. »Wenn du nicht willst, dass ich selbst nachsehe, solltest du mir lieber sagen, was für eine Tür das ist.«

»Sein Bereich«, erwiderte Ray mit rauer Stimme. »Dort unten bestraft er sich. Immer wieder an Abenden wie diesem. Deshalb hasse ich es auch so sehr, wenn Sara hier aufkreuzt. Sie legt seine Welt in Scherben. Und das Glas ist ohnehin schon dünn genug.«

»Er *bestraft* sich?« Ich traute meinen Ohren nicht. »Wofür denn bitte? Was hat er ihr so Schlimmes angetan? Sie betrogen? Und was genau macht er da gerade? Sich auspeitschen?«

»Diese Geschichte ist noch nicht bereit, von dir gehört zu werden, neugierige Abbie.« Rays Blick traf mich so durchdringend, dass mein Hals ganz trocken wurde.

»Mann, ich hab wirklich Durst«, lenkte ich von meinen dunklen Gedanken ab und puhlte in einer Kerbe im Holz der Bar.

»Ich muss jetzt arbeiten, Kleines«, sagte Ray mild und streichelte mir über die Schulter. »Diese Tür ist tabu, verstanden? Genau wie der Rest der Sache.«

»Jaja, Tante Ray.«

Ich sah dem schönen Barmann zu, wie er Drinks mixte und sich mit aufgehübschten Gästen unterhielt, trank drei Gläser Whisky, bis mir der Alkohol in den Venen brannte, aber sobald er mir zu Kopf stieg, hörte ich auf.

Und ich konnte meinen Blick nicht von der Tür nehmen. Ich konnte einfach nicht. Was tat er sich dort hinten an? Meine Fantasie ging mit mir durch und das keinesfalls auf eine angenehme Art. Die Leute kamen und gingen.

Russische Tänzer stürmten die Bühne und brachten die Gäste zum Jubeln. An einem anderen Tag hätte auch ich über ihre wilde Show gelacht, aber heute saß ich einfach nur da und fragte mich, warum offenbar jeder hier wusste, was hinter dieser Tür geschah, und wieso trotzdem keiner etwas dagegen unternahm.

Sorgst du dich etwa um ihn, Abbie Summers?

Natürlich! Immerhin ist er mein Chef und ich bekomme mein Geld nicht, wenn ihm etwas zustößt.

Rays Show war wie immer großartig. Selbst hier an der Bar und mit den Gedanken in Fesseln fing sie mich mit ihrem Auftritt. Sie sang wie eine Königin und bewegte sich wie eine Kaiserin.

Ich trank noch ein Bier und die Shows wurden zur Disco. Es war inzwischen null Uhr durch. Was zum verfluchten Teufel trieb er stundenlang da hinten?

»Abigail Summers, er wird nicht darüber sprechen. Und daran wird sich auch nichts ändern, nur weil du hier lungerst bis zum Morgengrauen.« Ray fummelte sich die künstlichen Glitzer-Wimpern von den Augen, während sie in dem engen Pailletten-Kleid neben mir aus dem Boden wuchs. »Verfluchte Mist-Dinger!«

»Ich werde nicht gehen.« Ruppig nahm ich einen Schluck aus meiner Flasche.

»Und dazu soll ich dich jetzt beglückwünschen?« Ray presste ein Lachen durch die bemalten Lippen.

In diesem Moment – wie auf Kommando – öffnete sich endlich die Tür und James kam heraus. Meine Muskeln zogen sich zusammen. Ich richtete mich auf. Seine Augen waren dunkler als die Nacht, seine Züge nichts als Stein.

»James, ich kann dir helfen. Mein Verlobter ist Scheidungsanwalt«, sagte ich überzeugt, als er an mir vorbeiging.

Seine Beine wuchsen im Boden fest und ich konnte an seinem Rücken sehen, wie er einen tiefen Atemzug nahm.

»Manchmal ist es nur ein …«, begann ich, aber er fuhr herum und starrte mich so schneidend an, dass ich sofort verstummte. Für ein paar lange Atemzüge sahen wir einander nur an, dann drehte er sich um und stürmte davon.

»Liebes«, sagte Ray heiser und räusperte sich unbehaglich. »Lass ihn! Dass ich ihn sehr schätze, war nicht gelogen, aber er hat zwei Gesichter – und manchmal gewinnt die dunkle Seite die Überhand. Dann sollte man besser so viele Meter wie möglich zwischen sich und ihn bringen.«

Unsanft stellte ich mein Bier auf den Tresen und wollte, ohne zu zögern, in Richtung Ausgang, aber Ray griff nach meinem Arm. »Ihm jetzt nachzulaufen, wäre ein Fehler!«

Langsam drehte ich den Kopf zurück zu ihr und mein Blick prallte gegen ihre unnatürlich blauen Kontaktlinsen. »Und du willst sein Freund sein?«, zischte ich, machte in einer Bewegung meine Hand frei und folgte James hinaus in die Nacht.

VIERUNDZWANZIG

Es war ein loser Gedankenfetzen, ein vorbeihuschender Schatten, verschwunden, bevor ich danach greifen konnte. Aber folgte Ray James nicht, weil er als Freund versagte, oder tat er es nicht, eben weil er sein Freund war?

Es hatte zu regnen begonnen, als ich ihm über den glänzenden, dunklen Asphalt folgte. Die Nacht war nicht weniger nebulös als meine Gedanken. Er rechnete nicht damit, dass man ihm folgte – oder es war ihm einfach egal. Jedenfalls drehte er sich nicht um und seine Schritte waren schnell und zielstrebig.

An einer Straßenkreuzung hielt er an und sah flüchtig nach links und rechts. Ich duckte mich hinter eine rote Telefonzelle.

Vollkommen gleich, was Ray oder sonst wer sagte, ich *musste* wissen, was er hinter dieser Tür getrieben hatte.

Die roten Rücklichter eines Taxis glänzten auf der feuchten Haut seines Gesichtes, als er den Kopf drehte, und ich hielt die Luft an, als würde das auf der belebten Straße irgendetwas ändern. Sein Blick huschte über die grauen, geistesabwesenden Menschen mit ihren Regenschirmen, dann zog er den Kragen seiner Jacke höher und überquerte die Fahrbahn.

Ich wartete einen Moment und folgte ihm, war wie eine Katze auf der Jagd. Die Tropfen wurden größer, mein kurzes Kleid klebte mir innerhalb von Minuten am Körper. Verfluchter englischer Regen!

James bog in eine ruhigere Gasse ab und ich machte Halt, als er vor einem Haus stoppte, dessen Eingangstür komplett mit abgewetzten Zeitungsartikeln und Stickern bedeckt war. In dem langen Schaufenster daneben flackerten Kerzen in Schnapsflaschen und ich erkannte hinter der Scheibe die Umrisse von Menschen, die miteinander tanzten. Sacht im Takt einer ruhigen Musik, die ich nicht hörte. Ein Treppengeländer aus Metall war leger mit Lichterketten umwickelt und führte hinunter in ein Kellergeschoss, von dem ich von hier drüben aus nichts sehen konnte.

Der Regen hatte mir ein paar meiner losen Haarsträhnen an Hals und Gesicht gekleistert und die Kälte verursachte eine Gänsehaut auf meinem Dekolletee. Fadenartige Striemen ergossen sich unaufhörlich aus dem schwarzen Himmel.

James ging die Treppe hinunter und ich hörte für einen kurzen Moment eine vollmundige Frauenstimme und den Takt eines schweren Blues. Und wenn es nicht so verflucht hässlich geschüttet hätte, hätte ich bestimmt auch noch etwas länger hier draußen ausgehalten, aber so konnte ich ihn keine weitere Minute seinem Selbstmitleid überlassen.

Gott, dieser Kerl erschuf großartige Kunst, konnte Menschen lesen wie kein zweiter und brachte jemanden wie mich dazu, auf einem Straßenfest zu tanzen. Ich hätte nie gedacht, dass ich so etwas je tun würde. Dass ich zu so etwas imstande war. Einfach alle Hemmungen fallenzulassen und nichts an mich heranzulassen außer der Musik.

Es machte mich unglaublich wütend, dass eine hysterische Frau mit einer Dose Prosecco ausreichte, um jemanden wie ihn derart zu brechen. Was auch immer zwischen den beiden vorgefallen war, kein Mensch sollte einen anderen je brechen dürfen. Und das würde ich aus ihm herausprügeln, wenn es nötig sein würde.

Mein Atem kondensierte in der kühlen Nachtluft, als ich vor der zugeklebten Tür der Bar stand, und der Regen rauschte in den weniger besuchten Straßen Londons, in denen die meisten Pubs bereits geschlossen hatten. Ich blieb mit meinem Stiefel hängen und wäre fast gestolpert, aber ein dunkelhäutiger Mann an der Tür hielt mich fest. »Vorsicht, meine Liebe. Das Pflaster ist rutschig.«

»Ja, das ist es. Danke!« Ich lachte beschämt.

Er schob mich unter den Überhang des Hausdaches. »Kommen Sie. Sie sind ja klatschnass. Wir haben einen Föhn auf der Damentoilette, der Sie wieder etwas aufwärmen wird. Und danach bleiben Sie einfach.« Er breitete die Arme aus und lächelte. Eine grüne Warnweste hing an seinem stämmigen Körper und sein freundliches Gesicht war übersät von Narben.

»Wir haben auch einen Kamin.« Er zwinkerte. »Und den besten Brandy Londons.«

Ich lachte. »Sie hatten mich schon mit dem Föhn.«

Er gluckste heiser. »Und dabei kriege ich die meisten erst mit dem Kamin.«

Verständlich. Ein Kamin hörte sich jetzt tatsächlich unfassbar verführerisch an.

Der nette Wachmann führte mich die Treppe hinunter und öffnete mir die schmale Holztür. Ein unwiderstehlicher Duft nach Kerzen, Behaglichkeit und Holz schlug mir entgegen. Die Wärme saugte mich magisch hinein, noch bevor das »Die Toilette ist den Gang hinunter. Viel Spaß im *Bluesy Corner*« in meinen Ohren verhallt war.

Das Erste, was mir ins Auge fiel, war besagter großer verzierter Kamin mit einem knisternden Feuer im Bauch, dessen Wärme sich wunderbar auf meiner nassen Haut anfühlte. Überall in den Nischen und auf den Tischen standen Kerzen, die dem Laden ein unglaublich gemütliches Flair gaben. Sofas und Sessel überzogen mit Seide und abgewetztem Stoff waren überall verteilt, nichts passte zusammen, aber gerade das machte es perfekt.

Es verlieh dem Ganzen ein Wohnzimmerflair.

Hinten in der Ecke befand sich eine kleine Bar, beleuchtet vom warmen Licht diverser Stehlampen. Eine Frau hinter dem Tresen summte und bewegte weich ihre Hüften, während sie ein paar Jungs in Strickpullovern Bier aus dem Kühlschrank holte.

Auf der linken Seite führte eine schmale Treppe nach oben zum Tanzbereich und zur Bühne. Und ein gefühlvoll gespielter Blues hallte zu uns herunter. Die einsetzende Frauenstimme war so voll und emotional, dass mir ganz warm ums Herz wurde.

»Hast du dich verlaufen?«, fragte eine kichernde helle Stimme, und als ich suchte, zu wem sie gehörte, erspähte ich ein paar Mädels, die locker auf klobigen Sitzkissen direkt neben mir auf dem Boden lümmelten und an bunten Cocktailgläsern schlürften.

»Ich hoffe, nicht«, erwiderte ich und grinste verlegen.

Schon klar, was sie meinte. Alle hier waren leger, entspannt in Jeans und Pullover. Und ich stolperte durch die Tür im klatschnassen Cocktailkleid, auf hochhackigen Stiefeln und mit einem Make-up, das sich Petrus sicher inzwischen zu eigen gemacht hatte, und sah mich gehetzt um wie eine Highwaykillerin auf der Durchreise. Ein Wunder, dass man mich überhaupt ansprach.

In dem Moment entdeckte ich James' nasse Lederjacke an der Garderobe und kniff die Augen zusammen.

»Sie braucht einen Drink.« Der schlaksige Typ, der neben dem größten und blondesten der Mädchen lungerte und aussah, als sei er gerade halb so alt wie ich, lachte betont lässig.

»Mach das zu meinem Lebensmotto«, murmelte ich und machte mich auf den Weg zu dem mir versprochenen Föhn. Die Menschen an den Tischen wirkten entspannt, einige wippten verinnerlicht zur Musik, ein Mann mit einer Dandy-Frisur zerrte seine Freundin zur

Treppe nach oben, um zu tanzen. Sie lachte und tat, als würde sie sich sträuben.

Unauffällig scannte ich die Gäste. Wo steckte dieser Kerl? Tanzte er sich in der oberen Etage seinen Frust von der Seele? Stehen würde es ihm. Als ich an dem ausladenden Kamin neben dem Tresen vorbeilief, entdeckte ich ihn schließlich. Er saß in einem Sessel und rauchte seine E-Zigarette. Sein Blick prallte so heftig auf meinen, dass meine nasse Haut sich für eine Sekunde noch eisiger anfühlte.

Rauch umhüllte sein düsteres Gesicht. Ganz offenbar gefiel es ihm kein Stück, dass ich hier war, aber das interessierte mich einen Scheiß.

Mit gesenktem Kopf bohrte ich meine tosenden Gedanken in ihn hinein, ließ seinen Blick nicht los, hielt ihn fest, denn er hatte es verdient und er würde mir heute nicht davonkommen. Mit langen, wiegenden Schritten machte ich mich auf den Weg zur Toilette. Der Gang war genauso schummrig beleuchtet wie der Rest des Ladens und die Farbe der Toilettentür abgeblättert. Ein Föhn. Der Gedanke an sein warmes Gebläse ließ mich noch etwas schneller werden. Und ein James Bolden sollte sich um keinen Preis die Genugtuung erlauben, er sei meine erste Priorität heute Abend.

Sollte er wieder davonlaufen, würde ich ihn ohnehin einholen. Bevor ich nach der Klinke greifen konnte, umfasste eine eiserne Hand meinen Unterarm.

»Was wird das? Verfolgst du mich?«

Der dunkle Klang seiner Stimme schlug direkt hinter meiner Brust ein. Er ließ nichts hinaus, klang beherrscht und kühl, als könnte mich das in irgendeiner Weise einschüchtern.

Unbeeindruckt drehte ich den Kopf. Sein Gesicht war nahe bei meinem. So nahe, dass ich seine Wärme auf meiner kühlen Wange spüren konnte.

»Das funktioniert so nicht, James!« Ich befreite mein Handgelenk aus seinem Griff. »Du kannst nicht alles von mir verlangen, ohne mir etwas von dir zu geben!«

Ich wich einen Schritt zurück und mein Rücken traf auf die kühle Wand. Der schwere Blues aus der oberen Etage umwaberte uns wie feuchte Wolken.

»Was willst du hier?« Seine Worte waren Eis und Feuer zugleich.

Er kam ein Stück in meine Richtung. Ich konnte den Sturm fühlen, der in ihm tobte. Seine Energie drückte mich tiefer in das kalte Fundament. Aber die Kombination aus Whisky und Widerwillen in meiner Blutbahn machte mich stark und störrisch.

»Ich weiß es nicht«, erwiderte ich und diese Tatsache amüsierte mich beinahe. »Scheiße ja, ich bin dir gefolgt. Weil ich wissen will, was du dir hinter dieser Tür antust. Und weil ich nicht glaube, dass du es verdient hast. Das macht mich so unfassbar wütend. Du hast das nicht verdient, verstanden? Es ist nicht richtig. Sowas von nicht richtig.«

Seine Miene war neutral wie ein frisch gebleichtes Blatt Papier. Sein Blick tastete sich langsam von meinen Augen über meine Lippen und wieder zurück. Da war etwas in seinem Blick, für den Hauch einer Sekunde. Etwas, das ich nicht deuten konnte.

»Hör auf mit dem Scheiß, verstanden?« Ich konnte die Worte warm auf meinen kühlen Lippen fühlen. Seine Hand traf direkt neben meinem Gesicht auf die Wand. Sein Blick sickerte tief in mich hinein, sengend wie Lava. Da war Schmerz, ich konnte ihn fühlen. Aber auch Frust. Er wollte mich hier nicht. Wollte nicht, dass jemand versuchte, ihn zu lesen.

»Und was, wenn nicht?«

Ich senkte die Lider und fühlte die Hitze seiner feuchten Haut. Er war so nahe, dass es mich stören müsste. So nahe, dass etwas in mir Alarm schlagen sollte. Aber nichts dergleichen geschah. Stattdessen stellten sich die kleinen Härchen in meinem Nacken auf. Mein Körper reagierte auf seine wütende Glut.

Sein Blick fraß sich in meinen. Mein Blick tastete sich nun über die Haut seines Gesichtes. Die schmale Narbe über seiner Augenbraue, das tiefe, dunkle Grün seiner Augen, den Bart, den er sich für seine Rolle wachsen ließ, die geschwungenen Lippen und dann wieder zu seinen Augen. Verletzt. Aufbrausend. Abweisend. Ich akzeptierte nichts von alledem.

»Was, wenn ich darauf scheiße?«

Noch ein Millimeter zu viel. Als sein Körper meinen berührte, war das wie ein Stromschlag. Seine Wärme drang durch den dünnen Stoff meines Kleides. Seine Brust drängte meinen unterkühlten Oberkörper gegen die Wand und seine Lippen trafen so plötzlich auf meine, dass mein Herz einen Schlag aussetzte. Ich schmeckte Rauch, Wut und noch etwas, das meine Lendengegend zum Pochen brachte. Erschrocken stieß ich ihn weg von mir.

»Lass das!«

Mein inneres Feuer brodelte noch heftiger als zuvor, aber er durfte keinesfalls etwas davon mitbekommen. Ich stellte mich seinen Schatten, wand mich aus seinem Griff. Er zog mich zurück, drängte mich gegen die Wand und sein Blick brannte, während sein heißer Atem auf meine Lippen prallte.

»Ich meine es ernst, James. Hör auf!« Meine Sehnen waren fest wie Drähte. »Lass mich los!«

»Ich soll dich loslassen?«, raunte er in mein Ohr und zog mich tief atmend enger an sich. Sein Körper bebte, er griff in meinen Nacken und drang mit seinem dunklen Blick in mich. »Willst du das wirklich?« Sein Ohr näherte sich meinen Lippen, damit ich es leichter hatte. Seine Haut roch nach Verlangen und Verbot.

Sag es! Los, sag etwas, Abbie, du blöde Kuh!

»Hmmm«, knurrte er und nahm den Kopf zurück. »Und wo wir einmal bei Wut sind ...« Er packte meine Hüfte so fest, dass ich keuchte. »Ich *hasse* es, wie wenig du an dich glaubst!«

Mein Puls kochte. Sein Duft vernebelte mir die Sinne.

»Du kannst mich mal«, zischte ich schneidend und erschrak selbst über den giftigen Klang meiner Worte.

Als wollte er mich für diese Erwiderung bestrafen, griff seine Hand nach meinem Oberschenkel. Er drängte seinen Schritt gegen meine Hüfte, bevor er mich erneut küsste.

Tief. Hungrig. Seine Lippen verloren sich an meinen. Seine Zunge drang voller Besitzanspruch zu meiner vor. Er schmeckte nach mehr. Meine Lenden brannten wie tausend Klingen. Eine Stimme in mir schrie, ich solle ihn wegstoßen, solle aufhören, ihn stoppen. Aber das Feuer loderte zu laut. Ich wollte es. Ich wollte ihn! Und er wusste es.

Seine Finger glitten über die feuchte Haut meines Halses. Warme Hände schoben mir die Träger des Kleides von den Schultern, rollten den Stoff nach unten und legten meine feuchten Brüste frei. Ich kämpfte mit dem übermächtigen Gefühl der Lust, wollte mich gegen ihn wehren und mich gleichzeitig von ihm verschlingen lassen.

Es ist falsch, Abbie! Falsch! Falsch! Hör auf! Mach, dass er aufhört!

Hungrige Lippen trafen auf meine steifen Brustwarzen und ein Feuerwerk in mir sprengte die Zweifel hinfort. Er saugte daran, knabberte, seine Zunge flatterte von einer zur anderen und seine Hände schoben fordernd mein kurzes Kleid nach oben. Das tiefe, männliche Seufzen, als er mit beiden Händen fest in meine Pobacken griff, brachte meine Lenden zum Glühen. Wieder schob er sich drängend gegen mich, senkte das Gesicht über meine nackte Schulter und ließ die Lippen über meinen Hals gleiten. Ich konnte seine feste Erektion deutlich durch den dünnen Stoff meines Slips spüren. Nur noch in Zaum gehalten vom Stoff seiner Jeans.

Seufzend grub ich ihm die Nägel in den Nacken, während er meinen Slip beiseiteschob und keuchend mit den Fingern durch meine feuchten Schamlippen glitt. Ich seufzte heiser und er verschloss meine Lippen sofort mit einem weiteren gierigen Kuss. Die andere

Hand packte grob mein Haar. Er zog meinen Kopf zurück und hielt mich fest, streifte meine Lippen mit seinen, während er seine Jeans öffnete, seinen harten Schwanz befreite und ihn in meine Mitte schob.

Nein!, schrie die Stimme in mir.

Aber mein Mund erwiderte nur schmerzlich seinen vereinnahmenden Kuss, ich wurde hungriger unter dem harten Griff, mit dem er mich umschloss, sein Gesicht gegen meines presste, stöhnend seine Lippen auf meinen liegen ließ, während sein Schwanz langsam in mich glitt.

Ich konnte einen dumpfen Seufzer nicht unterdrücken, als er sich tief in mich schob und dort verharrte. Ich spürte ihn ganz in mir. Pulsierend. Gierig. Warm. Von diesem Moment an war mir alles egal, auch dass uns hier jederzeit jemand erwischen könnte.

Sein Gesicht war nahe bei meinem, in seinen Augen explodierte ein Inferno, während er mich ansah, als wollte er mich verschlingen.

Fordernde Hände glitten über meine Hüften, stützten meinen Hintern. Meine Nägel krallten sich in sein Shirt. Ich fühlte, wie seine Muskeln darunter arbeiteten, nahm wahr, wie er verklärt meine glänzenden Brüste betrachtete, die sich ihm entgegenreckten. Und mein Blick ließ seinen nicht mehr los, als er begann, mich in langsamen, innigen Stößen gegen die Fassade zu vögeln.

Ich fuhr mit den Händen unter sein Oberteil, klammerte mich an die glühende Haut seines Rückens, er zog keuchend meine Arschbacken auseinander, damit er noch tiefer in mich stoßen konnte. Er stöhnte gegen meine nackte Schulter und vergrub seine Finger bebend in dem nassen Stoff, der meinen blanken Körper kaum noch bedeckte. Dann hielt er inne. Fraß mich mit seinem Blick. Das Feuer darin rann so tief in mich hinein, dass ich glaubte, in Flammen aufgehen zu müssen.

Sein heftiger Atem verband sich mit meinem, seine Zunge suchte meine steifen Brustwarzen. Glühende Lippen trafen auf meine und verschlangen sie in einem so intensiven Kuss, dass jedes andere Gefühl in mir betäubt wurde. Er war wie Rauschgift. Er vergiftete mich, machte mich zu jemandem, der ich nicht war.

Langsam entzog er sich mir und in einer Bewegung drehte sein fester Griff mich herum und drückte mich grob gegen den Zigarettenautomaten, der neben uns stand. Gierige Hände griffen nach meinen blanken Brüsten und hielten sie fest, während er mich in kurzen, heftigen Stößen gegen die Verkleidung des Automaten fickte.

Seine Finger kniffen in meine Nippel, ich jammerte, krallte mich in die Verkleidung der rhythmisch klappernden Maschine und ließ mich von ihm ausfüllen, mich von ihm besitzen, mich von dem abgehackten, keuchenden Stöhnen in meinem Rücken vereinnahmen.

Er wurde schneller, seine Stöße härter und er zog meinen Kopf zurück, um heftig gegen meinen Hals zu atmen, während er sich tief stöhnend ein letztes Mal in mir versenkte und seine Wärme sich in mich ergoss. Seine Arme hielten mich. Sein Herz pochte so heftig, dass ich es durch sein Shirt fühlen konnte und sein Schwanz pulsierte tief in mir.

Ich war vollkommen berauscht, meine Gedanken rasten, mein Herz flatterte. Ich fühlte mich wie eine Ertrinkende, die, während es zu Ende ging, mit letzter Kraft nach dem Rettungsring griff. Und ich streckte die Hand danach aus, war so kurz davor, wieder ich selbst zu werden. Da glitten James' warme Finger unbarmherzig in meine gereizte Mitte, fanden meine Perle und er keuchte tief, nahe an meinem Ohr, während er mich in quälend langsamen, kreisenden Bewegungen dem inneren Feuerwerk entgegenrieb. Sein zufriedenes Knurren, als ich den Höhepunkt erreichte, setzte meinen zitternden Körper noch zusätzlich unter Strom. Sacht presste er die Hand auf meinen Mund, als ich aufschrie. Und noch bevor ich wieder Herrin meiner Sinne war, zog er mein Kleid von hinten zurück über meine Brüste, rückte mir den Slip zurecht, griff meinen Hals und zog mich zurück, bis er mit seiner glühenden Wange meine berührte. »Du wirst mir nie wieder folgen, verstanden?«

Ich hatte keine Ahnung, wie lange ich diesen Zigarettenautomaten als Stütze benutzte. James war verschwunden und ich wusste nicht, was ich zuerst tun sollte.

In Tränen ausbrechen, mich übergeben oder davonlaufen.

Irgendetwas Böses in mir hatte mich dazu gebracht, das zu tun, hatte zugelassen, dass er das tat. Hatte mich nicht daran gehindert, einen anderen Mann zu begehren. Ich hasste mich so unglaublich dafür. Und der Blues, der tröstend über den Gang krabbelte, konnte daran auch nichts mehr ändern. Ich hasste es, dass meine Haut noch immer brannte bei der Erinnerung an seine Berührungen, meine Lippen noch immer kribbelten, wenn ich an das weiche, fordernde Gefühl zurückdachte, das er mit seinen auf ihnen verursacht hatte.

Der nette Mann von der Tür kam durch den Gang auf mich zu. »Alles okay?«, fragte er, als ihm mein jämmerlicher Zustand auffiel.

»Ja.« Mit einem kratzigen Räuspern richtete ich mich auf.

»Wenn Sie so weit sind, wartet dann Ihr Taxi draußen.« Er deutete zurückhaltend in Richtung Bar. »Ihr Freund hat mich gebeten, eines zu rufen«, fügte er noch hinzu, als er meinen verwirrten Blick sah. »Und das hier soll ich Ihnen noch geben.« Er kam näher, legte behutsam die Jacke von James um meine Schultern. Ich wehrte mich nicht, obwohl ich es wollte. Obwohl ich es sollte.

Mein Freund …

Was hatte ich nur getan?

Mühsam stolperte ich aus der Bar, fühlte mich unfassbar schuldig. Wie hatte das passieren können? Wie hatte das nur passieren können?

Als ich in das schwarze Taxi stieg, war eines ganz klar und daran würde auch keiner je rütteln können:

Das, was hier gerade passiert war, durfte Marc nie erfahren. Niemals!

Nicht einmal unter Folter würde ich über das hier je sprechen. Das war nicht ich gewesen. Nicht ich. Mit zusammengepressten Lippen kämpfte ich die Wut-Tränen zurück, während ich in die belebte Nacht Londons hinausblickte. Ich schmeckte ihn noch immer, spürte ihn tief in mir, seine Lippen auf meiner nackten, glühenden Haut. Fluchend vergrub ich das Gesicht in den Händen und der Taxifahrer warf mir einen irritierten Blick im Rückspiegel zu.

»Alles okay«, beruhigte ich ihn mit viel Überwindung.

Es war sowas von *nicht* alles okay! Ich war ein Arschloch! Hatte mich wie die letzte kleine Schlampe von meinem Boss ficken lassen und das kurz vor meiner Hochzeit mit dem besten Mann der Welt. Ohne zu verhüten! Dieser Leichtsinn stand mir überhaupt nicht. Ich nahm zwar die Pille, aber das machte es nicht besser. Er hatte mich auf dem Gang einer Bar durchgenommen wie eine billige Hafennutte. Ich war mit Sicherheit nicht die Einzige, die er sich auf diese Art nahm.

Wir fuhren um eine Kurve und mein Magen rebellierte so heftig, dass ich kurz die Augen schließen musste, um mich zu fangen. Als ich sie wieder öffnete, war es noch klarer als vorher. In meine Gedanken tätowiert wie eine Offenbarung: *Niemand, wirklich keine Menschenseele durfte jemals von dieser Sache erfahren! Egal, was geschah!*

Wie sehr meine Hände zitterten, merkte ich erst, als ich mein Smartphone aus der Tasche angelte.

Elf Anrufe in Abwesenheit von Lilith.

Und eine Nachricht.

Wir müssen reden, Abbie! Es geht um Bolden ...

Wenn die Idioten hier gerade recht behalten, hat er jemanden umgebracht.

Fortsetzung folgt ...

NACHWORT

Wow! Jetzt bist du Abbie und James bis hierher gefolgt und bestimmt schon gespannt, wie es zwischen den beiden weitergehen wird. Keine Sorge, du wirst nicht lange auf Band 2 warten müssen. Und eins kann ich schon mal verraten: Part 2 wird Leidenschaft, Gefühlssturm, Drama und er wird dein Blut ganz schön in Wallung geraten lassen. Neben all dem hoffe ich, dein Herz bricht nicht *zu* sehr.

Die Geschichte von Abbie und James brennt mir schon extrem lange unter den Nägeln. James ist ein sehr dominanter Charakter und drängte sich mir schon regelmäßig auf, als ich noch mitten in einem anderen Buchprojekt steckte. Er packte mich und ließ mich so lange nicht wieder los, bis seine Geschichte erzählt war. Schade eigentlich! Denn wie ihr bestimmt inzwischen verstehen könnt, finde ich, er hätte mich auch gern nie wieder loslassen müssen.

Das *Don't You Dare*, der Club von James Bolden, existiert in dieser Form in London leider nicht, ebenso wenig wie das *B15*, das *Bluesy Corner* oder das *Yackideejack*. Trotzdem sind sie dem schillernden Feeling Londons nachempfunden, das ich bei meinen zahlreichen Aufenthalten im Nightlife und den Secret Pubs der Stadt empfunden habe. (Ich war in einem Pub hinter einem Kühlschrank. Die Blicke, als wir plötzlich zu neunt aus der Toilettentür – dem Ausgang des Secret Pubs – in der Bar darüber kamen ... Unbezahlbar! Ein anderer befindet sich im Keller eines unscheinbaren Abrisshauses und man sucht sich seinen Drink nach Geschichten aus. Die Cocktailkarte ist ein Märchenbuch und du wählst deine Geschichte, ohne zu wissen, was für ein Drink dich im Anschluss erwartet. Ich hatte etwas mit Meerjungfrauen und der Drink kam in einer Muschel.)

Es ist mir unglaublich wichtig, dass du als Leser/in über die Stimmung direkt in das unvergleichliche Flair der Stadt gesaugt wirst. (Auch gerade falls du noch nicht selbst dort sein konntest.) Und dass du meine heißblütige Liebe für London und seine Bewohner vielleicht ein bisschen fühlen kannst. Denn auf das Fühlen kommt es doch am Ende an.

Immer!

DANKSAGUNG

Mein erster Dank gilt dir! Ja, genau dir!

Du nennst *London Devil* dein Eigen und hast dich im besten Fall ein bisschen in die Story verliebt. Und genau aus dem Grund kann ich die nächste Geschichte zulassen, die auf das Papier drängt, um dich zu entführen. Und die nächste und wieder nächste. Ohne dich gäbe es diese Bücher nicht. Genauso wenig wie mich.

Außerdem möchte ich meiner leidenschaftlichen Testlese-Mädels-Gang danken, deren Herzen für Abbie und James brennen. Ich liebe das so sehr! Vor allem, dass die meisten von euch auch in Runde zwei wieder dabei sind.

Danke an Saskia für deinen Einsatz, dass *London Devil* vom Verlag übernommen wurde, und danke für deine emotionalen Gedanken unter jedem einzelnen Kapitel. Ich war immer ganz aufgeregt vorm Lesen.

Danke an Jenny für deine unzähligen Mails mit Eindrücken zu den einzelnen Figuren und dafür, dass du bei allen Zweifeln immer sofort für mich da warst! Und für deine glühende Liebe zu Ray. ;)

Danke an Feli für deine berechtigte Kritik zu Beginn. Umso großartiger ist es, dass *London Devil* dich dann doch noch so richtig schön in seinen Bann ziehen konnte. Und dass James dich verführt hat, der alte Charmeur.

Danke an Sonja für deine begeisterte Liebe zu der Story und dem Setting und dass du unsere Testi-Gruppe so bereichert hast.

Danke an Kim für die ausführlichen Urteile per Mail, die mein Herz an vielen Stellen haben hüpfen lassen. Ganz großes Kino!

Danke an Jenny, dass du trotz des Spamordners noch so rasend schnell testgelesen hast. Deine Anmerkungen haben sehr viel für die Geschichte getan und ich will sie auf keinen Fall missen.

Ein riesiger Dank geht natürlich auch an meine Korrektorin Anja – dafür, dass wir ein so tolles Team sind, für die wilden abendlichen Diskussionen über Genres und Klappentexte und deine scharfen Adleraugen. (Danke auch an deine absolut nachvollziehbare Bügel-Phobie, die mich eine ganze Passage hat ändern und den Kleidersack einführen lassen. 😉)

Und – last but not least – an die großartigen Mädels vom Federherz Verlag, die von Anfang an an meine Geschichte geglaubt haben und ihr ein ganz wundervolles Zuhause voller Liebe und Herzblut geben. Ihr seid der Hammer und ich bin überglücklich, ein Teil von euch sein zu dürfen!

London Devil ist meine erste Reise mit euch – und hoffentlich noch lange nicht die letzte!

Fühlt euch alle geherzt! <3

Sammle Herzpunkte und sichere dir

kostenlose Wunschbücher

Du hast Lust, Feedback zu den Verlagstiteln des Federherz Verlages zu geben? Du möchtest dabei Punkte sammeln, von denen du dir in regelmäßigen Abständen Wunschbücher aussuchen kannst?

Dann mach mit beim Herzlesen. Alles, was du dafür brauchst, ist ein Konto auf unserer Federherz-Homepage. Sobald du dieses hast, kannst du direkt damit loslegen, Herzpunkte zu sammeln.

Wir freuen uns, bald mehr von dir zu lesen!

Dein Federherz Verlag